REDRUM

SCARY MONSTERS

1. Auflage
(Deutsche Erstausgabe)

Verleger: Michael Merhi
Lektorat: Lisa Schwerber
Korrektorat: Jasmin Kraft / Silvia Vogt
Umschlaggestaltung und Konzeption:
MIMO GRAPHICS unter Verwendung einer
Illustration von Shutterstock

ISBN: 978-395957-033-6

E-Mail: merhi@gmx.net
www.redrum-verlag.de

YouTube: Michael Merhi Books
Facebook-Seite: REDRUM BOOKS
Facebook-Gruppe:
REDRUM BOOKS - Nichts für Pussys!

WOLFGANG BRUNNER

SCARY MONSTERS

Zum Buch:

MOVIEDROME – Der größte Abenteuer-Vergnügungspark Deutschlands.

Eine Gruppe Jugendlicher dringt um Mitternacht in den Park ein, um sich zu amüsieren.

Zur selben Zeit landet eine außerirdische Spezies in der Nähe der Stadt. Die parasitären Aliens suchen nach Wirtskörpern, um zu überleben und verwandeln die besessenen Menschen in Zombies.

Schon bald sehen sich die Jugendlichen einer unglaublichen Gefahr gegenüber, denn die Außerirdischen dringen in die Gehirne ihrer Wirtskörper ein und lösen deren größte Ängste aus.

Was *Ready Player One* für die Science-Fiction-Fans und Gamer der Achtzigerjahre ist, findet in *Scary Monsters* sein Pendant in Sachen Horror. Noch nie hat ein nostalgischer Blick in die Welt der Horrorfilme aus den Achtziger-, Neunziger- und Zweitausenderjahren so viel Spaß gemacht.

Zum Autor:

Wolfgang Brunner zählt ohne Zweifel zu den vielseitigsten Autoren Deutschlands. Er ist bereits mit zahlreichen Werken auf dem Buchmarkt vertreten, dabei in sehr unterschiedlichen Genres.

Brunner, den eine frühe Begegnung mit dem berühmten Schriftsteller Michael Ende darin bestärkte, der eigenen schriftstellerischen Passion zu folgen, lebt mit seiner Frau und dem gemeinsamen Sohn glücklich in Hamminkeln am Niederrhein.

WOLFGANG BRUNNER

SCARY MONSTERS

HORROR

Für
John Carpenter, Sean S. Cunningham, Wes Craven,
Tobe Hooper,Lucio Fulci, Dario Argento,
George A. Romero und all die anderen,
die mir mit ihren Filmen eine
fantastische Jugend beschert haben.

VORWORT

Dieser Roman ist als Hommage an all die Horrorfilme gedacht, die ich in meiner Jugend gesehen habe und die mich zumeist schwer beeindruckt haben.

Durch Kultfilme wie *Halloween*, *Freitag, der 13.*, *Amityville Horror*, *Der Exorzist*, *Das Omen*, *Dawn of the Dead*, *A Nightmare on Elm Street*, *Poltergeist*, Clive Barkers *Hellraiser*, Sam Raimis *Tanz der Teufel*-Trilogie und wie sie sonst noch alle heißen, bekam ich schon als Jugendlicher ein Gespür für den Reiz derartiger Geschichten.

Aber auch trashige Slasher-Filme und B-Movies wie *Muttertag*, *Piranhas*, *Ein Zombie hing am Glockenseil*, *Phantasm – Das Böse* und viele andere spielten eine große Rolle für mich in jener Zeit.

Als George A. Romeros zweiter Zombiefilm *Dawn Of The Dead* (dt.: *Zombie*) Ende der Siebzigerjahre in die deutschen Kinos kam, wurde der Markt plötzlich von einer regelrechten Zombiewelle überflutet: *Großangriff der Zombies*, *Die Rückkehr der Zombies*, *Zombies unter Kannibalen* (der die Zombie- und Kannibalenfilme geschickt miteinander verknüpfte) und letztendlich eben auch Fulcis drei Klassiker *Ein Zombie hing am Glockenseil*, *Die Geisterstadt der Zombies* und *Zombie 2*, und und und …

Es sei dahingestellt, welchen künstlerischen Wert derartige Filme darstellen, eines muss man ihnen allerdings zugestehen: ihr Unterhaltungswert (sofern man sich mit dieser Art von Filmen anfreunden kann) war und ist nicht von der Hand zu weisen. Als Kinobesucher bekam man alles, was man sich von einem Film wünschte (Action, Liebe, Sex, Humor, drastische Gewaltdarstellung und vieles mehr), nur eines oft nicht: Logik! Das lag zum einen an den teils mangelhaften Drehbüchern, manchmal aber auch an den in meinen Augen äußerst fragwürdigen Schnitten der FSK, die jene Horrorfilme für das deutsche Publikum derart verstümmelte, dass den ohnehin schon nicht unbedingt immer logischen Handlungen erst recht keiner mehr folgen konnte.

Trotzdem machte es ungemein Spaß, zu verfolgen, wie kreischende Teenager nach dem ›Zehn kleine Negerlein‹-Prinzip von Jasons, Michaels und Freddys abgeschlachtet wurden.

Ich stellte mir *Scary Monsters* während des Schreibens immer wieder als Film vor. Bei der Anfangsszene dachte ich zum Beispiel an *Lost Boys*, bei dem Bauern Dietmar Herberth sah ich Stephen King als Jordy Verrill in der Geschichte *Mondgestein (The lonesome Death of Jordy Verrill)* aus dem Film *Creepshow – Die unheimlich verrückte Geisterstunde* vor mir.

Aber auch etwas ›neuere‹ Filme wie *Final Destination*, *Reeker*, *Saw* und die teils fabelhaften Remakes der alten Klassiker durch den Produzenten Michael Bay spielen in *Scary Monsters* ebenso eine Rolle, wie die aus meiner Sicht wegweisende Musik aus dieser Zeit. Da wären etwa Bands wie Marillion, Rush, Ultravox, Jethro Tull, Saga, Kansas, Magnum oder IQ, um nur einige zu nennen. Aber auch Künstler wie David Bowie, dessen grandioser Song *Scary Monsters* mich zu diesem Roman inspirierte oder der fantastische Peter Gabriel. All diese Zutaten aus meiner Jugend machen diese Geschichte zu dem, was sie ist: eine Verbeugung vor einer impulsgebenden Ära.

Was ich aber mit diesem Vorwort eigentlich sagen wollte: *Scary Monsters* soll Spaß machen. Die Logik der Handlung war für mich von Anfang an zweitrangig, das haben die Regisseure der oben genannten Filme des Öfteren auch so gehandhabt.

Lehnen Sie sich wie im Kino zurück, richten Sie ihre Augen aber nicht auf eine Leinwand, sondern auf die folgenden Buchseiten und genießen Sie den Horror einfach.

Und wie in der B-Movie-Reihe *Critters*, in deren drittem Teil Leonardo DiCaprio übrigens sein Spielfilmdebüt gab, kommen Außerirdische auf unsere Erde, um die Menschheit …

Aber lesen Sie doch einfach selbst! Ach ja, noch was: *Scary Monsters* ist unzensiert und liegt sozusagen in der *Full Uncut Edition* vor.

Wolfgang Brunner
Hamminkeln, 6. Oktober 2011 / August 2018

Der Plan

16:37 Uhr – Die Maniacs

»Dann dringt der Bohrer in seine Schläfe ein …«, intonierte Alexander mit tiefer Stimme. »Dem Mann treten sofort Tränen in die Augen, als die Haut aufreißt und sich der Stahlstift in seinen Schädel arbeitet. Eine erste Blutfontäne spritzt mit einem leisen Zischen aus der Wunde. Gelblicher Schleim und weißschimmernde Fäden wickeln sich um den Bohrer, während der Knochen unter dem Druck des Werkzeugs splittert. Mit einem Ruck verschwindet der über dreißig Zentimeter lange Bohraufsatz noch tiefer im Kopf des Mannes, dessen linkes Auge plötzlich schielend und nach oben gerichtet erstarrt.«

»Boah, ist das eklig«, unterbrach Emma ihn und schürzte die Lippen. »Das ist voll krank!«

»Schnauze«, fauchte Alexander und betrachtete eine Weile die Gesichter seiner Freunde, bevor er fortfuhr. »Der Augapfel wird plötzlich ins Innere des Schädels gedreht, bis nur noch das Weiße zu sehen ist. Der Mann schreit, dass einem das Blut in den Adern gefriert. Sein Peiniger hält ihn jedoch unbarmherzig fest, drückt sogar noch vehementer den aufheulenden Bohrer in den Schädel, bis auch das zweite Auge im Kopf verschwindet. Blut schießt aus der Wunde und für einen Moment hört es sich an, als würde die Bohrmaschine auf so starken Widerstand im Inneren des Schädels stoßen, dass der Aufsatz sich jeden Moment verhaken und stecken bleiben könnte.« Alexander legte eine theatralische Pause ein und machte dabei ein Geräusch, als müsste er sich innerhalb der nächsten Sekunden übergeben. »Das rechte Auge des

Opfers quillt aus der Augenhöhle, hängt an einem glibberigen blutigen Nervenstrang und …«

»Es reicht«, unterbrach Emma kopfschüttelnd. »Du bist echt pervers, Alexander.«

»Was ist los, Pussy? Er ist eben Fulci-Fan, was soll daran krank oder pervers sein?«, verteidigte Robert seinen Freund. »Außerdem nennen wir uns doch die *Maniacs*. Der Film ist auch nicht von schlechten Eltern, oder? Also nörgel nicht rum, wenn es um Horrorfilme geht.«

»Themawechsel, Freaks«, unterbrach ihn Alina und fuhr sich durch ihre rotschimmernden Haare. »Lasst uns über den Plan reden und die Bohrergeschichte einfach vergessen.«

»Bohrergeschichte?«, entgegnete Alexander entrüstet. »Das ist nicht irgendeine Story, sondern eine der bekanntesten Splatterszenen aus einem Film mit Kultstatus.«

»Dann eben eine kultige Bohrergeschichte«, murmelte Alina und lächelte Alexander an. »Aber es reicht. Es gibt Menschen, die mit diesem Ekelscheiß nichts zu tun haben möchten.«

»Ich sagte doch bereits, dass das Kult und kein Scheiß ist.« Alexander senkte seine Stimmlage und rezitierte: »Die Seele, die die Ewigkeit erstrebt, muss sich dem Spiel des Todes unterwerfen.«

»Wie dem auch sei«, unterbrach ihn dieses Mal Alina und richtete den Blick auf Emma, die mit einem leichten Schmunzeln auf den Lippen die Auseinandersetzung verfolgt hatte. »Es wird auf jeden Fall eine geniale Nacht. Ihr werdet schon sehen … es kann einfach nur ein absoluter Hammer werden.«

»Wieso bist du so überzeugt davon?« Emma kniff die Augen zusammen und schirmte mit der rechten Hand ihr

Gesicht von der Sonne ab, die erbarmungslos auf sie niederbrannte und bereits rote Flecken auf ihr Gesicht zauberte.

»Weil …« Alina wartete einen Moment ab, bevor sie sich selbst die Antwort gab. »Weil es verflucht noch mal der Hammer werden muss, deswegen.«

Robert schüttelte den Kopf und betrachtete seine Freunde, die sich zu siebt auf die Parkbank vor ihm quetschten, als könne er nicht nachvollziehen, warum Emma als Einzige nicht von ihrem Plan für die kommende Nacht überzeugt war.

Die sieben Kids, die ihre Gruppe nach dem Kultfilm von William Lustig *Maniacs* nannten, chillten wie fast jeden Tag im mickrigen Stadtpark. Hinter der Parkbank befand sich ein schmaler Wiesenstreifen, auf dem sie manchmal lagen, um über irgendwelche Dinge zu diskutieren.

»Es wird einfach cool, weil …« Robert holte tief Luft und sah zu Boden, dachte noch einmal über die Worte nach, die er gleich an seine Freunde richtete. »Ja, genau. Weil ich bald die Macht über diesen Scheißpark habe.« Er gab seiner Stimme einen verschwörerischen Klang und zwinkerte Alina zu, die voller Begeisterung nickte. Sie war eine der Jüngeren in ihrer Gruppe und daher wahrscheinlich am schnellsten beeindruckt von dem Plan gewesen, den Robert ihnen vor einer halben Stunde unterbreitet hatte.

»Und du denkst echt, du kriegst das hin?«

Alexander neigte, noch immer beleidigt, den Kopf zur Seite und trommelte nervös mit den Fingern einen Rhythmus auf das Holz der Bank. Er spürte Vertiefungen unter seinen Fingern und richtete seinen Blick darauf. ›Redrum liebt dich!‹ stand da in verschnörkelter Schrift, die aussah, als wäre sie von einem Kind ins Holz geritzt worden.

Redrum!

Irgendwie kam ihm dieses Wort bekannt vor.

Er richtete seine Aufmerksamkeit wieder auf Robert. »Ich meine … es wäre tatsächlich der Ultrahammer, wenn wir eine Nacht im Park deines Vaters verbringen könnten und …«

»… alle Fahrgeschäfte so oft benutzen können, wie wir wollen«, beendete Robert den Satz und lächelte dabei. »Wieso glaubt ihr mir nicht, dass mein Alter so bescheuert ist und den Zentralschlüssel jeden Abend an der gleichen Stelle im Flur deponiert? Er vertraut mir. Ich klaue die Schlüssel und unsere Nacht der Abenteuer kann beginnen …«

Laura schnalzte mit der Zunge. Sie war siebzehn und hatte mehr Piercings im Gesicht als gute Noten im Zeugnis. »Und was ist mit den Wachmännern, Babo?«

»Nenn mich nicht immer Babo, Tinderella.« Robert sah sie herausfordernd an und beobachtete ihre Reaktion auf seine Anspielung auf die Dating-Plattform Tinder.

»Ich bin zwar tinderjährig, mein Lieber, aber ich habe kein Interesse an diesen ganzen Sexdates. Was mich interessiert, finde ich woanders«, nahm Laura ihm den Wind aus den Segeln und warf ihm dabei einen lüsternen Blick zu.

Verlegen unterbrach Robert den Blickkontakt und streckte den Mittelfinger seiner rechten Hand in die Luft. »Äh, ja … auf jeden Fall können die uns nichts anhaben, die Penner«, lenkte er das Thema wieder auf die Wachmänner des Parks. Er hob die Augenbrauen und betrachtete Alina, die missbilligend den Kopf über seine Ausdrucksweise schüttelte.

»Entschuldige, Alina«, wandte sich Robert mit einem gespielt sorgenvollem Blick an sie. »Ich vergaß. Deine Ohren sind zu jung für solche Worte.«

»Fick dich!«, schnaubte sie. »Ich verstehe nur nicht, warum ihr gleich immer so ausfallend werden müsst.«

»Weil wir alt genug sind, um ordinär zu sein«, erwiderte Robert. »Also, zurück zum Thema. Was sagt ihr nun zu meinem Vorschlag?«

Emma nickte. »Ich denke, wir sollten es auf jeden Fall machen.«

»Ich bin auch dabei, wenn du das mit den Wachmännern hinkriegst! Kostenlos im *Modro* abzuhängen, wäre sowas von cool«, säuselte Laura.

»Okay, wieso nicht?«, beteiligte sich Felix an der Diskussion. »Eine Nacht im *Moviedrome* zu chillen, könnte tatsächlich extrem geil sein.« Er hüstelte verhalten und schielte dabei zu Alina. »Entschuldige, kleine Alina. Ich wollte das G-Wort nicht sagen«, zog er sie auf.

»Fick dich!«, krächzte diese erneut und zündete sich eine ihrer selbst gedrehten Zigaretten an.

»Es ist so eine Art Geburtstagsgeschenk für dich, Laura.« Robert nickte der Blondine zu und schenkte ihr ein übertriebenes Lächeln, das eindeutig aussagte, was hinter seinem ›Geschenk‹ in Wirklichkeit steckte. »Von mir für dich«, setzte er noch hinzu. »Die anderen dürfen nur mit, weil sie unsere Freunde sind.«

»Du willst sie doch nur beeindrucken und flachlegen«, verriet Felix seine Hintergedanken und erntete dafür einen erbosten, warnenden Blick von seinem Freund.

»Hört auf mit dem Gezanke und verhaltet euch wie Erwachsene«, mischte sich nun Lennart ein und erhob sich. »Ich kann mir zwar immer noch nicht vorstellen, dass das Ganze funktioniert, aber wenn du sagst, du bekommst es hin, dann mache ich natürlich mit, keine Frage!« Er stellte sich neben Robert und legte einen Arm um dessen Schultern. »Wir hauen auf den Putz, fahren Achterbahn, bis wir kotzen und …«

»Und Geisterbahn«, unterbrach Alina. Sie musterte Emma, die sie ungläubig anstarrte.

»Geisterbahn? Das ist nicht dein Ernst, oder? Du stehst auf so 'nen Kinderkram?«, fragte sie verächtlich und schüttelte den Kopf.

»Ja, ich steh drauf«, murmelte Alina. »Kapiert? Ist doch wohl meine Sache, wie ich meine Freizeit gestalte, okay? Ach, weil du gerade Kinderkram erwähnst«, sprach sie Emma in einem trockenen Tonfall an, als würde sie eine belanglose Begebenheit des heutigen Tages schildern. »Wie weit ist es denn eigentlich mit deiner Periode? Ich meine, so mit fünfzehn … « Sie betonte das letzte Wort überdeutlich, inhalierte danach den Rauch ihrer Zigarette und schloss genüsslich die Augen. »Wenn es bei dir so weit ist, kann ich dir gern mit Hygieneartikeln aushelfen. Weißt du, ich schlage mich schon seit mehr als eineinhalb Jahren mit diesem Frauending herum. Ich kann dir also mit Rat und Tat zur Seite stehen, wenn du möchtest.«

Emma reagierte nicht auf die spitzfindigen Bemerkungen ihrer Freundin und drehte sich in Roberts Richtung. »Wann soll die Chose eigentlich beginnen?«

Robert zuckte mit den Schultern. »Ich richte mich da ganz nach euch, Freunde. Mein Vater verschwindet normalerweise immer gegen elf im Bett. Da hat er dann eine Flasche Wein und ein paar Schnäpse intus und ist vollkommen knülle. Seit Mama uns verlassen hat, trinkt er immer mehr von dem Zeug und das auch noch viel schneller als früher.«

»Aber er trägt die Verantwortung über einen riesigen Freizeitpark«, bemerkte Laura. »Er kann sich doch nicht jeden Tag besaufen. Das ist nicht gerade ein Vertrauen erweckendes Aushängeschild für den *Moviedrome-Park*.«

»Es weiß doch keiner von seiner Trinkerei. Außer mir. Und ich finde es echt scheiße, dass er säuft, aber ich kann es leider nicht ändern.« Robert hob die Schultern. »Und ich hoffe, ihr haltet euren Mund, jetzt wo ihr eingeweiht seid in dieses düstere Familiengeheimnis.«

»Klar doch!«

»Kein Ding!«

»Versprochen!« Das war das erste Wort, das Luka aussprach, seit Robert von seiner Idee erzählt hatte, eine Nacht im *Moviedrome* zu verbringen.

»Cool! Dann sind wir uns ja einig.«

»Also, wann geht es los heute Abend?«, wiederholte Emma ihre Frage.

Robert warf einen Blick zu Laura und blinzelte. »Nachdem es ein Geburtstagsgeschenk an Laura sein soll, dachte ich … Was haltet ihr davon, wenn wir uns kurz vor Mitternacht treffen und dann in Lauras Ehrentag reinfeiern?«

»Ich möchte das aber nicht als Geschenk«, wandte Laura ein und hob abwehrend die Hände. »Lasst es uns doch einfach als einen gemeinsamen Abenteuerausflug unseres Squads sehen, okay?«

»Squad? Wieso kannst du nicht einfach Gruppe sagen?«, bemerkte Felix. »Muss es immer diese bescheuerte *›i bims‹*-Sprache der Jugendlichen sein? Wir sind die *Maniacs*.«

»Jaja, die *Maniacs*, okay. Aber wir sind doch auch Jugendliche«, erwiderte Laura. »Außerdem kann ich reden, wie ich will, okay?«

Robert verdrehte die Augen. »Ist ja gut. Ganz wie du meinst. Dann sehen wir es als Gruppenunternehmung an. Für mich bedeutet es dennoch in erster Linie, dir eine Freude zu bereiten und einen außergewöhnlichen Geburtstag auszurichten, an den du dein ganzes Leben lang denken wirst.«

»Ach, mach doch was du willst«, murmelte Laura. Und leiser, sodass er es nicht hören konnte, flüsterte sie Emma und Alina zu: »In die Kiste bekommt er mich deswegen noch lange nicht. Da muss er schon andere Geschütze auffahren, als seinem Vater den Schlüssel zum *Modro* zu klauen.«

»Recht so!«, stimmte Alina zu und schnippte die halb gerauchte Zigarette hinter ihren Rücken.

Sie schwiegen eine Weile, bis schließlich Felix das Wort ergriff. »Und was machen wir bis heute Abend?«

»Fick dich!«, antworteten Alina und Laura gleichzeitig.

***

Der *Moviedrome*-Park wurde 2005 von Robert Charles Hopp im Norden Deutschlands eröffnet. Mit fast einhundertfünfzig Hektar Gesamtfläche reihte sich das *Modro*, wie es von den meisten Jugendlichen bereits nach kurzer Zeit genannt wurde, in die Top Ten der weltgrößten Freizeitparks ein. Gefolgt vom *Cedar Point* in Sandusky, Ohio, wo die zweithöchste und drittschnellste Achterbahn der Welt beheimatet war, wurde das *Modro* nur noch von den *Disney Worlds* und *Resorts* in Orlando, Florida, Paris, Kalifornien und Tokio übertrumpft. Außerdem gab es noch das *Beto Carrero World Penha Brasil* in Brasilien und das *Universal Orlando Resort*, die beide zumindest flächenmäßig größer als das *Modro* waren.

Hopps Freizeitpark konnte im weltweiten Vergleich nur mit eher mittelmäßigen Attraktionen aufwarten, zumindest was die amerikanischen Vorbilder betraf. Für das deutsche Publikum war das *Modro* allerdings eine Sensation sondergleichen und übertraf bereits im Eröffnungsjahr sämtliche Erwartungen, sowohl Besucher – wie auch Umsatzzahlen betreffend.

Unschlagbar auf der ganzen Welt war allerdings die *Dragon Attack*, eine etwas mehr als zweitausendfünfhundert Meter lange Achterbahn, die die bis dato größte Anlage, nämlich den *Steel Dragon* im japanischen *Nagashima Spa Land* um stolze zweiundzwanzig Meter und siebenundsiebzig Zentimeter an Fahrtstrecke übertraf und somit unversehens zur unumstößlichen Königin der Achterbahnen gekrönt wurde. Mit einer maximalen Geschwindigkeit von über einhundertfünfzig Stundenkilometern war eine Fahrt in der *Dragon Attack* ein Erlebnis, das seinesgleichen suchte.

Die restlichen Fahrgeschäfte des Freizeitparks dümpelten allerdings im Durchschnitt der weltweiten Eventanlagen und lockten anfangs nur wenige Touristen an.

Robert junior wurde zehn Jahre vor der spektakulären Eröffnung des *Modro* geboren. Als Zehnjähriger war es ein Geschenk des Himmels, einen Vater zu haben, der einem unendliches Fahrvergnügen in dem hauseigenen Freizeitpark bieten konnte. Während vor den Toren des *Modro* eine Band namens Theater of Tangram Dreams ihre innerhalb kürzester Zeit legendäre *Symphony of tangent Illusions* uraufführte, weihte Robert als erster Passagier die Fahrgeschäfte ein: die *Dragon Attack*, die Geisterbahn *Scary Monsters*, die etwas kleinere Achterbahn mit Dreierlooping *Three Wishes* und all die anderen mehr oder weniger spektakulären Anlagen, die die Herzen von Kindern zum Höherschlagen und die Mägen und Portemonnaies der Eltern zum Rebellieren brachten.

Obwohl Robert als Sohn des Besitzers jederzeit in den Park durfte und dort nach Lust und Laune die Fahrgeschäfte benutzen konnte, war ein mitternächtlicher Ausflug, wie er ihn dieses Mal geplant hatte, natürlich etwas vollkommen anderes. Abgesehen von dem Nervenkitzel, etwas Verbotenes zu tun, war das Gefühl einzigartig, alles für sich allein zu haben. Keine quengelnden Kinder oder missmutigen Eltern vor sich in der Warteschlange zu haben, war nur eines der unvergesslichen Erlebnisse, die sie heute Nacht erwarteten. Hinzu kam, dass Robert die Bedingung gestellt hatte, die Beleuchtung im ganzen Park ausgeschaltet zu lassen. Eine Achterbahnfahrt in vollkommener Dunkelheit musste einfach nur gigantisch sein.

»Die Wachleute werden nicht lange brauchen, um uns zu finden«, befürchtete Laura. »Wenn wir eines der Fahrgeschäfte benutzen, hören sie die Geräusche und den Lärm der ganzen Anlagen.«

Robert verzog die Lippen zu einem verschwörerischen Schmunzeln. »Ich habe aber eine Idee, wie ich sie daran hindern kann, uns zu erwischen.«

»Wie?«, fragte Emma schließlich, als niemand anderes es tat.

»Warte einfach ab«, vertröstete Robert sie und wandte sich dann mit einem verschwörerischen Augenzwinkern an Lennart. »Lennart und ich werden uns darum kümmern, keine Sorge. Wenn ihr gegen Mitternacht am Eingang seid, ist bereits alles erledigt.«

»Na, da bin ich aber gespannt.«

»Und ich erst.« Alina schnippte mit den Fingern ihrer linken Hand. »Robert wird sich schon was Tolles einfallen lassen. Er ist ein Genie, wenn es darum geht, Leute hinters Licht zu führen.«

»Was willst du damit sagen?«, fragte Robert herausfordernd.

»Ähm, nichts. Nichts Besonderes. Ich meine nur, mich an eine Situation erinnern zu können, in der du mich für deinen Beziehungsstatus auf Facebook benutzt hast.«

Robert schaute nervös zu Lennart, der das Gespräch aufmerksam verfolgte. »Ach, diese Sache meinst du? Das ist doch Schnee von gestern. Ich hatte Langeweile und wollte einfach wissen, ob ich bei dir landen könnte, das ist alles!«

»Spinner!«, murmelte Alina. »Du warst damals schon scharf auf Laura. Und als sie dir eine Abfuhr erteilt hat, wolltest du mich warmhalten, um dein Ego zu stärken. Du kannst das ruhig zugeben, Macho. Es wissen mittlerweile alle hier, wie dämlich du dich damals verhalten hast.«

»Hör auf, sowas über mich zu erzählen«, warf Robert entrüstet ein. »Ich war doch nicht von der Idee besessen, meinen Beziehungsstatus bei Facebook unbedingt von *Single* zu *In einer Beziehung mit* … abzuändern. Was bildest du dir eigentlich ein, Alina?«

»Hört auf mit eurem Gezicke«, mischte sich Emma in die hitzige Diskussion ein. Sie schüttelte den Kopf und deutete dann zuerst in Richtung Freizeitpark und dann zur Stadt hin. »Bevor wir uns heute Nacht beim *Moviedrome* treffen, sollten wir uns alle noch ein wenig hinlegen und schlafen. Wie ich uns kenne, werden wir die ganze Nacht durchmachen.«

»Da könntest du allerdings recht haben«, stimmte Felix ihr zu. »Zum Schlafen gehen wir mit Sicherheit nicht ins *Modro*.«

»Welche Art von Schlafen meinst du genau?«, stichelte Emma

»Ich meinte … Ach, vergiss es einfach!« Felix wandte sich von Emma ab. »Ich bleibe und schlage die Zeit hier tot. Komm rechtzeitig, Emma.«

»Okay, bis nachher.« Robert nickte Emma zu. »Dann bis heute Abend.«

»Ich verschwinde auch für ein paar Stunden«, verabschiedete sich Laura.

»Und geht vorher noch aufs Klo. Es könnte nämlich ziemlich gruselig werden, wenn wir allein im Dunkeln auf dem Parkgelände rumschleichen.« Luka lachte gehässig und erntete dafür von Alina einen wütenden Blick.

»Lass den Scheiß. Wir sind keine kleinen Kinder«, erwiderte sie und zögerte kurz, als wolle sie noch etwas hinzufügen.

»Ich weiß, Alina, Schätzchen«, kam ihr Luka zuvor. »Ich soll mich ficken, stimmt's?«

16:42 Uhr – Die Slashers

Emil sah zu Michelle und hob dann ratlos die Schultern. »Was denkst du?«

Die Angesprochene presste die Lippen fest aufeinander.

»Ich bin unsicher. So wie es aussieht, machen Evelyn und Paul mit. Warum sich ausgerechnet Stitch wie ein kleines Kind sträubt, verstehe ich nicht. Gerade von ihr hätte ich erwartet, dass sie sofort mit dabei ist.«

»Sie war schon immer komisch. Vielleicht liegt es daran, dass wir ein Handyverbot als Voraussetzung zum Mitmachen ausgesprochen haben. Sie ist bestimmt abhängig von diesem Scheiß. Gib ihr noch ein paar Minuten. Ich denke, sie hat sich im Grunde genommen schon längst entschieden, mitzumachen. Sie findet es bestimmt megageil, eine Nacht im *Modro* zu verbringen. Stitch ist doch die geborene Aufsässige, die sich über alle Regeln hinwegsetzen möchte. Überleg doch mal! Die *Maniacs* sind heute Nacht hier, Mann. Wir können von Glück sprechen, dass wir rausgekriegt haben, dass sie einen draufmachen wollen. Und wenn alles gut geht, und wir ebenfalls hier die Nacht verbringen, dann verpassen wir ihnen den Schock ihres Lebens, wenn wir auftauchen. Sie werden sich in die Hosen machen vor Angst.«

»Genau deswegen verstehe ich eben nicht, warum Stitch sich so anstellt.«

»Geduld«, beruhigte Emil Michelle. »Sie wird nicht mehr lange brauchen, vertrau mir.«

Er sah die frisch polierten Stahlverstrebungen der Achterbahn entlang bis ganz nach oben und strich sich eine Haarsträhne aus der Stirn. »Schade, dass wir nicht mit diesem Ding hier so lange fahren können, bis wir die Schnauze voll haben.«

»Sagt wer?«

Emil drehte sich in Michelles Richtung und grinste. »Was meinst du? Der Strom wird doch abgestellt.«

»Aber wir haben die ganze Nacht Zeit«, gurrte Michelle verführerisch und lehnte sich an seine Schulter. »Wir können uns auf die Suche nach dem Hauptschalter machen, oder? Und wenn es nicht funktioniert, begeben wir uns in die Geisterbahn und machen einfach andere Sachen, die …« Sie sprach den Satz nicht zu Ende und sah ihm stattdessen tief in die Augen.

Emil zuckte zusammen, als sie mit ihren Fingerspitzen über seinen Hosenstall fuhr und vorgab, den Reißverschluss zu öffnen, um seine Männlichkeit zu bewundern.

»Hör auf«, zischte er verlegen. Doch seiner Stimmlage war zu entnehmen, dass er im Grunde genommen nichts anderes wollte, als dass sie weitermachte und ihm die Hose tatsächlich öffnete.

Scheiß auf die Leute um uns herum, dachte er. *Sie würden wahrscheinlich vor Neid erblassen, wenn sie mir in aller Öffentlichkeit einen bläst.*

Emils Gedanken schweiften zur vergangenen Nacht und er spürte, wie sein Schwanz langsam aber stetig härter wurde.

Reiß dich zusammen! Wenn Michelle mitmacht, und so sieht es ja im Moment aus, dann haben wir tatsächlich die ganze Nacht Zeit, um miteinander zu schlafen. Sollen sich die anderen mit den Fahrgeschäften amüsieren, Michelle und ich haben was Besseres vor.

»Denkt ihr, unsere Eltern kaufen uns ab, dass jeder von uns bei einem anderen schläft?«

»Was sollte daran denn nicht funktionieren? Meine Eltern werden bestimmt nicht bei Paul anrufen und überprüfen, ob ich tatsächlich bei ihm penne.«

»Vielleicht denken sie, du bist schwul, und wollen nicht darüber sprechen«, vermutete Michelle und hauchte ihm einen Kuss auf die Wange.

»Wieso sollten sie sowas denken?«

»Ich meine ja nur. Du schläfst echt oft bei Paul …«

Er drehte sich in ihre Richtung und grinste sie breit an. »Aber du weißt hoffentlich, dass ich nicht schwul bin, oder?«

Sie nickte und formte ihre Lippen erneut zu einer feuchten Öffnung, die ihm den Atem raubte.

»Hör endlich auf, mich sexuell zu belästigen«, grinste er sie an.

»Zu Befehl!«, knurrte Michelle und klimperte dabei mit ihren Wimpern, als dächte sie nicht im Entferntesten daran, ihre Anmache einzustellen.

»Was ist jetzt, Stitch?«, rief Emil der braunhaarigen Punkerin zu, die neben Evelyn stand und sich ungeniert einen Joint ansteckte.

»Was soll schon sein?«, brüllte sie zurück. »Ich will mir einfach 'nen Sticky reinziehen, okay? Also lass mich gefälligst in Ruhe.«

»Hey, du bist so cool«, murmelte Emil. »Ihre Hoheit raucht im strahlenden Sonnenschein eines perfekten Tages eine Tüte in aller Öffentlichkeit. Du bist nicht mehr ganz dicht …«

»Lass sie doch. Muss sie doch wissen. Und es ist ihre Gesundheit, die sie damit ruiniert. Ich wüsste da andere, weitaus gesündere Aktivitäten, um high zu werden. Wenn ich zum Beispiel Emils Ding in den Mund …«

»Bitte, Michelle. Lass es einfach sein und warte, bis wir unter uns sind«, bat dieser sie mit einem nervösen Blick. »Wie du selbst schon bemerkt hast: Wir haben eine lange Nacht vor uns, in der wir all die Dinge ausprobieren können, über die du wahrscheinlich gerade nachdenkst.« Er beobachtete sie eine Weile und hob abwartend die Augenbrauen. »Alles klar soweit? Einverstanden?«

Michelle nickte kurz angebunden und fuhr sich mit der Zunge über die Unterlippe. »Klaro. Es ist einfach nur so, dass ich es kaum abwarten kann, dich endlich wieder in mir zu spüren«, flüsterte sie.

Emil reagierte nicht und ging ein paar Schritte auf Stitch zu, die gerade provozierend Rauch inhalierte und mit einem anzüglichen Stöhnen wieder ausstieß. Sie hielt Emil die Zigarette mit einem verklärten Gesichtsausdruck entgegen. »Ein kleiner Muntermacher? So ’n Joint macht Appetit.« Sie grinste.

»Hör auf, deine Raucherei ewig mit diesem bescheuerten Zitat aus *Lost Boys* zu rechtfertigen«, forderte Emil die Punkerin auf. »Es ist nicht besonders klug, diese Dinger zu rauchen, wenn die halbe Stadt und vor allem Kinder dabei zusehen.«

»Ach, du göttlicher Emil. Wir sind doch selbst noch Kinder«, seufzte Stitch. »Oder denkst du ernsthaft, du bist mit achtzehn schon ein erwachsener Mann?«

Bevor Emil antworten konnte, trat Michelle hinter ihn und antwortete an seiner statt. »Ich kann guten Gewissens sagen, dass er ein erwachsener Mann ist …«, sagte sie. »Ich habe Dinge gesehen, die ihr Menschen niemals glauben würdet …«

»Das ist aus *Blade Runner*«, sagte Paul. »Ein genialer Film!«

»Hört endlich auf mit diesem Zitatescheiß. Wir sind nicht die *Maniacs*«, forderte Emil. »Hast du dich jetzt entschieden, Stitch? Was ist? Machst du mit oder lässt du es bleiben und ziehst dir in deinem verdreckten, unaufgeräumten Messi-Zimmer einen Joint nach dem anderen rein?«

»Immer schön locker bleiben, Junge«, murmelte Stitch und streckte Emil ihre Zunge entgegen, durch die ein Stab gepierct war. Deswegen lispelte sie bei manchen Worten, was aber mittlerweile keiner aus der Gruppe mehr registrierte. »Ich stecke noch mitten in meinen Überlegungen.« Sie sah auf ihre Armbanduhr. »Wieso bist du eigentlich so hektisch? Wir haben fünf Uhr nachmittags. Es ist noch jede Menge Zeit, bis der Park schließt. Also, keine Panik, okay?« Sie schielte kurz auf seinen Schritt und verdrehte dann die Augen nach oben. »Du erwachsener, geiler Mann …«

Emils Kieferknochen arbeiteten wie verrückt und man konnte ihm deutlich ansehen, wie er sich anstrengte, Stitch nicht anzuschreien.

»In Ordnung, Metalhead«, knurrte er und wandte sich Michelle zu. »Lust auf einen Teufelsritt?«

»Jederzeit, mein Süßer! Welchen Ritt meinst du?«

»Eine Runde *Dragon Attack*«, antwortete Emil und reagierte nicht auf ihre Anspielung.

»Kann ich mitkommen?«, erkundigte sich Evelyn, die bisher kein einziges Wort von sich gegeben hatte.

»Klar doch!«

»Ich bin dann auch dabei«, schloss sich Paul an und warf Stitch einen entschuldigenden Blick zu. »Mit über hundertfünfzig Stundenkilometern in die Tiefe zu stürzen, hat schon was …«

»Nichts geht über einen guten Sticky«, entgegnete Stitch. »Das ist besser als jede Achterbahnfahrt, glaubt mir.« Sie versuchte ein Lächeln. »Ach, und Emil … ich denke, ich mache bei eurer Nacht mit. Ich könnte mir nämlich irgendwie doch vorstellen, dass es spannend werden könnte …«

»Na also, geht doch!«, erwiderte Emil. »Dann bist du also doch dabei, Metalhead.«

17:53 Uhr – Die Maniacs

Emma war sechzehn, sah aber aus wie neunzehn. Das lag nicht nur an ihren Brüsten, die denen von Megan Fox in nichts nachstanden, sondern auch an ihrem, in ihren Augen erwachsenen Verhalten, das sie an den Tag legte.

Emmas Eltern waren beide Lehrer, daher wusste sie genau, was es zum Beispiel hieß, sich zu benehmen. Die Umgangsformen, die ihre Eltern miteinander pflegten, färbten schon im Kindesalter auf die Tochter ab und ließen sie zu einem beliebten Mädchen werden. Warum sich Emma ausgerechnet mit Leuten wie Robert und seinen *Maniacs* abgab, begründete sich unter Umständen in der Tatsache, dass sich Gegensätze anzogen. Während Emma zu Hause eine mehr als vorzeigbare Tochter darstellte, konnte sie in der Gemeinschaft ihrer Freunde schlichtweg ›die Sau rauslassen‹, wie sie es gern nannte.

Den Plan, den Robert ihnen heute offenbart hatte, fand Emma ziemlich genial. Sie freute sich schon ungemein darauf, endlich einmal wieder etwas Verbotenes zu tun. Ihre Eltern würden von ihrem Vorhaben zwar nichts mitkriegen, aber allein das Wissen, dass sie vollkommen die Fassung verlieren und ausrasten würden, bereitete Emma eine Genugtuung, die sich fast schon teuflisch anfühlte.

Der Gedanke, in vollkommener Dunkelheit durch die engen Kurven einer Achterbahn zu rasen oder sich in irgendeinem Fahrgeschäft der Illusion hinzugeben, ganz allein auf der Welt zu sein, versetzte Emma schon jetzt in eine euphorische Hochstimmung.

Die heutige Nacht würde ein Erlebnis werden, an das sie sich für den Rest ihres Lebens erinnern würde.

Emma genoss dieses Gefühl der Freiheit, das jungen Menschen innewohnte, die den Alltag eines Erwachsenen noch nicht kannten, in vollen Zügen. Sie war sich durchaus bewusst, dass sich das eines Tages ändern würde. Und das mit Sicherheit schneller, als man damit rechnete, also kostete sie bei solchen Vorhaben – wie Roberts aktuellem Plan – jede Sekunde aus.

»Wie weit bist du mit deinen Schulaufgaben?«, erklang die Stimme ihrer Mutter aus dem Erdgeschoss.

»Ich bin bei der letzten Aufgabe«, log Emma und kramte schnell das Hausaufgabenheft aus ihrem Tornister hervor, um es auf den Schreibtisch zu legen. Normalerweise vertraute ihr ihre Mutter in Bezug auf Schulangelegenheiten, weswegen Emma sich hin und wieder einige Freiheiten erlauben konnte. Und wen störte es, wenn sie gelegentlich die Lösungen aus dem Heft einer Freundin während der Busfahrt abschrieb?

»Ich werde heute übrigens bei Laura schlafen«, rief sie. »Geht das in Ordnung?«

»Warum denn nicht? Ihr seid beide schon fast erwachsen. Ich habe in deinem Alter oft auswärts geschlafen. Was habt ihr denn vor?«

»Vielleicht schauen wir uns ein paar Filme an.«

»Aber doch nicht wieder diesen Horrormüll, vor dem immer gewarnt wird? Sei ehrlich, Schatz …«

»Mama, das sind ganz normale Gruselfilme. Außerdem sind es meistens ältere Filme, die wir von Lauras Bruder ausgeliehen bekommen. Die sind echt nicht schlimm.«

»Jaja, Zombies! Dämonen, die Frauen mit ihren Klauen die Kehlen aufschlitzen! Serienkiller …«, zählte Emmas Mutter auf.

»Exakt!«, bestätigte Emma genervt. »Genau solche Sachen. Die Vampire und untoten Sexualstraftäter und Vergewaltiger nicht zu vergessen.«

»Ich hoffe nur, du entpuppst dich eines Tages nicht als eines der Mädchen, die ein Massaker an einer Schule anrichten, weil sie sich solchen Mist angesehen haben.«

Wenn du nicht mit dem Nörgeln aufhörst, richte ich gleich hier ein Massaker an!

18:11 Uhr – Die Slashers

»Wenn der Park um zweiundzwanzig Uhr schließt, wird es ungefähr eine knappe Stunde dauern, bis alle Angestellten von der Bildfläche verschwunden sind. Danach haben wir freie Bahn«, erläuterte Emil. »Wir können uns in Ruhe auf dem Gelände umsehen, ein paar Attraktionen aus unmittelbarer Nähe betrachten, ohne dass andere Gaffer vor uns rumgammeln und uns die Sicht versperren, und uns dann noch um andere Dinge kümmern …« Er lächelte Michelle spitzbübisch an, die sein Grinsen erwiderte und nach seiner Hand tastete, als sich der Waggon der *Dragon Attack* ruckelnd in Bewegung setzte.

»Yeah, Baby. *Um andere Dinge kümmern* klingt verdammt gut«, flüsterte sie und legte ihren Kopf an seine Schulter.

»Hoffentlich kommt uns Stitch mit ihren verdammten Joints nicht in die Quere!«

Michelle kniff die Augen zusammen und drehte sich dann mit einem leisen Seufzen nach dem Wagen hinter ihnen um, in dem Evelyn und Paul saßen.

»Wieso versucht du eigentlich nicht, auch einmal so ein Ding zu rauchen?«, fragte sie scheinheilig. »Das kommt bestimmt ziemlich gut, während ich mich dabei um dein Ding kümmere.«

»Ich brauche das Zeug nicht, damit es mir Spaß macht, wenn du mir einen bläst«, wehrte Emil ab und betrachtete das riesige Gelände des Freizeitparks unter ihnen, als der Wagen durch den Kettenlift immer mehr an Höhe gewann. Die Aussicht vom höchsten Punkt aus war atemberaubend, bevor sie mit einem donnernden Rauschen in die Tiefe stürzten.

Das Kreischen der Passagiere drang wie aus weiter Ferne an Emils Ohren, während er sich am Sicherheitsbügel festhielt und Michelles spitze Fingernägel in seinem Oberarm spürte.

Fühlt sich an wie ein Orgasmus, durchzuckte es ihn, als sie auf die Erdoberfläche zurasten und mit ungeheurem Druck in die Ledersitze gedrückt wurden, bevor die Waggonschlange abrupt wieder nach oben raste, um kurz danach in eine Steilkurve gepresst zu werden. Die g-Kraft ließ Emil unwillkürlich den Atem anhalten, als die Wagen abrupt die Richtung wechselten und zum zweiten Mal nach oben brausten.

»Wahnsinn!«, kreischte Michelle und versuchte, sich umzudrehen, was ihr aber aufgrund der rasanten Geschwindigkeit nicht gelang.

»Halt dich am Bügel fest und nicht an meinem Oberarm, Michelle. Du tust mir echt weh«, nutzte Emil die kurze Verschnaufpause, in der die Waggons durch einen zweiten, wesentlich kürzeren Kettenlift nach oben gezogen wurden.

»Entschuldige, Babe!«

»Kein Problem. Aber es wäre echt schön, wenn ich nach dieser Fahrt keine Kratzspuren …«

»Du wirst heute Nacht wegen ganz anderer Dinge Kratzspuren haben«, unterbrach sie ihn mit einem Lächeln.

Bevor er antworten konnte, schoss der Wagen nach unten und es verschlug sowohl Michelle als auch ihm die Sprache.

Das Donnern der Räder dröhnte unangenehm in Emils Ohren, als sie eine lang gezogene Kurve entlangratterten, um danach in einen zwar relativ niedrigen, aber umso steileren Abgrund zu fallen.

Das Ruckeln des Wagens zeigte Emil, dass die Fahrt bald vorüber sein würde. Er war die *Dragon Attack* schon unzählige Male gefahren und kannte so ziemlich alle Eigenheiten der Bahn.

Während die Wagenschlange abgebremst wurde, hantierte Emil bereits an seinem Sicherheitsbügel herum.

»Klasse Fahrt«, sagte er und wandte sich Michelle zu, die nickte und begeistert ihre Handflächen aneinanderrieb.

»Ja, das war wirklich gut.«

Emil vernahm ihre Antwort wie durch einen Wattebausch. Die Fahrgeräusche hallten noch immer in seinen Ohren nach. Er richtete seine Augen auf einen dunklen Schweif am Himmel, der einer Sternschnuppe ähnelte.

Oder einem abstürzenden Flugzeug.

Emil war sicher, dass es sich weder um das eine noch das andere handelte.

Als sie den Achterbahnwagen verlassen hatten und Emil ein zweites Mal in den Himmel sah, konnte er nur ein paar Schäfchenwolken in der aufkommenden Dämmerung erkennen. Es sah aus, als wäre absolut nichts Außergewöhnliches geschehen.

Sechs Monate zuvor

Verband zur Erforschung außerirdischer Intelligenz e.V., Buchstedt

Silvia Vogt wischte die Ampulle ab und stellte sie vorsichtig in die Vorrichtung auf dem Tisch vor ihr. Ihre Hände waren feucht und zitterten leicht. Unter Umständen hatte sie gerade eine bahnbrechende Entdeckung hinsichtlich der Alien-DNS gemacht, die sie vor ein paar Wochen nach der Bruchlandung eines unbekannten Flugobjekts in der Nähe von Buchstedt gefunden hatten.

Mittlerweile waren zwei weitere Raumschiffe beobachtet worden, eines ebenfalls im Norden Deutschlands, das andere im Süden.

VEAI, der Verband zur Erforschung außerirdischer Intelligenz, hatte jedes Mal ein Team hingeschickt.

Dieses hatte beim ersten Ufo eine staubähnliche Lebensform im Inneren der Kapsel gefunden und sie sofort zur VEAI-Zentrale gebracht. Dort landete der Staub ohne Umwege bei Silvia Vogt, die eine Koryphäe im Bereich der DNS-Forschung war. Seitdem hatte sich Vogt der Untersuchung dieser außerirdischen Lebensform gewidmet.

Heute konnte sie endlich einen beachtlichen Erfolg vermelden. Offensichtlich hatte ihr Bauchgefühl die ganze Zeit gestimmt. Als nämlich damals ein Teammitglied bei der Bergung des Staubs die Kontrolle über sich verloren und zwei seiner Kollegen verletzt hatte, bevor er sich anschließend selbst tötete, hatte Silvia Vogt so etwas wie eine Vision. Das Ereignis hatte sie an eine Abhandlung zweier Forscher erinnert. Die Untersuchung jener Wissenschaftler war der ausschlaggebende Punkt in Vogts Überlegungen, den sie als Ausgangspunkt für ihre Forschungen zugrunde legte.

Vor ein paar Jahren hatte diese Studie in Wissenschaftskreisen für Furore gesorgt, weil der Fund männlicher DNS im Gehirn von Frauen nachgewiesen worden war. Bei den Untersuchungen wurde festgestellt, dass während der Schwangerschaft das Erbgut des männlichen Nachwuchses bis in das Gehirn der Mutter vordringen konnte. Bei nahezu zwei Drittel der Frauen konnten Sequenzen eines Y-Chromosoms nachgewiesen werden, welches ausschließlich in männlichen Zellen vorkommt. Die Folgen, die dieses ›fremde‹ Erbgut auf die Mutter hatte, waren bis heute noch nicht ausreichend erforscht, aber einige Forscher behaupteten steif und fest, dass die davon betroffenen Frauen auf gewisse Art und Weise von dem männlichen DNS-Schnipsel fremdgesteuert wurden. Aus welchen Gründen auch immer, schlug Vogt eine gedankliche Brücke zwischen diesen beiden Ereignissen und ging davon aus, dass es sich bei dem Staub um eine außerirdische Intelligenz handelte, die sich an die DNS im Gehirn des VEAI-Mitarbeiters angedockt und dadurch das ungewöhnliche und aggressive Verhalten ausgelöst hatte.

»Und du bist sicher, dass du auf dem richtigen Weg bist und dich nicht in irgendeine hirnrissige Idee verrennst?«, unterbrach Andrea Bieber ihre Überlegungen.

»Wieso hirnrissig?«, wandte sich Vogt an ihre Assistentin. »Das Ergebnis ist doch ziemlich eindeutig, Bibbi.«

»Nenn mich bitte nicht Bibbi. Michael hat mich immer so genannt und ich möchte diesen Namen nicht mehr hören, wenn du verstehst, was ich meine. Und zu deiner Theorie: Die hört sich für mich etwas an den Haaren herbeigezogen an.«

»Okay, Bibbi«, antwortete Silvia abwesend. »Warum sollte das an den Haaren herbeigezogen sein? Während der Schwangerschaft tauschen Mutter und Kind ständig genetisches Material aus. Bis vor Kurzem wusste man nur noch nicht, dass sich dieser Austausch auch im Gehirn einer schwangeren Frau abspielt. Das anzunehmen klang auch erst mal hanebüchen.« Sie lehnte sich zurück und betrachtete eine Weile die Ampulle. »Was ist so abwegig an der Annahme, dass sich dieser fremdartige Staub in den menschlichen Körper einnistet, ihn sozusagen schwängert und …«

»Aber es war ein Mann, der ausgerastet ist, keine Frau.«

»Egal, ob Mann oder Frau, das fremde Wesen ist vielleicht geschlechtslos oder ein Zwitter. Seine einzige Aufgabe ist es, in der fremden Welt zu überleben und so dockt es an der menschlichen DNS an, um sie zu seinem Vorteil zu beeinflussen.«

»Dagegen spricht, dass der Mann vollkommen die Kontrolle über sich verloren hat«, wandte Andrea ein. »Er hat sich selbst getötet, indem er sich das Gehirn weggepustet hat wie in einem dieser verdammten Zombie-Filme. Nicht gerade von Vorteil für ihn …«

»Und genau das bestärkt meine Vermutung«, erklärte Vogt. »Wusstest du zum Beispiel, dass dieser Typ krank war?«

»Krank?«

»Ja, er hatte eine tödliche Immunkrankheit. Es könnte doch durchaus sein, dass die Aliens …«

»Die Aliens?«, unterbrach Bibbi mit einem Grinsen auf den Lippen. »Du bezeichnest diesen Staub schon als Aliens?«

»Ja, genau das tue ich, meine Liebe. Aliens. Also, die Aliens, oder auch Außerirdische, wenn dir dieser Begriff lieber ist, stellen fest, dass ihr Wirtskörper krank ist, praktisch unbrauchbar und nicht geeignet für ihr Überleben.«

»So ähnlich wie in *Die Körperfresser kommen*?«

»Ähm … Den Film kenne ich nicht. Ich meine, dass diese Außerirdischen in kranken Wirtskörpern nicht überleben können und sie deswegen beseitigen.«

»Und die gesunden? Was ist mit den gesunden Menschen, die sie in Besitz nehmen?«

Vogt zuckte ratlos mit den Schultern. »Keine Ahnung. Es sind nur Vermutungen, die ich anstelle. Aber wenn es so wäre und sich die Aliens erfolgreich in die Körper von gesunden Menschen einnisten, dann würden wir niemals merken, dass sie sozusagen infiziert sind.«

»Also echt! Das klingt, als würdest du über einen Science-Fiction-Film reden. Oder über eine Folge von *Akte X*.«

»Und was sagst du dann zu diesem Ergebnis?«, wandte sich Vogt leicht verärgert an ihre Mitarbeiterin. Sie schob ihr den Ausdruck mit den Ergebnissen der DNS-Analyse hin. »Glaubst du meinen Forschungsergebnissen nicht? Im Gehirn des toten Mannes befanden sich Spuren einer fremden DNS. Im Gehirn«, betonte sie noch einmal. »Eine fremde DNS.« Sie machte eine kurze Pause, in der sie tief Luft holte, um ihren aufkommenden Ärger gegenüber Andrea unter Kontrolle zu bringen. »Bibbi, hör zu. Entschuldige, ich wollte natürlich Andrea sagen. Mein Fehler. Die Parallelen zu der Entdeckung männlicher

DNS im Gehirn einer schwangeren Frau sind doch unverkennbar. Vielleicht finden wir dadurch einen Weg, diese Aliens zu bekämpfen.«

»Du denkst also, wir müssten sie bekämpfen?«

Silvia Vogt atmete erneut lautstark ein. »Die Regierung hält sämtliche Vorfälle dieser Art unter Verschluss. Das bedeutet aber lediglich, dass die Öffentlichkeit nichts davon erfährt, nicht, dass sie nicht passiert sind. Hättest du die monatlichen Infoblätter von VEAI durchgelesen, wüsstest du, dass sich innerhalb der letzten Wochen jede Menge ungewöhnlicher Vorkommnisse auf der ganzen Welt ereignet haben, die an den hiesigen erinnern.«

»Ich lese die Infos tatsächlich nie«, murmelte Andrea Bieber.

»Und genau das ist dein Problem. Du musst sie lesen, denn das ist Teil deines Arbeitsvertrages. Du musst dich verdammt noch mal informieren, was in unserer kleinen Welt der Wissenschaft vorgeht, damit du auf dem aktuellen Stand der Forschung bleibst.« Vogt beugte sich in Andreas Richtung. »Jede Menge Menschen haben sich vor den Augen der Öffentlichkeit umgebracht. Die einzige Verbindung zwischen all den Vorkommnissen ist die, dass sie sich zum einen wie willenlose Zombies benommen haben und zum anderen alle todkrank waren. Koronare Herzkrankheiten, Schlaganfälle, Brustkrebs, Lungenkrebs, was weiß ich noch. Alle Menschen, die sich selbst in der Öffentlichkeit getötet haben, waren sterbenskrank. Ausnahmslos.«

»Und das ergibt für dich Sinn? Aliens dringen in das Gehirn ein, stellen fest, dass der Mensch krank ist, und verursachen dann, dass er sich selbst tötet? Echt, Silvia. Ich dachte, du bist Wissenschaftlerin …«

»Hör auf, Andrea. Zieh das nicht ins Lächerliche, hörst du?«

»Uhhh«, jaulte die Assistentin übertrieben. »Die Körperfresser kommen. Wir kommen, um dich zu holen … Sie sind wieder da …«

»Du wirst schon sehen, dass ich recht habe«, murmelte Vogt und wandte sich wieder der Ampulle zu.

Schmutz von einem heiligen Ort

19:43 Uhr

Mindestens die Hälfte der Bevölkerung von Buchstedt sah den mysteriösen dunklen Streifen am Himmel. Zwei Drittel davon beachteten das Phänomen jedoch nicht weiter und widmeten sich wieder ihrer Tätigkeit, der sie zuvor nachgegangen waren. Das andere Drittel überlegte kurzzeitig, worum es sich bei dem Phänomen gehandelt haben könnte, vergaß den Vorfall aber bis zum Abend wieder. Kurz: Niemand machte sich ernsthaft Sorgen.

Während Emil und Michelle die *Dragon Attack* verließen und Hand in Hand auf Evelyn und Paul warteten, geriet Bauer Dietmar Herberth ein paar Kilometer außerhalb der Stadt unglücklicherweise in die brenzlige Situation, als erster Mensch von Buchstedt die Landung einer außerirdischen Spezies aus unmittelbarer Nähe zu erleben. Es handelte sich bei den Eindringlingen keineswegs um grauenerregende körperliche Wesen, wie es die meisten Menschen bei einer derartigen Invasion erwarten würden, sondern um ein eher unspektakuläres Erscheinungsbild in Form lapidarer Staubpartikel. Sie strömten aus dem Inneren der abgestürzten Metallkapsel, nachdem diese äußerst unsanft in der Nähe eines Bauernhauses, nämlich dem von Dietmar Herberth, niedergegangen war.

Herberth fuhr gerade die Maisernte ein und dachte zunächst, er wäre einer optischen Täuschung erlegen, als er aus dem Augenwinkel einen grellen Lichtblitz auf die Erde niederfahren sah. Als Sekundenbruchteile später jedoch die Erde kurz bebte, hielt der Bauer erschrocken inne und schaltete nach einer Weile den Motor seines Traktors aus.

Eine unwirkliche Stille lag über dem Feld, während Dietmar Herberth die Luft anhielt und in Erwartung eines überraschend aufkommenden Abendgewitters auf ein weiteres Rumpeln wartete, das aber ausblieb.

»Hol mich doch der Teufel«, murmelte er und quälte sich mit einem Ächzen aus dem durchgesessenen Traktorsitz, auf dem er bereits seit Stunden gehockt hatte.

Es war kurz vor acht Uhr abends und eigentlich hatte Herberth vorgehabt, nur noch eine Maisreihe zu erledigen, bevor er Feierabend machen und sich ein paar wohlverdiente Biere gönnen würde. Meistens wurden daraus fünf oder sechs, aber als alleinstehender Mittfünfziger suchte sich Herberth schlichtweg im Alkohol die kleinen Belohnungen eines erfolgreichen Arbeitstages.

»Wenn das wieder die Jungs waren, bringe ich sie eigenhändig um. Dieses Dreckspack. Die sollten zusehen, dass sie mir nicht unter die Augen kommen.«

Unter seinen Achseln hatten sich dunkle Schweißflecke auf dem Hemd gebildet und Herberth zerrte angewidert den klebrigen Stoff von seinem Körper. »Ich hasse Mais«, fluchte er, während er auf die Stelle zuging, an der das Ding vom Himmel gefallen war. »Ich glaube, für heute ist genug!«

Er rümpfte die Nase, als er einen metallischen Geruch in der Luft registrierte und dabei unbewusst den Staub aus einer anderen Galaxie einatmete.

»Oh, scheiße. Was ist das denn für ein widerlicher Gestank? Habt ihr etwa Stinkbomben …? Na wartet, wenn ich euch erwische!«, drohte er mit erhobener Faust und suchte die noch stehenden Maisstängel ab.

Über den Einschlagkrater hatte sich eine gelbliche Wolke gelegt, die zwischenzeitlich bereits auf den Acker sank und sich wie eine Decke über die Überreste der abgeernteten Maisstängel legte.

»Was habt ihr da gemacht, ihr Penner?«

Herberth trat näher an den Krater heran und stützte beide Hände in den Hüften ab, als er die mannshohe Metallkugel inmitten von zermatschten Maiskolben liegen sah.

Mit einem leisen Zischen entwich nach wie vor gelber Staub aus dem Behälter.

»Was ist denn das für eine Scheiße?«, murmelte Herberth, während er sich neben das Metallgehäuse kniete, um es genauer in Augenschein zu nehmen. »Was zum Teufel …?« Er war ferner überzeugt davon, dass es sich bei den Übeltätern um eine der beiden Jugendgruppen der Stadt handeln musste und sie sich noch immer in unmittelbarer Nähe befanden, um sich an seiner Wut zu ergötzen.

Als er sich erhob, wurde er von einem Schwindelgefühl übermannt, das ihn sofort wieder in die Knie zwang. Ein leichter Juckreiz machte sich in seiner Nase bemerkbar und Sekunden später musste Herberth derart laut niesen, dass er selbst erschrak.

»Verdammt!«

Mit einer Wucht, als habe ihn ein unsichtbarer Hammer getroffen, wurde Dietmar Herberth von den Füßen gerissen und nach hinten geschleudert, wo er über zehn Meter vom Krater entfernt inmitten abgeschnittener Maisstängel landete. Der Bauer krümmte sich vor

Schmerzen und fasste sich instinktiv an die juckende Nase.

Ein unbeschreiblich stechender Schmerz breitete sich plötzlich über sein gesamtes Gesicht aus und der vollständige Körper des Mannes zuckte unkontrolliert.

»Verdammte Scheiße, was soll das?«, ächzte Herberth und rollte sich zur Seite, um besser auf die Beine zu kommen.

Die gelbe Staubwolke wirbelte durcheinander, als er sich aufrichtete und zurück zu seinem Trecker lief.

Seine Augenlider flatterten, während er sich durch das halb abgeerntete Maisfeld kämpfte und dabei krampfhaft versuchte, nicht das Gleichgewicht zu verlieren. Herberth schrie laut auf, als er stolperte und der Länge nach auf die stoppeligen Überreste der Maispflanzen fiel. Ein weiterer Schmerz durchzuckte sein Gesicht, als sich einer der harten Halme dicht unterhalb seines rechten Auges in die Wange bohrte.

Mit einem Röcheln stützte sich Herberth mit der linken Hand auf dem Ackerboden auf, während er mit der linken den Maishalm aus seinem Gesicht riss und achtlos hinter sich warf.

Plötzliche Übelkeit übermannte den Bauern und machte ihm zusätzlich zu schaffen, während er weiter auf den Traktor zutorkelte.

Was passiert hier? Wenn ich diese Kröten in die Finger bekomme, werden sie ihr blaues Wunder erleben. Sie haben Gift auf mein Ackerland geworfen …

Herberth fluchte leise und fiel dabei fast ein zweites Mal hin. Erleichtert erreichte er den Traktor und hielt sich am Hinterrad fest.

Das Brennen in seinem Gesicht hatte zwar etwas nachgelassen, dafür war aber die Übelkeit schlimmer geworden. Herberth spürte aufsteigende Galle in seiner Speiseröhre und würgte. Vor seinen zusammengekniffenen Augenlidern schimmerten helle Lichtstreifen, während er sich ins Führerhaus zog und mit einem lauten Aufschrei in den noch immer von seinem Schweiß feuchten Sitz fallen ließ. Er überlegte kurz, ob er vielleicht sogar vor Angst in die Hose gepinkelt hatte und der Bezug deswegen so nass war.

Das Flimmern vor seinen Augen wurde stärker und Herberth meinte, eine gelbe Staubwolke vor dem Fahrzeug zu erkennen.

Ein leises Wimmern erfüllte plötzlich die Luft, als würde ein kleines Kind in unmittelbarer Nähe heulen. Es dauerte eine Weile, bis der Bauer erkannte, dass er selbst es war, der so bitterlich weinte. Er spürte, wie irgendetwas die Herrschaft über seinen Körper übernahm.

Und dann geschah etwas noch Unheimlicheres. Dietmar Herberth wusste von einer Sekunde auf die andere, dass er krank war. Ohne Ankündigung drängte sich ihm auf mysteriöse Weise schlagartig die Erkenntnis auf, dass er eine tödliche Krankheit in sich trug.

Leberzirrhose! Ich sollte in Zukunft auf Alkohol verzichten, dachte er noch, als sich eine undurchdringliche Schwärze über sein Bewusstsein senkte und er in eine Ohnmacht fiel, aus der er niemals wieder erwachen sollte. Die Schmerzen, die der außerirdische Staub in seinem Körper verursachte, als er seine Organe zerquetschte, und die daraus resultierenden inneren Blutungen spürte Dietmar Herberth glücklicherweise nicht mehr.

Zurück blieb eine verschrumpelte Leiche, aus deren Mund feiner gelber Staub strömte. Schon wenige Augenblicke später erhob sich der Leichnam mit ungelenken Bewegungen und machte sich auf den Weg nach Buchstedt.

19:51 Uhr – Die Maniacs

Luka las vertieft in dem Comicheft, das er von Robert zu seinem Geburtstag vor knapp drei Wochen geschenkt bekommen hatte.

»Cool! Die Marsianer krepieren an Schnupfen …«, murmelte er vor sich hin und grinste.

»Masern«, warf Robert ein. »Es waren die Masern und kein Schnupfen!«

»Dann eben die Masern. Ist doch scheißegal, wie sie letztendlich verreckt sind, oder?« Luka warf den *Krieg der Welten*-Comic zur Seite und klopfte sich gelangweilt auf die Schenkel. »Wie spät ist es?«, fragte er nach einer Weile.

»Wir haben noch zwei Stunden bis zur Schließung des Parks«, erwiderte Robert und sah argwöhnisch zu Alexander, der sich angeregt mit Laura unterhielt. Sie war bereits zehn Minuten nach ihrem Abschied wieder zur Gruppe gestoßen. »Ich kann sowieso nicht schlafen«, hatte sie ihre vorzeitige Rückkehr begründet.

»Okay, ich gehe jetzt nach Hause und warte, bis mein Vater betrunken genug ist, um ins Bett zu fallen.« Robert machte eine Pause und beobachtete, wie sich Laura mit einem lauten Lachen nach hinten beugte und dann vertrauensvoll an Alexander wandte, als hätte sie vor, ihm gleich ein Geheimnis anzuvertrauen, das keiner aus ihrer Gruppe sonst wissen durfte.

»Und dann«, sprach Robert etwas lauter, um auch Lauras Aufmerksamkeit auf sich zu lenken, »läuft es folgendermaßen ab: Schlüssel klauen, zum Park laufen, die Wachen unter Kontrolle bringen und schon kann der Spaß beginnen.«

»Verrückt, echt«, murmelte Luka. »Wenn das alles wirklich funktioniert, wird es eine der krassesten Nächte unseres bisherigen Lebens werden.«

»Damit könntest du recht haben«, bestätigte Robert. Er wandte sich an den blonden Jungen und griff nach dem Comic. »So wie das Heft aussieht, gefällt dir mein Geburtstagsgeschenk.«

»Es ist echt cool«, bejahte Luka. »Hat nicht Steven Spielberg einen Film aus dieser Geschichte gemacht?«

»Doch nicht aus diesem Comic«, antwortete Felix, der mittlerweile zusammen mit Lennart auf dem kleinen Stück Wiese saß und gelangweilt Löcher in die Luft starrte. »Spielberg hat den Roman von H.G. Wells verfilmt und nicht eine gezeichnete Geschichte.«

»Was hast du gegen Comics?«, warf Luka ein.

»Nichts! Aber in der Regel werden solche billigen gemalten Storys nicht verfilmt.«

»Oh doch, du Idiot. Und wie die verfilmt werden«, entgegnete Luka aufgebracht. »*Superman, Batman, Spiderman, Catwoman* … *Hulk, Fantastic Four, Avengers* und …«

»Schon gut«, gab Lennart widerwillig zu. »Aber das sind alles Superhelden … die sind nichts Besonderes …«

»Nichts Besonderes? Also ich finde *Spiderman* echt klasse!«

Beleidigt zog Luka eine Schnute und schaute Hilfe suchend zu Robert, als erwarte er von ihm Unterstützung bei der Verteidigung, was Verfilmungen von Comics betraf.

»Leute, es ist doch letztendlich ziemlich egal, was verfilmt wird und was nicht. Wichtig ist das Endergebnis …« Er wandte sich an Luka und sah dann zu Lennart hinüber, der zustimmend nickte. »Aber im Fall von *Krieg der Welten* ist es tatsächlich der Roman, der Spielbergs Interesse geweckt hat.«

»Okay, schon gut. Ich hab's begriffen«, murmelte Luka beleidigt.

Die Sonne war fast untergegangen und tauchte die Wiese, auf der Felix und Lennart saßen, mit letzter Kraft in ein mystisch wirkendes Licht.

»Wieso ist Emma eigentlich nicht hiergeblieben?«, erkundigte sich Felix.

»Sie muss ihren nachmittäglichen Schönheitsschlaf halten«, beantwortete Lennart die Frage und grinste. »Außerdem steht sie sonst die Nacht der Nächte nicht durch.«

»Das wird echt der Hammer«, meldete sich Alina zu Wort. Sie fuhr sich durch die rötlichen Haare und zog dabei eine Strähne in die Stirn, bevor sie sich an Robert wandte. »Denkst du wirklich, dass wir sogar mit den Fahrgeschäften fahren können?«

»Klar doch. Genau darum geht es doch, oder?«, bestätigte er. »Sobald ich zusammen mit Lennart die Wachmänner außer Gefecht gesetzt habe, können wir loslegen. Glaub mir, ich habe alles im Griff.«

»Wie viele Männer sind es denn, die du und Lennart außer Gefecht setzen müsst?«, erkundigte sich Laura. »Es ist doch ein ziemlicher großer Park, den dein Vater da betreibt.«

Robert schmunzelte. »Es sind normalerweise zwanzig Sicherheitsleute, die jede Nacht durchs *Modro* streifen und nach Eindringlingen Ausschau halten.«

»Zwanzig?«

»Ich sagte, normalerweise. Heute haben sich vier davon krankgemeldet, also haben wir es nur noch mit sechzehn zu tun.«

»Nur noch sechzehn? Das ist immer noch eine ganze Menge. Wie willst du die denn so weit bringen, dass sie uns in Ruhe lassen?« Luka wartete neugierig auf Roberts Reaktion.

Der lächelte geheimnisvoll und sah dann einen nach dem anderen an. »Tja, die Wachmänner werden heute eine von meinem Vater unterzeichnete Nachricht bekommen. Mehr braucht ihr nicht zu wissen.«

Felix sah über ein paar Baumwipfel zum *Moviedrome* hinüber, der sich nicht weit vom Stadtpark entfernt befand. Von den Fahrgeschäften waren lediglich das Riesenrad *Magic Lightwheel* und der Turm der großen Achterbahn zu erkennen.

Leises Kreischen von Fahrgästen drang zu ihnen herüber und Felix drehte sich mit einem breiten Grinsen wieder in Richtung seiner Freunde.

»Nicht mehr lange und wir haben die ganzen Sachen für uns allein.«

20:11 Uhr – Die Squalors

Die Außerirdischen hatten nach ihrer Landung nur eines im Sinn: Überleben!

Die Atmosphäre der Erde bereitete ihnen massive Schwierigkeiten, doch es dauerte nicht lange und die Besucher entdeckten Wirtskörper, die sie durch diverse Körperöffnungen in Besitz nehmen konnten. Der Organismus der Staubwesen war relativ simpel und als sie sich im Körper des Bauern Dietmar Herberth einnisteten, verspürten sie im ersten Moment Zufriedenheit. Sie entdeckten rote Flüsse im Inneren des Wirtskörpers, in denen sie Energie fanden, die sie dringend benötigten, um sich von der langen Reise durchs All zu erholen und zu regenerieren. Sie fühlten sich wohl, obgleich der Körper eine Wärme ausstrahlte, die sie gar nicht gewohnt waren.

Sie dachten nicht besonders viel nach, sondern erinnerten sich nur hin und wieder an einen heiligen Ort namens ›D'harkúr‹, ihre Heimat, die durch eine verheerende Naturkatastrophe zerstört worden war. Glücklicherweise war ihnen rechtzeitig die Flucht gelungen und sie konnten den Planeten, der am anderen Ende des Universums lag, über eine Zeitspanne von mehreren Monaten evakuieren.

Die fremden Wesen bestanden aus Aerosolen, Lichtpartikeln und anderen Verbindungen. In ihrer ›Muttersprache‹ (genau genommen konnten sie sich überhaupt nicht hörbar artikulieren, sondern kommunizierten über Telepathie miteinander) nannten sie sich selbst ›neewyaas‹, was so viel wie Staub, Schmutz oder auf Englisch *Squalors* bedeutete. Sie waren äußerst genügsame Wesen, die im Grunde genommen nur ihre Ruhe haben wollten, um schlichtweg zu existieren.

Nachdem die *Squalors* des Raumschiffs YúgoarghX27/5 ähnlich wie ihre Artgenossen auf der Erde eine Bruchlandung hingelegt hatten, ließen sie sich im Körper des ersten Menschen nieder, dem sie begegneten: Bauer Dietmar Herberth. Sie waren erstaunt über den heftigen Widerstand des Organismus, den sie vereinnahmen wollten. Die Abwehrkräfte des Mannes versuchten sofort, die *Squalors* aggressiv zu bekämpfen und abzustoßen, sie aus der heimeligen, warmen Umgebung zu vertreiben. Die Staubwesen spürten aber auch, dass sich noch etwas anderes mit ihnen zusammen im Körper des Menschen befand. Sie hatten keine Erklärung dafür, fühlten sich aber schon bald nach der Inbesitznahme unwohl in ihrer neuen Umgebung.

Sie ahnten zu diesem Zeitpunkt noch nicht, dass diese andere Präsenz lediglich ein Zustand war, den die Menschen ›Krankheit‹ nannten.

20:24 Uhr – Die Slashers

»Wo sollen wir uns überhaupt verstecken?« Stitch lehnte lässig an der Absperrung des *Dschungel-Express* und beobachtete die Wagen, die rückwärts im Kreis fuhren und den Fahrgästen mittels Schwerkraft die Luft aus den Lungen presste.

»*Scary Monsters*«, antwortete Emil spontan und sah zu der Geisterbahn hinüber. Das Gebäude schimmerte mystisch im Licht der untergehenden Sonne, als stamme es aus einer anderen Dimension und nicht von dieser Welt.

»Im Zweifelsfall ist es immer ein guter Anfang, wenn man dort hingeht, wo man schon gewesen ist …«, murmelte Paul.

»*Harry Potter und der Gefangene von Askaban*«, antwortete Evelyn gelangweilt.

»Volltreffer!« bestätigte Paul. »Ihr müsst zugeben, dass dieses Zitat in unserem Fall ziemlich gut passt.«

Niemand reagierte.

»Okay, also drehen wir alle gemeinsam kurz vor der Schließung eine Runde in der Geisterbahn und steigen während der Fahrt aus, oder wie?« Stitch tastete in ihrer Jackentasche nach dem Feuerzeug, mit dem sie ihren nächsten Sticky anzündete, den sie vor wenigen Minuten gedreht hatte.

»Genau so hatte ich mir das gedacht«, antwortete Emil und legte seinen rechten Arm um Michelles Hüften.

»Sie werden aber doch merken, dass plötzlich drei Wagen ohne Passagiere aus der Bahn kommen«, gab Michelle zu bedenken.

»*Scary Monsters* läuft schon lange nicht mehr so gut, als dass jeder Wagen besetzt wäre. Es wird nicht auffallen, wenn zwischendurch ein leerer dabei ist. Wir sollten vielleicht nur nicht alle auf einmal die Fahrt antreten und schon gar nicht direkt hintereinander sitzen.«

»Und wann beginnen wir mit diesem genialen Versteckspiel?«, erkundigte sich Paul.

Emil sah auf die Uhr. »Am besten ist es, wenn wir nicht bis direkt vor Schließung des Parks warten, denn dann werden tatsächlich immer weniger Leute mit der Geisterbahn fahren. Es ist jetzt kurz vor halb neun …« Er sprach den Satz nicht zu Ende, sondern sah seine vier Freunde auffordernd an.

»Was haltet ihr davon, wenn wir uns innerhalb der nächsten halben Stunde auf den Weg machen?«

»Dann müssen wir aber noch fast zwei Stunden in der Bahn rumhängen, bevor der Park geschlossen hat und die Angestellten verschwunden sind«, äußerte Michelle.

»Was ist daran auszusetzen?« Evelyn sah das Mädchen in Emils Arm fragend an. »Wenn du den Nervenkitzel der Nacht erleben willst, musst du quälende zwei Stunden im *Scary Monsters* auf dich nehmen, sonst kannst du die ganze Sache ganz einfach vergessen!«

»Beruhige dich«, erwiderte Michelle aufbrausend. »Ich meinte doch nur, dass es eine lange Zeit ist.«

»Hört auf«, mischte sich Stitch ein und hob beschwichtigend die Hand. »Ihr werdet sehen, wie schnell die Zeit vergeht, wenn wir erst mal in der Geisterbahn sind. Wir legen uns einfach in eine Ecke und beobachten, wie die Wagen vorbeikurven. Das wird bestimmt witzig.«

»Wir könnten sogar die Leute erschrecken, indem wir ihnen auf die Schulter klopfen, wenn sie an uns vorbeifahren«, schlug Paul vor.

»Bist du verrückt?« Emil schüttelte den Kopf. »Dadurch kämen sie uns auf die Schliche und würden uns entdecken. Wir sollten uns einfach ruhig verhalten, wenn wir ausgestiegen sind. Wir warten ab, bis der Park geschlossen wird. Und dann … Bahn frei für die coolste Nacht unseres Lebens.«

Alle nickten begeistert. Stitch rauchte ihren Joint, während Michelle Emil umarmte und Evelyn zusammen mit Paul den Leuten dabei zusah, wie sie die Fahrt im *Dragon Attack* genossen.

Die Dämmerung schritt voran und langsam wurden die fünf Freunde nervös. Sie konnten es kaum erwarten, ihren waghalsigen Plan endlich in die Tat umzusetzen

Als es auf die Schließzeit zuging, leerte sich der Park immer schneller und das Kreischen der Kinder wurde weniger. Obwohl es Freitagabend war und das Wochenende bevorstand, zog es die Menschen dennoch in ihre Häuser und Wohnungen, wo sie die beginnenden freien Tage gemütlich mit einem Fernsehabend und einem Glas Wein einläuten wollten.

»Sollen wir?«, erkundigte sich Paul ungeduldig.

Emil sah zum wiederholten Mal auf die Uhr und nickte dann. »Neun Uhr. Okay, lasst uns loslegen!«

Fünf Monate zuvor

Verband zur Erforschung außerirdischer Intelligenz e.V., Buchstedt

Andrea Bieber nippte an ihrem Tee, während Silvia Vogt den Hirnlappen des Leichnams wieder an seine ursprüngliche Position legte und sich anschließend mit einem leisen Seufzen erhob. »Ich … ich weiß nicht genau«, seufzte sie und wandte sich an ihre Assistentin. »Ich bin sicher, dass es sich um eine Art Infektion im Gehirn handelt, die dieser Staub bei den Opfern auslöst.«

Andrea nickte mit ernstem Gesicht und sah zur Tür. »Sie wird gleich da sein«, bemerkte sie und presste die Lippen zusammen. »Wenn du ihr nicht genau erklären kannst, was wir hier machen, werden sie uns die Gelder streichen. Das ist dir klar, oder?«

»Ich lasse mich aber nicht davon abbringen«, murmelte Silvia. »Scheiß auf die Geldgeber. Wenn sie uns dieses Projekt wegnehmen, mache ich einfach zu Hause weiter.«

»Versuch doch erst mal, der Tussi einigermaßen nachvollziehbar zu erklären, was wir die letzten Wochen herausgefunden haben. Vielleicht drückt sie dann ein Auge zu. Sie ist schließlich von einer Nichtregierungsorganisation, die uns helfen will. Weißt du, Silvia, die Regierung ist es, die sich einen Dreck für deine Selbstmörder interessiert. Die wollen einfach nur wissen, was dieser Staub ist. Aber unser Besuch ist da etwas anders. Die gute Frau ist anscheinend offen für deine Untersuchungen. Und sie glaubt, zumindest bis jetzt, an unsere Arbeit.«

»Du hast recht. Vielleicht kann ich sie überzeugen«, murmelte Vogt. »Wie war noch gleich ihr Name? Ich kann ihn mir einfach nicht merken.«

»Manuela Focke-Schwarz«, antwortete Andrea. »Sie arbeitet für die …«

»… GSAET. Ich weiß, ich weiß. Wie bescheuert ist es eigentlich, einem deutschen Verein den Namen *Global Security Against Extraterrestrial Threat* zu verpassen? Ganz zu schweigen von dieser dämlichen Abkürzung.«

»Weil sie vielleicht international klingen wollen oder es sogar sind?«, vermutete Andrea. »Eine kriegerische Bedrohung durch aggressive Außerirdische ist doch nichts Neues. Es gibt weltweit mehrere Pläne von verschiedenen Organisationen, die den Planeten Erde und die Menschheit vor solchen Angriffen zu schützen versuchen. Ist doch aber auch egal, wie sie heißen, sie stellen die Fördermittel bereit, damit du deine Forschungen betreiben kannst. Also gib dein Bestes.«

»Mach ich, klar.«

»Halte dir immer eins vor Augen, Silvia. Diese Leute mögen sich mit allen möglichen Szenarien einer außerirdischen Bedrohung auskennen, aber sie haben keinen Schimmer von DNS oder dem Aufbau eines menschlichen Gehirns.«

Silvia Vogt lächelte. »Du bist ein Schatz, Bibbi. Ohne dich würde ich, wie so oft in der Vergangenheit, wieder mal das Handtuch werfen und aufgeben.«

»Immer wieder gern«, gab Andrea zur Antwort. »Ich …« Ein Klopfen an der Tür unterbrach sie. »Da ist sie.«

Silvia öffnete die Tür und setzte ihr charmantestes Lächeln auf. »Frau Focke-Schwarz«, begrüßte sie die Geschäftsführerin von GSAET. »Herzlich willkommen in unseren bescheidenen Räumlichkeiten. Ich freue mich sehr, dass Sie Zeit gefunden haben, uns zu besuchen.«

»Die Freude ist ganz meinerseits«, erwiderte Focke-Schwarz. Sie war einen halben Kopf größer als Silvia und strahlte dadurch enormes Selbstbewusstsein aus. Ihre langen dunklen Haare hatte sie streng nach hinten gekämmt und mit einem Haarband zusammengebunden.

Eine ihr angebotene Tasse Tee lehnte sie mit einem freundlichen, aber bestimmten Lächeln ab. »Ihre Forschungen sind sehr interessant für die GSAET«, kam sie stattdessen ohne Umschweife zur Sache. »Ich verstehe wirklich nicht, warum die Regierung sich nicht mehr darum kümmert.«

»Sie wollen nur wissen, womit sie es zu tun haben«, entgegnete Silvia. »Aber sie haben kein Interesse an den Menschen, die Suizid begangen haben, nachdem sie mit dem Staub in Kontakt gekommen sind.«

»Aber gerade das stellt doch die größte Gefahr für die Gesellschaft dar«, erwiderte Focke-Schwarz kopfschüttelnd. »Also, erzählen Sie mir etwas über Ihre Arbeit, Frau Vogt.«

Silvia warf Andrea einen kurzen Blick zu, bevor sie gegenüber der GSAET-Geschäftsführerin Platz nahm und mit ihren Ausführungen begann.

»Das menschliche Gehirn verarbeitet sämtliche Sinneseindrücke, koordiniert die Funktionen des Körpers und hält diese permanent aufrecht. Die Voraussetzung für dieses Phänomen sind Milliarden von Gehirnnervenzellen, die ständig miteinander kommunizieren und dabei Informationen austauschen. Es sind elektrische Impulse …«

»Sparen Sie sich die Einführung«, unterbrach Focke-Schwarz. »Kommen Sie zur Sache.«

Silvia sah ihr Gegenüber einen Moment verblüfft an, lächelte dann gezwungen und setzte ihren Vortrag fort.

Es läuft alles andere als gut. Von wegen, die Tussi hat keine Ahnung vom Aufbau eines menschlichen Gehirns …

»Okay, überspringen wir die Einleitung und kommen zum wichtigen Punkt.«

»Gut«, äußerte Focke-Schwarz zufrieden und lehnte sich mit einem Lächeln auf den Lippen zurück.

So bist du schon viel sympathischer.

»Ich erkläre dennoch kurz den groben Aufbau eines Gehirns, damit Sie wissen, wie umfassend sich meiner Meinung nach die Beeinflussung des außerirdischen Staubes auf die infizierten Menschen auswirkt. Im Stirnhirn, dem Frontallappen, finden sich sämtliche Funktionen, die Sprache, Intelligenz, Bewegungskoordination und sogar Persönlichkeitsmerkmale steuern. Im hinteren Großhirn, dem sogenannten Okzipitallappen, werden die visuellen Wahrnehmungen verarbeitet und abgespeichert. Im Hirnstamm befinden sich die Nervenbahnen, die das Gehirn mit dem Rückenmark verbinden. Dort liegt auch das Zentrum, das die Atmung, das komplette Herz-Kreislauf-System und den Blutdruck regelt. Zuletzt kommen wir zum Kleinhirn. Hier laufen sämtliche Bewegungsprogramme ab, wenn man es vereinfacht darstellt. Und damit sind wir bei unseren Opfern angelangt. Wie gesagt, die meisten Hirnleistungen lassen sich einer bestimmten anatomischen Region in unserem Gehirn zuordnen, so dass bestimmte Ausfälle oder Dysfunktionen, wie etwa Störungen der Bewegungsabläufe, der Sprache oder des Sehens auf gravierende Probleme in einem bestimmten Bereich des Gehirns hinweisen. Das könnte zum Beispiel eine Durchblutungsstörung sein, die zu einem Schlaganfall führt. Aber es kommen auch verschiedene andere Ursachen infrage, die solche Symptome mit sich bringen können. Unter anderem bin ich der Meinung, dass die Beeinflussung dieser Gehirnregionen durch außerirdische DNS dafür verantwortlich sein könnte. Wie genau das Ganze funktioniert, kann ich leider noch nicht sagen. Aber ich denke …«

»… Sie könnten es herausfinden, wenn Sie zum einen genug Zeit und zum anderen ausreichend Fördermittel zur Verfügung hätten«, vollendete Focke-Schwarz den Satz. Sie beugte sich nach vorn und verschränkte die Finger ineinander. »Äußerst interessant, Dr. Vogt, das muss ich schon sagen. Und es macht mir Angst zu glauben, dass es der Wahrheit entspricht, was Sie sagen. Die gesamte Menschheit könnte vom Aussterben bedroht sein.«

»Genau«, entgegnete Silvia mit einer nicht überhörbaren Euphorie. »Und so wie es aussieht, sind von den Selbstmorden momentan nur Menschen mit Defekten betroffen, die sowieso zum baldigen Tod geführt hätten. Der Staub scheint diese Krankheiten zu bemerken und den kranken Menschen zu bekämpfen. Was geschieht, wenn die außerirdische Intelligenz bemerkt, dass es auch psychische Erkrankungen gibt? Werden sie auch diese Betroffenen in den Selbstmord treiben?«

»Sind Sie sicher, dass es sich bei dem Staub um eine außerirdische Lebensform handelt?«, erkundigte sich Focke-Schwarz.

»Was sollte es sonst sein?«, mischte sich Andrea in das Gespräch ein. »Sie kommen mit seltsamen Kapseln direkt aus dem Himmel …«

»Das könnte auch auf ein militärisches Experiment hinweisen, das aus dem Ruder gelaufen ist«, mutmaßte die GSAET-Geschäftsführerin. »Womit auch die Zurückhaltung der Regierung erklärt wäre.«

»Sie meinen, dass sie deswegen gar nicht an meinen Forschungen interessiert sind, weil sie alles vertuschen wollen?«

»Ich spiele nur sämtliche Möglichkeiten durch«, überlegte Focke-Schwarz laut.

»Ich dachte, Sie glauben nicht daran«, warf Andrea ein.

Die Dame von GSAET schwieg einen Moment, bevor sie den Kopf schüttelte. »Nein, Sie haben recht. Als glauben würde ich es nicht bezeichnen.«

»Und wieso, wenn ich fragen darf?« Silvia hielt unwillkürlich die Luft an, während sie das ernste Gesicht der Frau betrachtete.

»Weil … weil, wir wissen, woher dieser Staub kommt«, eröffnete Focke-Schwarz. Dann senkte sie ihre Stimme: »Und niemand außer Ihnen und ein paar Mitarbeitern von GSAET kennen diese Wahrheit. Und genau deswegen bin ich hier, Dr. Vogt. Wir brauchen Ihre Hilfe, denn wir sind sicher, dass wir den Grund kennen, warum diese Aliens hier sind.«

»Woher kommt der Staub?«, wollte Andrea wissen.

»Woher er kommt, tut im Grunde genommen nichts zur Sache«, erklärte Focke-Schwarz. »Sie stammen höchstwahrscheinlich von einem Planeten, der den Namen *OGLE-2005-BLG-390Lb* trägt. Man nennt ihn auch Exoplanet. Er wurde 2005 entdeckt und ist einundzwanzigtausend Lichtjahre von der Erde entfernt. Er gehört nicht einmal mehr zu unserem Sonnensystem. Da er sehr weit von seiner Sonne entfernt ist, herrscht auf diesem Planeten eine Temperatur von minus zweihundertzwanzig Grad Celsius. Normalerweise ist Leben auf so einem Planeten absolut unmöglich.«

»Und wie kommen Sie dann darauf, dass der Staub von dort stammt?«

»Wir haben in einem der Raumschiffe einen Gesteinsbrocken gefunden, der etwa fünf Komma fünf Mal so schwer wie ein vergleichbarer Stein von der Erde ist. Und die Masse von OGLE-2005-BLG-390Lb …«

»Lassen Sie mich raten«, unterbrach Andrea. »Sie ist genau das fünf Komma fünffache, stimmt's?«

»Genau. Und das macht diesen enorm weit entfernten Planeten, von seiner Temperatur einmal abgesehen, zu einem der erdähnlichsten Planeten, den die Menschheit bis jetzt entdeckt hat.«

»Und Sie denken …?«

»Dieser Staub ist unserer Meinung nach geflüchtet. So wie es aussieht, war dieser Planet einer massiven Bedrohung ausgesetzt. Diese außerirdische Lebensform ist quasi auf der Suche nach einer neuen Heimat.«

»Und sie haben sich ausgerechnet die Erde ausgesucht?«

»Das liegt, wie gesagt, an der Masse der Erde. Hier fühlen sich diese Aliens wahrscheinlich am wohlsten im ganzen Universum. Und um erst einmal in dieser fremden Umgebung zu überleben, suchen sie sich einen Wirtskörper, in diesem Fall uns Menschen.«

»Und der Wirtskörper darf nicht krank sein«, murmelte Silvia. »Oh mein Gott. Sie spüren es, wenn der Körper unbrauchbar ist.«

Focke-Schwarz erhob sich. »Sehen Sie zu, dass Sie so schnell wie möglich eine Option finden, diese Alieninvasion zu bekämpfen. Wir müssen aufgrund der bisherigen Ereignisse davon ausgehen, dass diese fremde Spezies aggressiv ist.« Sie machte eine Pause und sah sich im Labor um, als erwarte sie hier spontan eine Lösung für das

Problem zu finden. »Haben Sie schon einmal vom sogenannten Darth-Vader-Szenario gehört?«, wandte sie sich dann wieder an Vogt und Bieber.

»Darth Vader?«, wiederholte Andrea ungläubig. »Darth Vader aus *Star Wars*?«

»Genau der«, nickte Focke-Schwarz. »Der Astronom Alexander Saizew hat diesen Begriff geprägt und wollte damit einen kriegerischen Angriff auf die Menschheit durch aggressive Außerirdische ausdrücken. Letzte Woche sind erneut ein halbes Dutzend ihrer Raumschiffe gelandet. In Australien, Südafrika und England. Es wird nicht mehr lange dauern, bis die ersten Schiffe hier in Deutschland niedergehen. Die Fördermittel, die Ihnen die GSAET zur Verfügung stellt, sind vorerst nicht limitiert. Ich hoffe, Sie sehen die Dringlichkeit dieser Unternehmung.«

»Durchaus. Wir machen uns sofort wieder an die Arbeit«, bejahte Silvia. »Und vielen Dank für Ihre Unterstützung, Frau Focke-Schwarz.«

»Geben Sie Ihr Bestes. Retten Sie die Welt, Dr. Vogt.«

Scary Monsters

21:03 Uhr – Die Slashers

Die Frau hinter der Glasscheibe nickte teilnahmslos und sah dabei keinem der fünf Jugendlichen ins Gesicht.

»Fünfmal?«, wiederholte sie unnötigerweise und schnippte die Fahrchips lustlos auf die ausgestreckte Fläche ihrer linken Hand. »... drei ... vier ... fünf ...« Sie hielt Emil die Chips entgegen und wandte sich an die dreiköpfige Familie, die hinter ihnen wartete. »Die Nächsten ...«

»Wir haben einen guten Zeitpunkt erwischt, glaube ich«, murmelte Emil, als er die Schlange vor dem Fahrgeschäft zum wiederholten Mal betrachtete. »Anscheinend wollen doch einige vor Feierabend *Scary Monsters* fahren.«

»Machen wir den Anfang, Emil?«, fragte Michelle und hakte sich bei ihm unter.

»Klar«, bejahte er mit einem Grinsen. »Aber vorher lassen wir der Familie hinter uns den Vortritt. Dann wir und danach sind Paul und Evelyn an der Reihe. Stitch ...«

»... zieht die Arschkarte und macht sich als Letzte auf die Socken«, unterbrach die Punkerin genervt. »Schon klar! Manchmal denke ich, es wäre besser für mich gewesen, bei den *Maniacs* zu bleiben. Sie haben mich zumindest so akzeptiert, wie ich bin. Sagt mir wenigstens, wo genau ihr aus den Waggons springt.«

Evelyn drehte sich in Stitchs Richtung und hob ratlos die Schultern. »Keine Ahnung! Jemand eine Idee?«

»Ich würde sagen, wir nehmen die Stelle, an der der Wagen um diese enge Kurve fährt und direkt auf den

Vampir im offenen Sarg zusteuert. Wisst ihr, welche ich meine? Sie ist ungefähr auf halber Strecke.«

»Also kurz bevor der Werwolf von oben herunterfällt?«, mischte sich Paul in die Diskussion ein.

»Yep, genau da!«

Sie warteten ungeduldig, bis ein übertrieben kicherndes Liebespaar nach der Familie in den Wagen vor ihnen gestiegen war und den Bügel umständlich nach unten drückte.

»Die sehen aus, als hätten sie absolut keine Ahnung, was sie erwartet«, meinte Michelle. »Wahrscheinlich denken sie, sie könnten da drin endlich mal in Ruhe knutschen. Dabei ist *Scary Monsters* eine der modernsten Geisterbahnen Deutschlands. Wenn ich mir die Gesichter der beiden ansehe, gehe ich davon aus, dass sie denken, in einer stinknormalen Bahn von anno dazumal zu sitzen.«

Emil betrachtete das Paar und nickte mit einem hämischen Grinsen auf den Lippen. »Da könntest du recht haben! Die wissen anscheinend tatsächlich nicht, was sie erwartet.«

***

Artikel, erschienen in der Tageszeitung ›Nachrichtenwelt‹ vom 5. Mai 2005:

Der vor drei Tagen eröffnete Freizeitpark MOVIEDROME (die Nachrichtenwelt berichtete) hat außer der spektakulären Achterbahn Dragon Attack *noch eine weitere Attraktion zu bieten, die vielleicht sogar den Weg ins* Guinness Buch der Rekorde *schaffen könnte:* Scary Monsters *ist mit über vierhundertfünfzig Metern Bahnlänge eine der größten Geisterbahnen der Welt. Auf vier*

(!) Ebenen präsentiert Robert Charles Hopp eine völlig neue Dimension des Schreckens. Selten war das Spektrum der Schauergestalten in einem Fahrgeschäft breiter und spektakulärer als in Scary Monsters. *In Gondeln, die während der Fahrt sogar frei drehbar sind, erleben die Besucher ein High-Tech-Feuerwerk an Spezialeffekten, die ihresgleichen suchen. Dreidimensionale Animationen schweben von der Decke und wirken, als wären sie aus Fleisch und Blut. Eine perfekt durchdachte elektronische Steuerung der Anlage lässt den Fahrgast sich inmitten des Geschehens wähnen.*

Es ist in der Tat ein unvergleichliches Erlebnis, wenn die Gondeln einen riesigen Schwarm von Fledermäusen passieren oder die Fahrgäste bei einem scheinbaren Stromausfall in völliger Dunkelheit von einer Horde Hybriden, eine Kreuzung aus Mensch und Hyäne, überfallen werden.

Durch die vier Etagen erlebt der Passagier eine Fahrt, die nicht enden zu wollen scheint. Mit einer Gesamtlänge von 41 Metern, einer Breite von fast 20 Metern und einer unglaublichen Gesamthöhe von fast 50 Metern bricht das Scary Monsters *zumindest in Deutschland sämtliche Rekorde in Sachen Geisterbahn.*

Jerzy Livingston, der Entwickler der Bahn, hat eine Meisterleistung erbracht, indem er einen See in den Streckenverlauf integriert hat, der augenscheinlich mit purem Blut gefüllt ist. Wenn die Gondeln über das Gewässer fahren, erscheinen Wassergeister, die nach den Passagieren greifen und so fürchterlich winseln, dass einem unwillkürlich Schauer über den Rücken laufen.

Scary Monsters *wird mit Sicherheit schon bald Kultstatus erreichen, da führt kein Weg vorbei.*

Weitere Informationen über die Geisterbahn und den Freizeitpark MOVIEDROME finden Sie unter www.moviedrome_park.de.

21:03 Uhr – Die Maniacs

»Du willst Laura flachlegen, oder?« Alexanders Stimme klang nervös, als hätte er ein schlechtes Gewissen, weil er sich vorhin so lange mit dem Mädchen unterhalten hatte.

»Wieso denkst du sowas?«, antwortete Robert mit einer Gegenfrage, die er vollkommen belanglos zu betonen versuchte.

»Na ja, weil … sie deine Anmache bemerkt und irgendwie keine richtige Lust auf dich zu haben scheint.«

»Habt ihr vorhin etwa über mich gesprochen?«, wollte Robert wissen.

»Ehrlich gesagt hat sie weniger über dich als vielmehr über mich gesprochen.«

Robert hielt einen Moment inne, bevor er weiterging und sich dabei in Alexanders Richtung beugte, als hätte er ihn gerade eben nicht richtig verstanden. »Sie hat über dich gesprochen?«, wiederholte er ungläubig.

Alexander nickte. »Genau so ist es. Tut mir echt leid, Kumpel, aber ich muss dir leider mitteilen, dass Laura scharf auf mich und nicht auf dich ist.«

Robert blieb abrupt stehen. »Du denkst allen Ernstes, dass Laura auf dich steht?«

Alexander nickte. »Hat sie gesagt.«

»Soll ich dir sagen, was ich denke?«

Als Alexander keine Antwort gab, fuhr Robert mit einer nicht zu überhörenden Arroganz in der Stimme fort: »Sie will bloß nicht zugeben, dass sie mich scharf findet. Das ist der Grund, warum sie sich an dich ranmacht. Sie sucht verzweifelt einen Ausweg, um mir ihre Leidenschaft nicht gestehen zu müssen. Ich sehe es doch an ihren Blicken … wie sie mich ansieht … ihr scheues Lächeln und die nervösen Bewegungen, wenn ich in ihrer Nähe bin.«

Er machte eine Pause und suchte nach geeigneten Worten, um seinem Wunschdenken noch mehr Ausdruck zu verleihen.

»Denkst du echt, sie steht auf dich, Alexander?«, fragte er ein zweites Mal. »Sie spielt doch nur mit dir, das ist alles.«

Alexander machte keinen Mucks und richtete seinen Blick auf Laura, die von ihrem Gespräch nichts mitbekam.

Sie hatten sich entschlossen, die Zeit bis zum Infiltrieren des Freizeitparks im einzigen McDonalds Restaurant der Stadt zu verbringen. Für ein paar Burger reichte ihr Geld noch, zumal sie sich letztendlich die Kosten für den Eintritt sparten, wenn sie mit Roberts Hilfe die Nacht im *Modro* verbrachten.

Der Park schloss in einer knappen Stunde. Robert ging davon aus, dass die Mitarbeiter spätestens um elf Uhr auf dem Weg nach Hause waren und sie ihren Plan endlich durchführen konnten.

Robert hatte angekündigt, schon nach einem Cheeseburger nach Hause zu gehen, um seinem Vater dabei ›behilflich‹ zu sein, den notwendigen Alkoholpegel auf jeden Fall rechtzeitig zu erreichen, damit er ihren Plan nicht zunichtemachte.

»Sie will einen Mann und keinen Jungen …«, stichelte Robert weiter. Er war zu sehr in seine Ausführungen vertieft, um zu bemerken, dass Alexander ihm überhaupt nicht mehr zuhörte.

»Na ja, auf jeden Fall ist sie an mir und nicht an dir interessiert«, beendete Robert seinen Vortrag und nickte, als wolle er sein Ego damit noch einmal ausdrücklich bestätigen.

»Wie du meinst«, antwortete Alexander in einem uninteressierten Tonfall und hielt dabei den anderen die Tür zum Schnellrestaurant auf. »Sie wird selbst am besten wissen, wen von uns beiden sie liebt«, murmelte er noch. »Dazu braucht sie deine Entscheidungshilfe bestimmt nicht.«

Sie nahmen den ersten Tisch gleich neben der Eingangstür in Beschlag. Robert und Felix boten sich an, für alle die Bestellungen aufzugeben.

Alina fingerte ihr Handy aus der Jackentasche und tippte kurz etwas ins Display. »Emma kommt gleich«, sagte sie zu niemand bestimmtem und steckte das Mobiltelefon zurück in die Tasche.

Luka beugte sich über den Tisch und schlug mit der Faust zweimal übertrieben laut auf die Holzplatte.

»Leute? Was haltet ihr davon, wenn wir während unseres Ausflugs unsere Handys ausschalten und sozusagen einen Survival-Trip in Sachen Internetabhängigkeit hinlegen?« Seine Stimme klang aufgeregt, der Gedanke einer vollkommenen Abgeschiedenheit von der Außenwelt erregte ihn.

»Also, ich nehme mein Handy mit, und zwar eingeschaltet!«, meldete sich Alina sofort zu Wort. »Was soll der Scheiß denn bringen?«

Luka hob ergeben die Hände. »Entschuldige, Prinzessin-Online. Ich dachte einfach nur, es wäre ein zusätzlicher Kick. Außerdem ist seit ein paar Tagen das Netz hier sowieso unter aller Sau.«

»Du kannst gleich einen Kick in deinen …«

»Oh, Mann, echt Leute. Ihr führt euch auf wie kleine Kinder«, seufzte Laura und warf Alexander einen vielsagenden Blick zu. »Ich überlege ernsthaft, bei der ganzen Sache auszusteigen.«

Robert sah sie entrüstet an und schüttelte dann vehement den Kopf. »Das kannst du nicht bringen, Laura. Ich veranstalte dieses ganze Brimborium schließlich für dich.«

»Und ich habe dir schon ein paarmal gesagt, dass ich das nicht will, Robert. Ich habe morgen einen stinknormalen Geburtstag, den ich mit meinen Freunden verbringen möchte. Ich erwarte einfach nur Gesellschaft und keine Geschenke, die megaspektakulär sind und aus dem Rahmen fallen. Hast du's endlich verstanden?«

»Ich … klar verstehe ich das …«, stammelte Robert und seine Wangen färbten sich rötlich. »Soll das jetzt heißen, wir blasen die ganze Sache ab? Ist es das, was du willst?« Unabsichtlich hatte er seine Stimme erhoben und ein paar Gäste sahen pikiert zu ihrem Tisch herüber.

»Scheiß dich nicht ein, so war's nicht gemeint«, zischte Laura. Sie stützte beide Ellenbogen auf den Tisch und sah Robert mit herausforderndem Blick an. »Ich wollte lediglich noch mal betonen, dass du diesen nächtlichen Ausflug nicht ausschließlich für mich, sondern für alle arrangieren sollst. Und ich bin der Meinung, dass wir unsere Handys alle nicht mitnehmen, okay? Seht es als eine Art Geburtstagswunsch.« Sie sah zu Alina, die schließlich widerwillig nickte. »Einverstanden?«, fragte sie die anderen.

»Okay, ich hab's kapiert«, murmelte Robert und richtete seinen Blick auf Alexander. »Also gut, was wollt ihr haben? Burger, Pommes, Salate …?«, wandte er sich dann an alle.

»Nimm einfach von jedem etwas und wir teilen uns die Kosten«, schlug Alina vor und schnippte ungeduldig mit den Fingern ihrer rechten Hand. »Und beeilt euch. Ich komme um vor Hunger.«

»Ja, die Nacht wird lang«, bestätigte Felix. »Wir sollten uns stärken.«

»Und nachts werden Träume wahr«, säuselte Alina und bedachte Laura und Alexander mit einem speziellen Blick, weil sie ganz genau wusste, was zwischen den beiden lief.

»Das werden wir noch sehen«, sagte Laura und kratzte sich am Hinterkopf. Das Gespräch war ihr zwischenzeitlich unangenehm geworden.

»Okay, wir sind dann mal weg«, rettete Felix die Situation und stieß Robert leicht in die Seite.

»Komm schon. Die Luft wird immer dicker hier«, flüsterte er und deutete mit dem Kinn auf Laura.

»Und trotzdem weiß ich, dass sie auf mich steht«, murmelte Robert und warf Alina einen vorwurfsvollen Blick zu, als trüge sie die alleinige Schuld daran, dass Laura und Alexander permanent miteinander flirteten.

Die beiden Jungs ließen die Gruppe allein und steuerten auf die Theke zu, hinter der eine dicke Schwarzhaarige ihnen erwartungsvoll entgegensah.

In diesem Augenblick betrat Emma das Schnellrestaurant und rannte geradewegs auf den Tisch zu, an dem die anderen saßen. »Wieso seid ihr denn hier?«, erkundigte sich Emma außer Atem.

»Ähm, weil wir Hunger haben«, entgegnete Luka und blätterte in seinem *Krieg der Welten*-Comic. »Warum sonst sollten wir zur Goldenen Möwe gehen?«

»Das meine ich doch gar nicht«, bemerkte Emma nervös und zwängte sich zwischen Lennart und Alina, die beide bereitwillig zur Seite rückten.

»Was meinst du denn dann?«, fragte Alina mit einem herablassenden Gesichtsausdruck. Momentan war sie fürchterlich genervt vom Verhalten ihrer Freunde.

Emma beugte sich mit einem besorgten Gesichtsausdruck über den Tisch und deutete dann hinter sich auf den Eingang des Restaurants. »Wenn ich es richtig verstanden habe, sind sie auf der Suche nach euch …« Sie schluckte. »Ich meine, nach uns!«, verbesserte sie sich.

»Nach uns?«

»Wieso?«

»Wer?«

Emma schüttelte den Kopf und hob beschwichtigend die Hände. »Steffy hat es mir gerade erzählt. Ich habe sie unterwegs getroffen und sie hat mich angeschaut, als könne sie nicht glauben, dass ich mich öffentlich in der Stadt sehen lasse. Die Polizei sucht uns anscheinend. Und einige unserer Eltern auch.« Sie sah zu Robert und Felix, die gerade die Bestellung aufgaben, und überlegte, ob sie auf sie warten sollte, damit sie nicht alles noch mal erzählen musste.

»Nun rück schon raus mit der Sprache«, forderte Lennart sie auf. »Steffy? Du meinst Steffy Jung? Was ist los? Warum sollte jemand hinter uns her sein? Wir haben doch überhaupt nichts getan.«

»Noch nicht!«, warf Alina dazwischen.

»Halt die Klappe«, zischte Laura und richtete ihre Aufmerksamkeit sofort wieder auf Emma.

»Also los! Was hat Steffy erzählt?«

»So wie es aussieht, meint Dietmar Herberth, der Bauer …«

»Wir wissen, wer Herberth ist«, unterbrach Luka ungeduldig.

»Also, der alte Herberth behauptet, wir hätten angeblich etwas in sein Maisfeld geworfen. Gift oder so. Er scheint ziemlich wütend zu sein und hat sich auf die Suche nach uns beziehungsweise unseren Eltern gemacht …«

»Ach du Scheiße!«

»Fuck!«

»Wieso behauptet er das?«

»Was will er von uns?«

»Wir haben doch überhaupt nichts gemacht.« Luka steckte empört das *Krieg der Welten*-Comicheft in die Innentasche seiner Jacke. »Was will der Idiot von uns? Hat Steffy denn noch mehr darüber gesagt, was wir angeblich getan haben sollen?«

»Er faselte was von einer Metallkugel, die wir in sein Maisfeld geworfen haben sollen. Und von einem gelblichen Staub, was weiß ich. Wie gesagt, das Wort *Gift* ist auch gefallen.«

»So ein Schwachsinn!«

Emma sah sich erneut ängstlich um und beobachtete eine Gruppe von Leuten, die vor dem Eingang des Restaurants standen. »Wir sollten von hier verschwinden und uns verstecken. Wenn sie uns erwischen, können wir die heutige Nacht vergessen.«

»Scheiße Mann, die können wir uns doch eh abschminken«, meckerte Alina.

»Was ist denn hier los?«, Robert war mit Felix an den Tisch gekommen und sah überrascht in die Gesichter seiner Freunde, die ausnahmslos einen schockierten Ausdruck angenommen hatten.

»Ich habe Steffy getroffen«, begann Emma ihre Geschichte zu wiederholen. »Angeblich haben wir was auf Bauer Herberths Feld geworfen ...«

»Der Schweinehund behauptet, wir seien für irgendeine verdammte Kugel in seinem Maisfeld verantwortlich«, verkürzte Luka die Erzählung. »Und wir hätten Gift auf seinem Acker versprüht. Jetzt suchen unsere Eltern und vielleicht sogar die Bullen nach uns.«

»Was? Das kann wohl nicht sein Ernst sein.« Felix stellte die beiden vollgepackten Tabletts auf dem Tisch ab.

»Lasst uns besser abhauen und in Ruhe darüber nachdenken, was wir machen«, schlug Alexander vor.

»Aber wo sollen wir denn hin?«, erkundigte sich Luka. »Wenn uns Herberth verdächtigt, haben wir schlechte Karten. Auch wenn wir es dieses Mal nicht waren, wie oft haben wir ihm schon irgendwelche Streiche gespielt? Keiner wird uns glauben, dass wir dieses Mal nichts damit zu tun haben.«

»Und was ist mit unserer Nacht im *Modro*?«, fragte Lennart enttäuscht. »War's das jetzt?«

»Auf keinen Fall«, übernahm Robert das Wort. »Der Alte kann uns mal. Wir haben nichts angestellt und er soll uns einfach in Ruhe lassen.« Er drehte sich zu Felix um. »Was hältst du davon, wenn wir unseren Kram hier einfach mitnehmen und zu Susi gehen?«

»Susi?« Alina hob erstaunt den Kopf. »Wer, verdammt noch mal, ist Susi?«

»Sie ist ...« Robert zögerte einen Moment, bevor er sich wieder fasste und den Satz zu Ende führte. »Susi ist eine Freundin«, sagte er leise und sah dabei in Lauras Richtung.

»Soso, eine Freundin?«, bemerkte Laura argwöhnisch und blickte verschwörerisch zu Alexander, als wüsste dieser schon längst, von welcher Susi Robert sprach.

»Ich habe keine Ahnung, wer die ist«, antwortete Alexander und hob ratlos die Hände.

»Wenn es wirklich stimmt, was Emma gerade erzählt hat, und wenn wir uns durch den verfluchten Bauern die Nacht nicht verderben lassen wollen, ist es doch im Moment scheißegal, wer Susi ist, oder?«, versuchte Felix die Situation zu retten. »Sie ist eine Freundin von Robert und mir, das sollte erst mal genügen, okay?«

»Bei ihr können wir uns vor Herberth, der Polizei und unseren Eltern verstecken.« Robert hob die Schultern. »Also, was wollt ihr mehr?«

»Aber dann kannst du nicht nach Hause, um die Schlüssel für den Park zu besorgen.« Luka erhob sich und nahm zwei der Burger vom Tablett.

Robert grinste. »*Don't panic!* Felix und ich bringen euch zu Susi und dann werde ich meinen ohnehin schon betrunkenen Daddy besuchen und ihm erzählen, dass Herberth lügt. Wenn er überhaupt mitgekriegt hat, was angeblich passiert ist. Wahrscheinlich ist er schon voll drauf. Auf jeden Fall wird er mir glauben und nicht den anderen, so viel ist sicher. Ich bringe ihm noch eine zusätzliche Flasche Wein von Susi mit. Das wird ihn beschwichtigen.«

»Okay«, stimmte Alina dem Vorschlag zu. Sie sah abwartend zu Laura, Alexander und Lennart. »Was ist? Wollt ihr hier rumsitzen und darauf warten, dass Herberth oder die Bullen euch finden?«

»Ist ja gut«, lenkte Emma ein. »Auf zu Susi, wer auch immer diese geheimnisvolle Freundin sein mag.«

21:07 Uhr – Die Slashers

Emil betrachtete Michelle verliebt, während sie auf die Waggons warteten, mit denen sie ins Innere der High-Tech-Geisterbahn gelangen würden.

Michelle war keine Schönheit im klassischen Sinn. Ihre Nase war beispielsweise viel zu spitz, um das heutige Schönheitsideal junger Frauen zu erfüllen. Auch das kantige Kinn und die zu hohen Wangenknochen, die ihr manchmal das Aussehen eines blutdürstigen Vampirs verliehen, standen dem entgegen. Einzig die langen, leicht gewellten blonden Haare hätten Michelle zu einem Vertrag als Fotomodell für Haarkosmetik verhelfen können. Ihre Augen besaßen einen Glanz, als wäre sie permanent high, wie es bei Stitch eher der Fall war. Und dennoch fand Emil Michelle unwahrscheinlich hübsch und verführerisch, zumal er sich mehrmals am Tag bildlich vorstellte, wie es wäre, wenn sie zusammen im Bett lägen.

»Gleich geht's los«, unterbrach ihre Stimme seine Gedanken. Er lächelte. »Genau. Jetzt dauert es nicht mehr lange, bis wir aus dem Wagen springen und die coolste Nacht unseres Lebens beginnt …«

»Das wird so dermaßen geil«, flüsterte sie und verlieh ihrer Stimme dabei einen sexy Klang. Genau das mochte er an ihr.

»Ähm, was genau wird deiner Meinung nach geil?«, erkundigte er sich mit hochgezogenen Augenbrauen und einem schelmischen Grinsen auf den Lippen.

»Einfach alles«, hauchte sie und versetzte ihm einen sanften Stoß in die Rippen. »Ich meine, wirklich alles …«

Emil gab keine Antwort und nickte Evelyn und Paul hinter ihnen zu, die zwischenzeitlich der Familie den

Vortritt gelassen hatten, damit sie nicht direkt mit Emil und Michelle einsteigen würden.

»Wir sehen uns«, lachte er.

»Wollt ihr denn nicht mit euren Freunden gemeinsam fahren?«, bot der Familienvater ein.

»Schon okay«, winkte Emil ab. »Wir sind lieber zu zweit. Ich wünsche Ihnen viel Spaß.«

»Ich habe ja schon einiges über *Scary Monsters* gehört«, erwiderte der Mann und legte eine Hand auf die Schulter seiner Tochter, die höchstens zehn Jahre alt war.

»*Scary Monsters* ist der Hammer«, bestätigte Michelle. »Passen Sie nur auf Ihre Kleine auf. Sie wird sich die Seele aus dem Leib schreien, wenn die Hybriden Ihren Wagen angreifen!«

»Was sind Hybriden, Papa?«

Der Mann sah Hilfe suchend zu seiner Frau, die sich zu ihrer Tochter hinabbeugte und ihr etwas ins Ohr flüsterte.

»Hybriden sind bösartige Monster, die mit krallenbewehrten Klauen den Menschen die Gedärme aus dem Leib reißen«, erklärte Michelle mit ernstem Gesichtsausdruck.

Als sich die Augen des Mädchens panisch weiteten, unterbrach Emil Michelles Redeschwall. »Ist gut, Michelle. Du machst der Kleinen Angst!«

»Aber das ist doch Sinn und Zweck einer Geisterbahn.«

Sie fauchte wie ein gereiztes Raubtier und machte eine schnappende Handbewegung in Richtung des Mädchens, das sich ängstlich an seine Mutter drückte.

»Hör jetzt auf, wir sind dran.« Emil zog Michelle von der Familie weg und auf den bereitstehenden Waggon zu.

Nebeneinander machten sie es sich in den angenehm weichen Ledersesseln bequem. »Entschuldigen Sie bitte nochmals«, wandte sich Emil an den Familienvater, während eine der Angestellten des Fahrgeschäfts überprüfte, ob die Sicherheitsbügel richtig eingerastet waren.

Unwillkürlich tastete Emil nach dem Hebel, mit dem er den Mechanismus öffnen würde, sobald sie sich in der Dunkelheit innerhalb der Bahn befanden.

»Wir waren nahe dran aufzufallen«, flüsterte er Michelle vorwurfsvoll ins Ohr.

»Ach was. Stell dich nicht so an«, entgegnete Michelle leicht genervt. »Kleine Kinder stehen doch auf so einen Scheiß. Sie tun immer, als würden sie sich zu Tode ängstigen, aber in Wirklichkeit genießen sie den Kick. Wir waren in dem Alter genauso, oder?«

Der Wagen ruckelte leicht und Emil warf einen letzten Blick zurück auf die Schlange der wartenden Fahrgäste. Stitch streckte ihnen den ausgestreckten Mittelfinger entgegen und brüllte irgendwas, das Emil nicht verstehen konnte, da im selben Moment ein schauerliches Lachen aus den Lautsprechern rechts und links der Eingangstür drang.

»Holen Sie noch einmal tief Luft, bevor Sie in die schreckliche Welt der *Scary Monsters* eindringen«, knurrte eine übersteuerte Stimme aus den Boxen, dann setzte sich der Waggon in Bewegung.

Michelle seufzte leise und legte ihren Kopf auf Emils Schulter. Sie war schon öfter durch das *Scary Monsters* gefahren und genoss mittlerweile die Perfektion der Schockeffekte. Wirklich erschrecken konnte sie hier drin schon lange nichts mehr.

»Wann springen wir gleich noch mal raus?«, flüsterte sie, nachdem gleich hinter der Eingangstür ein Werwolf aus der Ecke auf sie zugesprungen kam und noch immer mit seiner behaarten Pranke nach ihnen schlug, als sie die Stelle längst hinter sich gelassen hatten.

»Beim zweiten Werwolf«, erinnerte sie Emil. »Das hier war Nummer eins.« Er streichelte Michelle über die Wange. »Jetzt kommen erst noch die Fledermäuse, die Vampire und die Hybriden, von denen du dem Mädchen gerade bildhaft erzählt hast«, zählte er die Gruselfiguren auf, die sie auf den nächsten Metern erwarteten. »Danach kommt die Stelle. Auf jeden Fall vor dem Blutsee.«

Michelle nickte, obwohl sie genau wusste, dass er sie nicht sehen konnte und griff ihm zwischen die Beine.

»Es ist der zweite Werwolf …«

»Der, der von der Decke springt?«

»Genau der«, bestätigte Emil. »Dann machen wir es uns inmitten all dieser Gruselgestalten gemütlich und warten.« Er machte eine Pause und überlegte kurzzeitig, ob er ihre Hand, die zwischen seinen Beinen nach seinem Schwanz tastete, wegdrücken sollte, entschied sich aber dagegen.

Ich sollte in dieser Nacht einfach mitnehmen, was ich kriegen kann, dachte er und lächelte vor sich hin.

Ein lautes Kreischen ertönte von rechts und wenige Sekunden später wuselten Hunderte von Fledermäusen um ihre Köpfe. Begleitet wurde die Attacke von einer dreidimensionalen Projektion echter Tieraufnahmen, die zusammen mit den Attrappen eine perfekte Illusion bildeten.

Das Geräusch von aufgeregten Flügelschlägen dröhnte unangenehm laut in den Ohren.

»Immer wieder genial«, bemerkte Michelle und massierte weiterhin seine Eier durch die Jeans.

»Das Kreischen ist definitiv zu laut«, stellte Emil fest. »Es tut in den Ohren weh.«

»Das ist volle Absicht.«

»Ich weiß! Es tut trotzdem weh«, entgegnete der Siebzehnjährige trocken.

»Soll ich dir einen runterholen?«

Emil hielt unwillkürlich die Luft an und drückte wenige Sekunden später ihre Hand weg. »Ich denke, wir sollten uns das für später aufheben, wir müssen ja gleich raus«, gab er zur Antwort. Danach warteten sie schweigend auf die Stelle, an der der Werwolf von der Decke fallen würde …

***

»Ob die beiden es wohl während der Fahrt miteinander treiben?«, überlegte Stitch laut, während sie die Haut an einem ihrer Fingernägel abknabberte.

»Könntest du vielleicht einmal aufhören, permanent in diesem beschissenen Proletenton zu sprechen?« Evelyn verdrehte die Augen und schüttelte angewidert den Kopf.

»Was hast du gegen meinen Ton, Tusse?«, erwiderte Stitch schnippisch und fuhr sich provozierend mit der Zungenspitze über die obere Zahnreihe.

»Denkst du eigentlich immer nur an Sex?«, mischte sich Paul ein.

Stitch lächelte. »Welche Antwort erwartest du, Paul? Eine ehrliche oder einfach eine aus *Freitag, der 13.*, auf den du anscheinend gerade anspielst?«

»Ich kann mir schon denken, wie du darauf antworten würdest«, mischte sich Evelyn ein und sah in die andere Richtung.

»Also Zitat«, sagte Paul.

»Okay!« Stitch breitete theatralisch die Arme aus und beugte sich mit einem verführerischen Blick nach vorn. »Oh, nein! Nein, ganz und gar nicht. Manchmal will ich bloß küssen«, gab sie die Passage des Horrorfilms zum Besten und deutete dann auf die Angestellte, die ungeduldig darauf wartete, dass sie sich endlich in den Wagen setzten. »Wir sind dran«, flüsterte Stitch.

»Oh«, antwortete Paul verlegen und lächelte die Bedienstete des Fahrgeschäfts an. »Entschuldigung, ich hatte echt nicht mitgekriegt, dass wir schon …«

»Einfach einsteigen, Kleiner!«, unterbrach ihn die Frau missmutig und deutete mit dem Kinn auf den Wagen mit der Aufschrift ›Scary Monsters – Wagen 11‹. Darunter stand ›Wenn Sie drinsitzen, ist es zu spät!‹

Paul wartete ungeduldig, bis Evelyn Platz genommen hatte und setzte sich dann neben sie.

»Könnten wir auch zu dritt …?«, fragte Stitch. »Ich habe nämlich echt Angst in Geisterbahnen.«

»Wenn's sein muss«, entgegnete die Frau genervt. »Aber beeilt euch und haltet den Verkehr nicht auf. Wir machen gleich Feierabend und ich habe keine Lust, wegen ein paar Idioten wie euch die Wiederholung von *Big Brother* zu verpassen.«

»Was, dieser Müll läuft immer noch?«, erkundigte sich Stitch und setzte sich mit einem übertrieben freundlichen Lächeln neben Paul. Na dann, viel Spaß nachher bei der Spannersendung«, sagte sie zum Abschied.

»Stitch! Halt dein blödes Maul!«, fauchte Evelyn entrüstet.

Der Wagen fuhr mit einem Rucken an und die blecherne Stimme begrüßte die Fahrgäste mit den gleichen Worten wie vorhin Emil und Michelle: »Holen Sie noch einmal tief Luft, bevor Sie in die schreckliche Welt der *Scary Monsters* eindringen.«

»Ist ja gut«, murmelte Stitch und lümmelte sich in die Lederbank, als würde sie das Ganze enorm langweilen.

Als sie in die Dunkelheit hinter der Schwingtür eindrangen, tastete Evelyn nach Pauls Hand und seufzte zufrieden, als dieser ihren Griff erwiderte und über ihren Handrücken streichelte.

Susi

21:23 Uhr – Die Maniacs

Robert hatte die Führung der Gruppe übernommen und vermied es sorgfältig, in Lauras Richtung zu sehen. Es war ihm äußerst unangenehm, dass Susi, seine ›Freundin‹, zur Sprache gekommen war.

»Wieso macht ihr eigentlich so ein großes Geheimnis um diese Susi?«, wollte Luka wissen, während er neben Robert her stapfte.

»Warte einfach ab«, murmelte dieser verärgert. »Ihr werdet sie gleich kennenlernen.«

»Ich hasse es, wenn du so abweisend zu mir bist.«

»Dann sprich mich einfach nicht an.«

Robert wandte sich nach Norden. Normalerweise ging keiner von ihnen in diese Richtung, weil dort der ›Abschaum der Stadt‹ wohnte: Penner, Schläger, asoziales Pack und Prostituierte.

Alina war die Erste, die bemerkte, auf welchen Stadtteil sie zusteuerten.

»Ähm, Robert?«, meldete sie sich zu Wort. »Wir gehen doch nicht dahin, wo ich gerade denke, dass wir hingehen?«

Robert blieb abrupt stehen und drehte sich mit einem wütenden Funkeln in den Augen um.

»Wohin denkst du denn, dass wir gehen, Intelligenzbestie?« Seine Stimme klang gereizt.

Alina wippte ungeduldig mit dem linken Fuß, während sie eine Weile tief in Roberts Augen starrte und auf eine weitere Reaktion von ihm wartete.

»*Titty Sisters*?«, fragte sie schließlich herausfordernd.

»Du … du meinst …?«, stammelte Luka und hob abwehrend die rechte Hand. »Ihr sprecht von …?«

»… dem Puff der Stadt!«, vervollständigte Laura den Satz und konnte sich ein schadenfrohes Grinsen nicht verkneifen. »Unsere Helden hier«, sagte sie lauter als notwendig und deutete auf Robert und Felix, »wollen uns anscheinend einer Nutte vorstellen. Susi ist wohl ihre Kurtisane, um es vornehm auszudrücken.« Sie machte eine Pause und beobachtete dabei amüsiert Alexander, dem sämtliche Farbe aus dem Gesicht gewichen war. »Habe ich recht?«

»Susi ist keine … Sie ist eine ganz normale Frau …«, begann Felix mit einer Erklärung, wurde aber sofort von Alina unterbrochen, die sich von Robert ab- und ihm zuwandte.

»Hör auf mit diesem Blödsinn, Felix. Ihr wollt uns zu einer Nutte schleppen«, stellte sie trocken fest. »Was an sich ja nicht schlimm ist, denn solche Frauen muss es nun mal geben, damit die Vergewaltigungen durch notgeile Männer nicht überhandnehmen. Was mich vielmehr irritiert ist, dass … Na ja, ich bin ziemlich sicher, dass ihr gegen Bezahlung mit ihr geschlafen habt, schließlich müsst ihr sie irgendwie kennengelernt haben. Und das finde ich …«

»Sie ist nur eine Freundin«, unterbrach Robert und sah dabei Hilfe suchend zu Felix, der errötete und verlegen zu Boden starrte, als befände sich dort ein hilfreicher Tipp, der ihn aus dieser unangenehmen Situation erlösen könnte.

»Soso, eine Freundin also?«, wiederholte Laura herausfordernd. »Wo und bei welcher Gelegenheit habt ihr sie denn bitte schön kennengelernt? Beim Einkaufen? Oder beim Nachhilfeunterricht in Philosophie?«

»Hört auf«, mischte sich Emma ein. »Bauer Herberth sucht uns, schon vergessen? Also sollten wir im Moment nicht wählerisch sein, wo und bei wem wir uns verstecken können. Wir wollen doch immer noch alle heute Nacht Spaß im *Modro* haben, oder?«

Robert ergriff den rettenden Strohhalm und trat entschlossen einen Schritt nach vorn. »Emma hat recht. Momentan spielt es wirklich keine Rolle, wohin wir gehen. Wenn wir uns noch ein paar Stunden verstecken, können wir bald den gemütlichen Teil der Nacht einläuten und rüber zum Freizeitpark gehen. Ihr bleibt in der Zwischenzeit zusammen mit Felix bei Susi, während ich mich um meinen Vater kümmere.« Seine Stimme klang wieder bedeutend fester und auch seine Augen machten bei Weitem nicht mehr den hilflosen Eindruck wie noch vor wenigen Augenblicken.

»Sie ist also tatsächlich eine Hure?« Es war mehr eine Feststellung statt einer Frage, die Laura aussprach.

Felix nickte ergeben. »Ist sie. Aber voll nett.«

»Hey, diese Frauen sind schließlich ganz normale Menschen«, nahm Emma die unbekannte Freundin der beiden Jungs in Schutz. »Außerdem kennen wir sie noch gar nicht, also urteilt nicht über einen Menschen, den ihr noch nie gesehen habt.«

Robert nickte zufrieden in Emmas Richtung. »Danke, Emma. Können wir jetzt endlich weitergehen?«

Niemand antwortete. Und so strömte die Gruppe schweigend in Richtung *Titty Sisters*.

21:09 Uhr – Die Squalors

Die *Squalors* waren geduldig, was die Inbesitznahme von menschlichen Körpern anging. Sie waren in erster Linie an einem warmen Zuhause interessiert, alles andere hatte eine geringere Bedeutung für sie. Sie konnten später überlegen, wie sie beim Unterjochen des Planeten vorgehen würden. Momentan hatten für die Staubwesen einzig zwei Dinge Priorität: Aus der verunglückten Kapsel entkommen und einen Organismus finden, der ihnen als Wirtskörper diente.

Schon nach kurzer Zeit bemerkten die *Squalors*, dass wohl nicht alle Menschen gesund und in guter Verfassung waren, sondern einige unter ihnen von einer fremden Präsenz befallen waren, die die Menschen ›Krankheit‹ nannten.

Eine Symbiose zwischen den außerirdischen Staubwesen und den verschiedenen Krankheiten der Wirtskörper funktionierte nicht, sodass sich die *Squalors* entschieden, gegen die jeweiligen ›Krankheiten‹ vorzugehen, sie aus den Wirtskörpern zu verbannen oder sie, falls dies nicht erfolgreich funktionierte, kurzerhand zu eliminieren.

Die von den Außerirdischen besessenen, und oftmals verstorbenen Menschen verloren jegliche Kontrolle über sich und machten Jagd auf ihre Artgenossen. Zombiegleich wankten sie wie Marionetten durch die Stadt und griffen ohne Vorwarnung an.

Ironischerweise behielten die meisten besessenen Menschen ihre Hirnfunktionen, mit denen sie aber nur noch unkoordinierte Bewegungsabläufe und lallende Töne zustande brachten.

Dietmar Herberth war der erste Mensch aus Buchstedt, der von den *Squalors* in Besitz genommen worden war und genau solche Symptome zeigte.

***

»Diese Sch… Sch… Schweine haben eine Ku… Ku… Kugel auf mein Mais… Maisfeeeeeld geworfennnn …« Herberths Stimme hörte sich wie die eines Betrunkenen an, der nicht mehr kontrollieren konnte, was er von sich gab. Auch sein Verhalten passte dazu. Der Bauer taumelte den Gehweg entlang und hielt nach jedem Schritt kurz inne, als müsse er sich konzentrieren, um nicht das Gleichgewicht zu verlieren und umzufallen.

»Alles in Ordnung, Dietmar?«, erkundigte sich ein Bekannter besorgt, der ihm entgegenkam und sich über Herberths ungewöhnliches, untypisches Verhalten wunderte.

Der Bauer nuschelte unverständliches Zeug und tapste dann unbeholfen weiter, ohne den Mann weiter zu beachten.

Seine Schritte erinnerten an die von Untoten aus Schwarz-Weiß-Horrorfilmen, in denen sportliche, junge und unschuldige Frauen erstaunlicherweise immer von gehandicapten und bedeutend langsameren Monstern eingeholt und getötet wurden.

»Irgendetwas stimmt mit dem doch nicht«, murmelte Herberths Bekannter nachdenklich und sah dem Bauern mit hochgezogenen Augenbrauen nach.

Dietmar Herberth stakste mit krummen Armen und Beinen die Fußgängerzone entlang und brabbelte dabei undeutliche Wortfetzen vor sich hin. Seine Augen waren gerötet und unnatürlich weit aufgerissen. Hätte jemand einen genaueren Blick auf sie geworfen, wäre ihm der milchig-gelbliche Staubschleier sicherlich nicht entgangen, der aussah wie eine durch Alkoholmissbrauch hervorgerufene Gelbsucht.

Es war in der Nähe eines McDonalds-Restaurants (übrigens genau jenes, das Robert und seine Freunde wenige Augenblicke zuvor verlassen hatten), als die *Squalors* kurzerhand beschlossen, den kranken Körper von Dietmar Herberth aufzugeben, um sich in Jennifer ›Jenny‹ Figiel zu verschanzen, die just in diesem Moment an Herberth vorbeilief. Ein paar Außerirdische blieben jedoch zurück und drangen in Herberths Gehirn ein, nahmen von seinem Zentrum für Gedanken, Ängste und Hoffnungen Besitz, um diese zu beeinflussen.

Mit einem unappetitlichen Rülpser quoll ein Schwall gelben Staubs aus dem Mund des Bauern, schwebte eine Weile in der Luft, bevor er zwischen den Lippen von Jennifer Figiel verschwand und den Organismus der Frau innerhalb von Sekunden in Besitz nahm. Die außerirdische Intelligenz suchte sich in Windeseile einen Weg ins Gehirn, wo sie unter anderem Szenenbilder aus Jennifers Lieblingshorrorfilm *From Dusk till Dawn* fand, und nistete sich dort ein.

Herberth verdrehte seine rotgeäderten Augen und sah sich dann orientierungslos um, als wäre er soeben aus einem Albtraum erwacht und hätte keine Ahnung, wo er sich befand.

Immer mehr Fußgänger blieben stehen, während Dietmar Herberth einen weiteren lauten Rülpser ausstieß und sich gegen einen Laternenpfahl lehnte.

»Alles in Ordnung, Mann?«, erkundigte sich ein junger Grieche. Anstelle einer Antwort erhielt er eine Ohrfeige, die ihn fast aus dem Gleichgewicht brachte.

Ein entrüstetes Raunen ging durch die Gruppe Schaulustiger, die sich zwischenzeitlich um Dietmar Herberth versammelt hatte und das weitere Geschehen sensationslüstern beobachtete. Einige filmten das Geschehen mit ihren Handys.

Der Grieche taumelte und fluchte leise in seine Handfläche, die er sich vor den Mund hielt. »Bist du noch ganz dicht?«, schrie er den Bauern an, der den Mann ignorierte und in die Luft starrte, als schwebten dort fantastische Dinge um seinen Kopf.

»Fuck!«, gurgelte Herberth plötzlich und griff in die hintere Tasche seiner Jeans. Seine Augen wurden von einem unheimlichen Leuchten erfüllt, als er ein Cuttermesser aus der Tasche zog und damit wild herumfuchtelte.

»Der hat sie doch nicht mehr alle. Skatofatsa«, fluchte der junge Grieche und drehte sich kopfschüttelnd weg. »Arschgesicht!«

»Kuuuugelll ...«, gurrte Herberth wie ein Verrückter und schob mit dem Daumen der rechten Hand unbeholfen wie ein Kind die Klinge des Messers nach vorn.

»Hey, lassen Sie das«, mischte sich ein älterer Mann mit grauem Vollbart ein, der aber sofort verstummte, als der Bauer das Messer mit teuflisch funkelnden Augen auf ihn richtete.

Während Dietmar Herberth die Aufmerksamkeit des größten Teils der anwesenden Fußgänger in Anspruch nahm, entfernte sich die infizierte Jennifer Figiel mit eiligen Schritten vom Schauplatz und steuerte auf eine der beiden Einkaufspassagen von Buchstedt zu, die freitags bis zweiundzwanzig Uhr geöffnet hatte.

»Kann ihm denn nicht jemand das Messer abnehmen?«, winselte eine dickleibige Frau und sah sich verzweifelt nach einem Helfer um.

Der Vollbärtige, der sich noch vor wenigen Sekunden eingemischt hatte, hob abwehrend beide Hände und entfernte sich. »Nichts für ungut«, murmelte er und schüttelte dabei den Kopf. »Aber dem komm ich nicht zu nahe, der hat sie nicht mehr alle …«

Aus Herberths Mund quoll ein rosaschimmernder Schaum, als hätte er sich in seiner Besessenheit die Zunge blutig gebissen. Seine Bewegungen wurden immer unkontrollierter, während er mit dem Cuttermesser herumfuhrwerkte.

Dann hielt er plötzlich inne und richtete die Klinge auf sein Gesicht.

»Ich bin scheißkrank«, flüsterte der Bauer. Dieses Mal waren seine Worte klar und deutlich zu verstehen. »Zu nichts mehr zu gebrauchen. Sterbenskrank. Sie sind in meinem Kopf.« Seine Augäpfel rollten wild in den Höhlen umher und der Mann stieß ein unheimlich klingendes Kreischen aus.

Dietmar Herberth war genau genommen nicht sterbenskrank, sondern tot, seit die *Squalors* ihn in Besitz genommen hatten. Die außerirdische Präsenz hatte mittlerweile vollkommen von seinem Gehirn Besitz ergriffen und in seinen Gedanken gefunden, wovor der Mann am meisten Angst hatte: Tod durch Aufschlitzen des Halses.

Schon als Kind hatte Dietmar Herberth Albträume davon gehabt, eines Tages mit durchschnittener Kehle zu enden. Nun hatten die *Squalors* diese, seine größte Angst in seinen Gedanken entdeckt. Und da er als Wirtskörper für sie nicht mehr infrage kam, weil er krank und nutzlos war, musste er vernichtet werden, um zukünftigen parasitären *Squalors* nicht zu schaden.

»Wieso nimmt ihm den keiner das verdammte Messer ab?«, kreischte die Dicke erneut und für einen kurzen

Moment schien es, als wolle sie selbst die Initiative ergreifen. Dazu kam es allerdings nicht mehr.

Der Bauer ritzte sich unterhalb des Adamsapfels die Haut leicht auf und riss dabei Augen und Mund verzückt auf, als bereite ihm diese Art der Selbstverstümmlung ein enormes Vergnügen. Einem aufmerksamen Beobachter wäre aufgefallen, dass der Mann zu dem Zeitpunkt bereits nicht mehr atmete. Aber in dem aufkommenden Chaos richtete sich das Augenmerk sämtlicher Anwesender ausnahmslos auf das Cuttermesser und den Kehlkopf des Mannes.

Mit zitternden Bewegungen ritzte Dietmar Herberth den hervorstehenden Knorpel seines Adamsapfels immer weiter an. Auf makabre Weise sah es aus, als stünde ein versierter Chirurg in der Fußgängerzone, um den Gaffern um sich herum einen erfolgreichen Kehlkopfschnitt an sich selbst zu demonstrieren.

Das hässliche Gurgeln, das Sekunden später aus der Kehle des wahnsinnig gewordenen Bauern drang, ließ zwei Frauen aus der Gruppe würgen.

»So hören Sie doch auf damit!«, schrie ein fülliger Mann und trat einen Schritt nach vorn auf Herberth zu.

»Krank!«, brüllte dieser hysterisch. »Krank … krank … krank!«

Mit einem weiteren Schnitt vergrößerte er den Riss an seiner Kehle. Aus der jäh aufklaffenden Wunde spritzte Blut. Eine rote Fontäne sprudelte begleitet von einem zischenden Geräusch aus der verletzten Kehle und benetzte die umstehenden Passanten.

Herberth ächzte leise und drehte sich einmal um die eigene Achse. Danach stach er cholerisch mit dem Cuttermesser in seinen Hals, bis nur noch eine unidentifizierbare Fleischmasse zu erkennen war. Einige der Zuschauer suchten entsetzt das Weite, während der Großteil geschockt, aber auch gewissermaßen fasziniert stehen blieb und seine Sensationsgier befriedigte.

Dietmar Herberth wirbelte wie ein Derwisch im Kreis herum und besprenkelte die Gesichter seines Publikums mit irrwitzigen Mustern aus seinem Blut.

»Krank … iiiiich biiiin kraaaaaaank …«, schrie er unentwegt, während er sich mit dem Cuttermesser die Wangen aufschlitzte und die Klinge danach tief in seine Augen bohrte, bis diese mit einem dumpfen Ploppen platzten. Eine gallertartige Masse quoll aus den Augenhöhlen und rann an den Wangen des Bauern herab wie Tränen.

Herberth kippte um wie eine Marionette, deren Fäden durchgeschnitten worden waren, und blieb zuckend auf dem Boden liegen. Das Messer fiel aus seiner Hand und schlitterte mit einem Scheppern zwischen die hochhackigen Schuhe einer entsetzten Zuschauerin.

Dann legte sich eine bedrückende Stille über den Schauplatz.

Erst nach einigen Minuten machte sich einer der Augenzeugen daran, die Polizei über sein Mobiltelefon zu benachrichtigen.

Das Titty Sisters

Obwohl jeder in der Stadt wusste, dass ›Mann‹ im *Titty Sisters* Sex gegen Bezahlung bekam, wurde der Laden von den meisten Bewohnern geduldet.

Vor Jahren hatte eine alte konservative Vettel versucht, einen Aufstand gegen den Puff anzuzetteln, der aber nach hinten losging. Das Unternehmen endete damit, dass das *Titty Sisters* weit über die Stadt hinaus bekannt wurde und die Aktion dem Etablissement über Monate hinweg einen Gästezuwachs bescherte, der die bisherigen Besucherzahlen nahezu verdoppelte.

Susi Marlow, die Puffmutter, hieß mit bürgerlichem Namen Susanne Swazyena und war ursprünglich Sekretärin gewesen. Durch besondere Umstände, die außer ihrem Bruder und zwei oder drei Freiern niemand sonst kannte, hatte sie sich vor über fünfzehn Jahren entschieden, den Beruf einer Prostituierten zu ergreifen. Vielleicht war ihr damaliger unstillbarer Drang, alle nur denkbaren sexuellen Praktiken auszuprobieren, der Auslöser gewesen. Vielleicht war es aber auch die Enttäuschung über ihren dritten Ehemann gewesen, der ihr sämtliche Illusionen geraubt hatte, dass eine harmonische Beziehung zwischen Mann und Frau außerhalb einer sexuellen Verbindung im Alltag funktionieren würde.

Susis Erfolg in ihrem neuen Beruf hatte dafür gesorgt, dass sie es sich bereits nach kurzer Zeit hatte erlauben können, das *Titty Sisters* zu eröffnen. Und das, ohne einen Finanzierungskredit in Anspruch nehmen zu müssen.

Sie war stolz auf diese Leistung und scherte sich einen Dreck darum, was die Leute sagten und dachten.

Das *Titty Sisters* genoss, nicht zuletzt wegen seines Namens in Anlehnung an den Filmklassiker *From Dusk Till Dawn* einen außergewöhnlichen Ruf in Insiderkreisen und konnte bereits nach kurzer Zeit einen großen Stammkundenkreis verzeichnen.

Als dann besagte Aktion stattfand, das *Titty Sisters* durch einen Aufstand, der fast schon einem Volksbegehren glich, aus der Stadt zu vertreiben, geschah ein Wunder. Susis Bordell verzeichnete schlagartig nicht weniger, wie von der alten Schachtel erhofft, sondern mehr Kunden!

Robert und Felix hatten Susi vor etwa eineinhalb Jahren durch eine Wette kennengelernt. Beide dachten, der jeweils andere besäße nicht den Mut, das Lokal zu betreten, zumal sie beide damals noch nicht volljährig waren.

Letztendlich hatten sie dann beschlossen, gemeinsam das Freudenhaus aufzusuchen. Kurz bevor sie von einem der Aufpasser weggescheucht wurden, erschien Susi und forderte die beiden Jungs auf, sie in die obere Etage des Hauses zu begleiten.

»Ihr seid doch noch viel zu jung, um für Sex bezahlen zu müssen«, wunderte sie sich und führte die Jungs in einen prunkvoll ausgestatteten Raum, wo sie ihnen Champagner anbot.

»Wir haben nur gewettet …«, begann Felix sich zu rechtfertigen, aber Susi winkte mit einem charmanten Lächeln ab.

»Ist schon in Ordnung. Tja, eigentlich dürftet ihr ja gar nicht hier sein. Wenn das jemand erfährt, komme ich in Teufels Küche. Aber ich finde euch echt süß.« Sie betrachtete eine Weile das mit einer Jalousie halb verdunkelte Fenster des Zimmers, bevor sie sich wieder den beiden Jungs zuwandte. »Was haltet ihr davon, wenn ich euch einen Job anbiete?«

Verwundert sahen sich Robert und Felix an.

»Ähm, was für eine Art Job meinen Sie?«, erkundigte sich Robert mit einem scheuen Lächeln auf den Lippen.

Susi lächelte zurück. »Ihr könnt mich duzen. Mein Name ist Susi«, flüsterte sie übertrieben verführerisch und streckte ihnen dann nacheinander ihre Hand entgegen. »Und es ist nichts Schlimmes, das ich euch anbiete. Da ihr aber noch nicht volljährig seid, muss ich darauf bestehen, dass ihr schweigt und niemandem etwas davon erzählt.«

Felix nickte mit ernster Miene, während Robert unsicher überlegte, um welches, womöglich unmoralische Angebot es sich handeln könnte.

»Okay, Susi. Um was geht's also?«, fragte er und bemühte sich, seiner Stimme einen erwachsenen Klang und männlichen Tonfall zu verleihen.

»Putzen«, antwortete die Frau knapp. »Vielleicht habt ihr ja Lust, nach der Schule das *Titty Sisters* zu fegen und zum Beispiel die Überreste des Vorabends aufzusammeln, zerbrochene Gläser und so etwas. Damit könnt ihr euch ein leichtes Taschengeld verdienen. Es dauert nicht besonders lange, diesen Laden hier sauber zu machen, das könnt ihr mir glauben.«

»Das ist nicht dein Ernst«, murmelte Robert. »Du meinst echt, wir sollen den Laden hier putzen?«

»Wieso denn nicht?«, warf Felix begeistert ein.

»Ja genau. Wieso denn nicht? Und außerdem bekommt ihr neben der Bezahlung die Gelegenheit, meine Mädchen näher kennenzulernen.« Susi kniff die Augen zusammen und beobachtete die Reaktion der beiden Jungen einen Augenblick. »Und wenn ihr volljährig seid, können wir über eine andere Art der Bezahlung reden.«

»Ähm …« Robert schluckte und sah peinlich berührt zu Boden, während Felix euphorisch nickte.

»Also, was ist? Was sagt ihr zu meinem Angebot?«

Robert und Felix sahen sich kurz an.

»Warum eigentlich nicht? Einen Versuch ist es wert«, gab Robert zur Antwort.

Sie putzten daraufhin ganze zwei Male das *Titty Sisters*, bevor es ihnen zu anstrengend und zeitaufwändig wurde. Die beiden wollten ihre Freizeit draußen verbringen und nicht im Inneren eines Puffs. Die Freundschaft zu Susi blieb allerdings bestehen, denn die Dame des Hauses hatte die Jungs schnell ins Herz geschlossen und genoss ihre kurzen Besuche jedes Mal.

Robert und Felix konnten mit der Frau über fast alles reden und Susi behandelte sie in dieser Hinsicht, als wären sie erwachsen.

Die Beziehung zwischen den dreien basierte auf gegenseitigem Vertrauen und inniger, echter Herzlichkeit. Robert und Felix halfen Susi manchmal auf andere Weise, wenn sie etwa für ein Etablissement wie das *Titty Sisters* relevante Einträge für Internetsuchmaschinen herausfinden sollten, um den Umsatz anzukurbeln. Für solche Dienste bekamen Robert und Felix als Gegenleistung eine anständige Bezahlung oder andere Hilfeleistungen. Wie zum Beispiel jetzt, wo sie eine Versteckmöglichkeit brauchten, um nicht von einem durchgeknallten Bauern und der örtlichen Polizei gefunden zu werden.

Absprung

21:41 Uhr – Die Maniacs

Der Abend war noch jung, so dass sich noch keine Kunden im *Titty Sisters* befanden. Robert führte seine Freunde über einen leeren Parkplatz auf das Etablissement zu.

»Susi wird sich wundern, wenn wir mit der ganzen Gruppe aufschlagen«, gab Felix zu bedenken.

»Ach was! Wir haben in letzter Zeit so viel für sie getan. Sie hat bestimmt kein Problem damit.«

»Wie lange sollen wir denn in diesem Schuppen bleiben?«, erkundigte sich Alina und deutete auf das dezent mit gelber Farbe angestrichene, flache Gebäude.

»Dieser Schuppen hat einen Namen.« Robert blieb stehen und drehte sich zu Alina und den anderen um. »Sobald mein Vater besoffen genug fürs Bett ist, komme ich und hole euch. Und genau so lange wartet ihr hier.« Er schüttelte angenervt den Kopf. »Zuerst kommt nur Felix mit und wir kümmern uns um die Wachleute. Gegen Mitternacht schleicht ihr euch vom *Titty Sisters* zu uns in den Park. Ist deine Frage damit ausreichend beantwortet, Alina? Ich fasse noch mal zusammen: Ihr bleibt bis etwa Mitternacht im *Titty Sisters*. Diesem Ding hier. Alles klar?«

»Klar doch«, erwiderte Alina schnippisch. »Bis Mitternacht im *Titty Sisters* bei eurer Freundin. Und dann geht's endlich los.«

»Alles cool«, mischte sich Laura ein und schaute dann demonstrativ in Alexanders Richtung, als hätte sie noch immer nicht genug davon, Robert eifersüchtig zu machen. »Alles im grünen Bereich.«

»Okay, dann los!« Felix lief als Erster zum Eingang des Bordells.

Robert und die anderen folgten ihm und gemeinsam warteten sie geduldig, bis ihnen die Tür geöffnet wurde.

»Was wollt ihr denn hier?«, fragte der Bodyguard, glotzte verwundert auf die Gruppe Jugendlicher und schüttelte den Kopf. »Der Kindergarten ist auf der anderen Seite der Stadt.«.

»Halt den Mund, Michael«, fuhr Robert den Aufpasser an und versuchte, ins Innere des Lokals zu sehen. »Ist Susi hier? Wir brauchen dringend ihre Hilfe.«

»Sie hat zu tun«, antwortete der bullige Typ knapp und machte Anstalten, die Tür ohne einen weiteren Kommentar zu schließen.

»Nichts da!«, mischte sich Felix ein und zwängte seinen rechten Fuß in den noch offenen Spalt. »Du holst sofort Susi, Mr Universum, oder …«

»Oder was?«, knurrte der Mann herausfordernd.

»Oder ich erzähle deiner Chefin, dass du immer mit dem fetten Glatzkopf rummachst und er von dir verlangt, dass du seinen …«

»Okay, kommt rein«, unterbrach der Bodyguard Felix' Redeschwall und hielt bereitwillig die Tür auf. Dabei warf er Felix einen bösen Blick zu. »Los, macht schon, bevor jemand sieht, dass ich eine Bande Teenager reinlasse.«

21:22 Uhr – Die Slashers

»Mist! Der blöde Bügel klemmt …«, fluchte Emil und schlug ungeduldig auf die Metallschiene, von der er in den Ledersitz gedrückt wurde.

»Hör auf mit diesem Blödsinn«, murmelte Michelle und zuckte erschrocken zusammen, als dicht neben ihr ein Skelett aus der Dunkelheit auf den Wagen zuschoss und dabei mit einer Sense ausholte.

»Ich mache keinen Quatsch«, fluchte Emil und ruckelte weiter an dem Verschluss.

»Vielleicht haben die Waggons einen Sicherheitsmechanismus, der den Bügel sperrt, solange sie fahren«, überlegte Michelle laut und beugte sich in Emils Richtung, um mit ihren schmaleren Händen in die Öffnung zu greifen, wo der Bügel verankert war.

»Wahrscheinlich klemmt er einfach nur«, ächzte Emil und stemmte sich mit den Füßen gegen den Wagenboden, um dadurch eine größere Hebelwirkung zu erreichen.

»Shit, gleich kommt die Stelle, an der wir rausspringen wollten«, erinnerte ihn Michelle unnötigerweise und deutete auf den dämmrigen Fleck vor ihnen, wo der Werwolf als schwarzer Schatten an der Decke zu erkennen war.

»Ich weiß«, entgegnete Emil keuchend. »Warum denkst du wohl, dass ich versuche, den Scheißbügel aufzubekommen?«

Michelle legte beruhigend ihre Finger auf seinen Handrücken, wurde aber sofort von Emil weggedrückt. »Dafür haben wir echt keine Zeit!«

»Ich wollte doch nur …«

»Hör einfach auf und lass mich machen.«

Während unter ihnen das Rattern der Gleise zu hören war, erklang vor ihnen plötzlich das Rauschen von Wind, der einen Sturm darstellen sollte. Dabei wurden die Haare der Fahrgäste durch ein starkes Gebläse durcheinandergewirbelt, wodurch in Kombination mit den Geräuschen tatsächlich der Eindruck vermittelt wurde, als bräche jeden Moment ein fürchterliches Unwetter aus.

»Der Werwolf …«, setzte Michelle an, verstummte aber augenblicklich, als ihr einfiel, wie gereizt Emil auf ihre letzte Äußerung reagiert hatte.

»Verdammt, Michelle. ICH WEIß DAS …«, schrie dieser und schlug zum wiederholten Mal auf die Stange vor seinem Bauch.

Mit einem lauten Brüllen fiel der realistisch modellierte Werwolf drei Metern vor ihrem Waggon von der Decke und schlug dabei mit den krallenbewehrten Händen nach ihnen. Die weit aufgerissenen blutunterlaufenen Augen der Kreatur leuchteten.

Die Macher dieser Geisterbahn haben echt ganze Arbeit geleistet, durchzuckte es Michelle, während der Werwolf vehement in ihre Richtung schlug.

Der Abstand zwischen Figur und Waggon war anscheinend so exakt berechnet worden, dass Michelle diese Werwolf-Attacke sogar noch nach mehrmaligem Befahren der Geisterbahn Angst einjagte.

»Ja«, ächzte Emil, der den Werwolf völlig ignorierte und sich ganz auf ihre Befreiung konzentrierte. »Ich krieg's gleich auf.«

»Dann könnten wir es doch noch schaffen«, antwortete Michelle erleichtert und drückte gegen die Metallstange, um zu testen, ob sie schon nach oben klappte.

»Hör auf, daran rumzureißen«, fauchte Emil gereizt und versetzte Michelle einen leichten Stoß in die Seite.

»Hey, bist du noch ganz dicht?«, schimpfte die und hielt sich die Hüfte. »Penner!«

Mit einem Quietschen schnappte endlich die Verschlussklappe zurück und Emil schaffte es, den Bügel nach oben zu drücken. Mittlerweile liefen bedrohlich knurrende Wölfe auf versteckten Schienen neben ihrem Wagen her und schnappten nach ihnen.

»Los jetzt«, forderte Emil Michelle auf. »Raus hier, bevor wir den Blutsee erreichen.«

Michelle nickte. Wenn sie erst einmal über dem Blutsee waren, könnten sie für eine Weile nicht mehr aus dem Waggon springen. Außerdem wären sie dann viel zu weit vom vereinbarten Treffpunkt entfernt.

Emil balancierte unbeholfen auf dem Sitzpolster des Wagens. Um den Waggon herum tobte der künstliche Sturm und vor ihnen erkannte Michelle, dass sie sich tatsächlich bald in jenem Bereich der Geisterbahn befinden würden, der einer Indoor-Achterbahn glich und in dem die Wagen ins Kellergeschoss der Anlage geleitet wurden.

»Jetzt mach schon«, forderte Michelle ihren Freund auf.

Sie mussten sich beeilen, denn Michelle war gezwungen, ebenfalls von der rechten Seite des Wagens zu springen, da sich auf der linken mittlerweile der Boden auftat und man direkt auf die Oberfläche des Blutsees blicken konnte.

Emil stieß sich kurzentschlossen ab und breitete theatralisch die Arme aus, als spränge er von einer Klippe in die Tiefe. »Grüßt den Schlächter, Mädels!«, zitierte er während seines Sprungs aus *American Werewolf* und winkte dabei zu den Werwolf-Attrappen, die immer noch neben den Schienen herliefen.

Aus dem unteren Geschoss waren zwischen dem Kreischen der Werwölfe und dem Rattern der Gleise die spitzen Schreie anderer Fahrgäste zu hören.

Michelle überlegte nicht lange und sprang hinter Emil her. Sie unterdrückte einen Aufschrei, als sie auf einen Hügel aus Pappmaschee knallte und sich unbeholfen abrollte. Ein greller Schmerz durchzuckte ihre rechte Schulter und Michelle schmeckte Blut. *Scheiße, hab ich mir etwa auf die Zunge gebissen*, dachte sie, während sie gegen etwas Weiches rutschte.

»Mist!«, hörte sie Emil dicht neben sich fluchen und registrierte erst in diesem Moment, dass es sich bei dem weichen Gegenstand um ihren Freund handelte.

»Sorry«, presste sie zwischen ihren Lippen hervor und versuchte sich umzudrehen, so dass sie nicht mehr mit ihrem ganzen Gewicht gegen den Brustkorb des Jungen drückte. »Besser?«, erkundigte sie sich, erhielt aber nur ein leises Stöhnen als Antwort.

Michelle hörte, wie sich von links ein Waggon näherte und duckte sich instinktiv.

Das hysterische Kreischen einer Frau gellte schmerzhaft in ihren Ohren. Es dauerte nicht lange und die Schreie entfernten sich. Das Rattern des Wagens ging im Tosen der Ventilatoren unter, die am Rand der Gleise aufgestellt waren und den Sturm simulierten.

»Alles okay?«, erkundigte sie sich ein zweites Mal bei Emil und drehte ihren Oberkörper nach links. Emil stöhnte leise und bewegte sich nicht.

Michelle beugte sich über den Jungen und versuchte im dämmrigen Licht, sein Gesicht zu erkennen.

»Was ist los?«, flüsterte sie.

»Mein Bein«, ächzte Emil.

»Gebrochen?«

»Nein, nur verstaucht, glaube ich. Aber es tut verdammt weh. Ich …« Er sprach den Satz nicht zu Ende und drehte sich in Michelles Richtung. Ein rötlicher Lichtschein, der von einem in ihrer Nähe angebrachten Strahler stammte, erfasste sein schmerzverzerrtes Gesicht. Michelle gab instinktiv ihrem Verlangen nach und küsste Emil auf den Mund.

»Oh, Mist. Es tut mir so leid«, murmelte sie, als sie danach besorgt sein Gesicht betrachtete.

»Du kannst doch nichts dafür«, ächzte Emil.

Er stützte sich mit der linken Hand ab und sah sich um. »Haben wir's einigermaßen hingekriegt? Wo sind wir?«

»Kurz hinter den Wölfen. Aber definitiv vor dem Blutsee«, antwortete sie und ging in Deckung, als sich erneut ein Waggon näherte.

»Sehr gut«, murmelte Emil. »Die vereinbarte Stelle mit dem Werwolf kann nicht besonders weit entfernt sein.« Seine Augen suchten in der Dunkelheit nach Anhaltspunkten. Als ein weiterer Wagen an ihnen vorüberratterte, duckte er sich. Gemeinsam warteten sie ab, bis er in der Dunkelheit verschwunden war.

»Sollen wir nach Paul und den anderen rufen?«

»Bist du bescheuert?« Emil schüttelte den Kopf und erhob sich mit einem leisen Ächzen. »Wir gehen zurück zum Treffpunkt. Sie werden dort schon auf uns warten. Vorausgesetzt, sie haben es geschafft, an der richtigen Stelle rauszuspringen.«

»Weißt du denn, in welche Richtung wir gehen müssen?«, erkundigte sich Michelle ängstlich.

Emil nickte mit ernstem Gesicht und deutete auf einen näherkommenden Waggon. »Ist doch einfach. Wir müssen nur zurückgehen. Dahin, wo die Wagen herkommen«, flüsterte er.

21:48 Uhr – Die Maniacs

»Klar können eure Freunde hierbleiben«, bemerkte Susi mit einem freundlichen Lächeln. »Allerdings solltet ihr vor Mitternacht von hier verschwinden, denn je später der Abend …«

»Keine Sorge«, meldete sich Alina zu Wort. »Um die Zeit sind wir längst wieder weg. Wir werden Ihnen und Ihren …«, sie zögerte kurz, »… Kunden keinen Ärger machen.«

Susi grinste und sah dann zu Robert, der im Ledersessel saß und die Augen bereits seit mehr als einer Minute geschlossen hielt.

»Was ist denn überhaupt passiert?«, erkundigte sich Susi.

»Dietmar Herberth, der Bauer …«, begann Emma.

»Ich kenne Dietmar«, warf Susi ein.

Alina, Luka und Felix erröteten und starrten verlegen an die Wand, an der einige Nachdrucke weltbekannter Gemälde hingen.

»Na ja, jedenfalls habe ich Steffy getroffen, als ich gerade auf dem Weg zu meinen Freunden war«, setzte Emma erneut an. »Sie wunderte sich, warum ich mich in aller Öffentlichkeit zeige, wo uns doch ein irre gewordener Dietmar Herberth sucht. Anscheinend war er völlig wahnsinnig, wie von einem Dämon besessen, sagte Steffy.« Emma machte eine Pause und sah zu Alina.

»Leck mich … leck mich … lass dich von Jesus ficken! Weißt du, was sie getan hat, deine fotzige Tochter?«, knurrte Luka und verdrehte dabei seine Augen nach oben, bis nur noch das Weiße zu sehen war. »So besessen? So wie Linda Blair in …?«

»Luka«, fauchte Emma. »Ihr solltet die Sache verdammt noch mal ernst nehmen.«

»Habt ihr denn etwas angestellt?«, wollte Susi wissen.

»Das ist es ja. Wir haben absolut nichts gemacht«, übernahm Robert wieder das Wort. »Der Typ hat sie nicht mehr alle. Er beschuldigt uns permanent. Er mag uns einfach nicht, dieser verrückte Arsch.«

»Also gut. Und was wollt ihr jetzt machen? Eure Eltern werden von der ganzen Sache erfahren und euch suchen. Das Verstecken wird euch nicht dauerhaft helfen«, überlegte Susi laut.

»Ich werde gleich nach Hause gehen und mit meinem Vater etwas abklären. Dafür bräuchte ich aber eine Flasche Wein, Susi. Und wenn alles so klappt, wie ich mir das vorstelle, werden wir heute Nacht im Park unterwegs sein«, erklärte Robert mit einem schelmischen Glitzern in den Augen.

»Im *Moviedrome*?« Susi hob die Augenbrauen.

»Genau da«, bejahte Robert. »Laura hat nämlich morgen Geburtstag und ich wollte ihr eine Freude machen. Eine Nacht im *Moviedrome*, ganz für uns allein. Ist das nicht der Hammer?«

»Die Idee ist in der Tat cool. Da bekomme ich ja richtig Lust, bei euch mitzumachen«, lachte Susi. »Aber dein Vater wird dir das doch niemals erlauben.«

Robert grinste. »Wer sagt denn, dass ich ihn um Erlaubnis frage? Wir fahren einfach ein paar Runden. Keine große Sache. Du kannst gern mitkommen, wenn du willst. Oder hat einer von euch was dagegen?«

Keiner antwortete. Argwöhnisch sah die Prostituierte einen nach dem anderen an. »Ihr wollt ins *Modro* einbrechen?«

»Das ist kein Einbruch, okay? Ich leihe mir den Schlüssel nur für ein paar Stunden aus. Wenn der Park meinem Vater gehört, wie kann das Einbruch sein?« Robert zuckte mit den Schultern.

»Und was ist mit dem Wachpersonal?«, wandte Susi ein.

»Darum kümmere ich mich schon. Ich gehe jetzt nach Hause und wir treffen uns um Mitternacht am Eingang zum *Modro*. Können wir unsere Handys bei dir lassen? Wir haben da so eine Abmachung …«

»Klar!«

»Ich komme mit dir«, schlug Felix vor. »Während du deinen Alten besoffen machst, warte ich draußen. Dann können wir anschließend gleich weitermachen und uns um die Wachleute kümmern, ohne dass du mich erst noch abholen musst. Was sagst du dazu?«

»Gute Idee«, antwortete Robert lächelnd. »Genau so machen wir das.« Er wandte sich an Susi, die ihm eine Flasche Wein entgegenhielt. »Danke für alles, Susi. Pass auf meine Freunde auf.« Er zeigte schmunzelnd auf Luka. »Und versau unseren Kleinsten nicht.«

Susi grinste. »Keine Sorge. Und wisst ihr was, ich komme mit euch …«

Zwei Wochen zuvor

Verband zur Erforschung außerirdischer Intelligenz e.V., Buchstedt

»Du wirst es nicht glauben.« Silvia Vogt schüttelte den Kopf. »Das ist echt zu einfach, um wahr zu sein.«

Andrea Bieber beugte sich in ihre Richtung und sah auf die Ergebnisse, die auf dem Bildschirm ihrer Vorgesetzten flimmerten. »ALDH-2?«, murmelte sie.

»Ganz genau, Bibbi«, gab Vogt zur Antwort und verschränkte die Arme vor ihrer Brust. »Unsere kleinen Staubmonster vertragen keinen Alkohol«, sagte sie grinsend.

»Aber Aldehyd-Dehydrogenase 2 …« Andrea deutete dabei auf den Monitor, »… baut Alkohol ab. Woher kommt deine Erkenntnis, dass dieses …?«

»Den außerirdischen Staubpartikeln fehlt dieses Enzym«, unterbrach Vogt. »Sie sind knülle wie eine Haubitze, wenn sie mit Alkohol in Kontakt kommen und verenden wenig später daran.«

Bieber grinste. »Pussys. Diese Außerirdischen sind also Pussys.«

»Was meinen Sie dazu?«, wandte sich Vogt triumphierend an Focke-Schwarz, die dem Gespräch der beiden aufmerksam gelauscht hatte. »Auf so eine Entdeckung haben wir doch die ganze Zeit gehofft, oder?«

»Das ist nicht Ihr Ernst?«, meinte die Geschäftsführerin von GSAET. »Diese Dinger sterben, wenn sie einen über den Durst trinken?«

»Na ja, das ist wohl etwas vereinfacht ausgedrückt«, lachte Vogt. »Aber prinzipiell trifft es den Nagel auf den Kopf.«

»Und wie soll das funktionieren? Könnten Sie so etwas wie einen Impfstoff entwickeln, um eine weltweite Pandemie zu unterbinden?«

»Am einfachsten wäre es, wenn sich jeder Infizierte erst einmal die Kante geben würde«, bemerkte Bieber mit einem Grinsen auf den Lippen. »*Let's have a party tonight! We're gonna have a party tonight*«, gab sie den Refrain von Elvis Presleys Welterfolg aus den Fünfzigerjahren zum Besten.

»Bitte etwas mehr Ernst bei der Sache«, unterbrach Focke-Schwarz den Gesang. »Mittlerweile sind weltweit mehr als dreitausend Menschen unter der Einwirkung dieser Staubwesen verstorben. Die Lage ist äußerst bedenklich und ich bin nicht sicher, wie lange wir – und vor allem die Regierung – diese Katastrophe noch vor der Öffentlichkeit geheim halten können.«

»Entschuldigen Sie bitte. Ich wollte witzig sein«, murmelte Andrea und wandte sich dann mit ernster Miene wieder dem Monitor zu. »Es verhält sich also folgendermaßen …«, begann sie die Erklärung von Silvias Forschungsergebnissen zu übernehmen. »Aldehyd-Dehydrogenase 2, kurz ALDH-2, ist ein Enzym, das der menschliche Körper zum Abbau von Alkohol benötigt. Dieses Enzym verwandelt den Alkohol erst einmal in giftiges Acetaldehyd. Erst im zweiten Schritt wandelt das Enzym Acetaldehyd in ungiftige Essigsäure um, bevor es im letzten Vorgang weiter zu Wasser und Kohlendioxid abgebaut wird. Fehlt einem Lebewesen das Enzym ALDH-2, so sammelt sich das giftige Acetaldehyd im Körper an und, puff … führt zum Tod. Beim Menschen zum Beispiel wirkt sich das schädliche Acetaldehyd auf Dauer negativ auf Herz und Leber aus. Die Aliens haben zwar weder das eine noch das andere, aber irgendwie wird ihr Organismus wohl in ähnlicher Weise angegriffen.«

»Acetaldehyd ist beim Menschen zum Beispiel für den Kater nach einem feuchtfröhlichen Abend verantwortlich.«

»Sie meinen also, der Alienstaub bekommt Kopfschmerzen? Und stirbt danach?«

»So ungefähr«, bestätigte Vogt. »Wir wissen nicht, ob diese außerirdische Lebensform überhaupt Empfindungen wahrnehmen kann. Aber es geht ihnen bestimmt nicht gut dabei, wenn sie mit Alkohol in Berührung kommen.«

Focke-Schwarz nickte nachdenklich. »So einfach ist die Lösung?«

»Zumindest reagiert der Staub extrem anfällig auf Alkohol«, erklärte Vogt. »Sehen Sie … Ich habe eine Aufnahme unter dem Mikroskop gemacht.« Sie öffnete eine Videodatei und aktivierte den Vollbildmodus.

»Die Zellen der staubartigen Lebensform verändern sich und bilden ein Kollagen, das beim Menschen etwa Leberzirrhose hervorruft. Auch bei dem Staub kommt es zu einer irreparablen Schädigung des Gewebes, wenn es mit Alkohol in Berührung kommt. Das Ganze führt schließlich zum Tod des Organismus.« Sie deutete auf den Bildschirm, auf dem eine Sequenz ablief.

Eine wabernde Masse war zu sehen, die sich permanent in Bewegung befand. Riesige Kugeln, die weich wie Watteböllchen wirkten, schwammen in einer gallertartigen Substanz. Um diese Kugeln, die Planeten im Weltraum glichen, schwirrten unzählige stiftartige Gebilde, die aussahen wie Maden. Von rechts oben näherte sich eine Phalanx aus farbigen Schlieren, die sich wie eine Schlechtwetterfront auf die behäbig schwebenden Kugeln zubewegte.

»Der Alkohol«, erklärte Bieber und deutete auf die Farbexplosion, die konstant nach unten floss.

»Ein trockener Chablis, Jahrgang 1999«, bemerkte Vogt mit einem Grinsen.

»Nur das Beste für die Aliens.« Nun konnte sich auch Focke-Schwarz ein Schmunzeln nicht verkneifen.

»Jetzt gleich kommt's … passen Sie genau auf.«

Die flirrenden Farbschlieren umschlossen die Kugeln und drängten dabei die stiftartigen Konstrukte drumherum zur Seite. Kurz darauf begannen sie, ihre runden ›Opfer‹ einzuengen. Immer stärker, bis diese lautlos zerplatzten und verschwanden.

»Ein schneller Tod, würde ich behaupten«, meinte Vogt und drehte sich mit einem triumphierenden Lächeln auf den Lippen in Richtung der GSAET-Geschäftsführerin. »Das war's dann mit den Aliens«, sagte sie und schaltete den Monitor ab. »Sie wehren sich nicht einmal. Das Ganze geht blitzschnell über die Bühne …«

»Dann wäre das tatsächlich eine Möglichkeit, mit der wir die Bevölkerung retten könnten?«

»Prinzipiell schon«, gab Vogt zu. »Aber wir können den Menschen schlecht befehlen, sich permanent zu betrinken.«

»Impfstoff«, erwiderte Focke-Schwarz. »Ich sprach davon, dass Sie einen Impfstoff entwickeln sollen.«

»Könnten wir, klar«, beteiligte sich Andrea Bieber wieder an dem Gespräch. »Aber das dauert eine Weile. Wir müssen …«

»Uns läuft die Zeit davon«, flüsterte die GSAET-Geschäftsführerin. »In den letzten Wochen sind weltweit mehr als zwanzig Raumschiffe niedergegangen. Die Bedrohung wächst von Tag zu Tag. Und eine neue Armada ist schon unterwegs …«

»Sie können mittlerweile feststellen, dass weitere nachkommen?«, fragte Vogt erstaunt.

»Können wir«, bestätigte Focke-Schwarz. »Und soweit wir wissen, könnte es durchaus sein, dass die nächsten Schiffe in unmittelbarer Nähe von Buchstedt landen werden.«

Robert Charles Hopp

22:07 Uhr – Die Maniacs

Robert Charles Hopp registrierte nicht, dass die Haustür aufgeschlossen wurde. Robert Hopp Junior lugte vorsichtig ins Wohnzimmer, um die Lage zu sondieren.

Wäre Hopp noch nüchtern gewesen, hätte er vielleicht bemerkt, dass sein Sohn etwas im Schilde führte. So aber blieb er fest eingelullt in seiner persönlichen Welt, die er sich durch Alkohol in Verbindung mit stumpfsinnigem Fernsehprogramm innerhalb der letzten zwei Stunden geschaffen hatte. Hopp bemerkte nur am Rande, dass sich jemand neben ihn auf das Sofa setzte.

»Was geht, Papa?«, drang die Stimme seines Sohnes gedämpft an seine Ohren.

Er wandte den Kopf in Richtung der Stimme und nickte müde. »Alles bestens«, murmelte er und richtete seine Aufmerksamkeit wieder auf den Bildschirm, wo eine halbnackte Frau unter Würgen und hysterischem Gekreische versuchte, einen lebendigen Regenwurm zu verspeisen.

»Wieso fragst du?« Hopp zog lautstark Rotz die Nase hoch und rülpste anschließend.

»Ach, nur so. Ich wollte einfach nur wissen, ob es dir gutgeht.« Robert zögerte kurz und sah zur Tür. Draußen stand Felix und wartete wahrscheinlich schon ungeduldig auf ihn, bis er endlich mit dem Schlüsselbund zum *Modro* herauskam. »Ich habe dir etwas mitgebracht«, wandte er sich wieder an seinen bereits betrunkenen Vater. »Ich wollte nämlich noch ein bisschen mit meinen Freunden abhängen und dachte, du würdest dich darüber freuen, wenn ich dir was schenke.«

Robert stellte die Flasche Wein auf den Tisch und bekam im selben Moment ein schlechtes Gewissen, als er den gierigen Blick seines Vaters bemerkte, der den Alkohol anstarrte, als wäre der die Rettung seines restlichen Abends.

»Pinot Noir«, lallte dieser und griff nach der Flasche. Seine Finger schlossen sich um den schmalen Hals und mit einem Ächzen ließ sich Hopp zusammen mit dem Geschenk seines Sohnes wieder zurück aufs Sofa fallen. »Guter Jahrgang«, nuschelte er und lächelte Robert mit einem seltsam verzogenen Mund an. »Guter Sohn. Machst du ihn mir noch auf, bevor du wieder verschwindest?«, bat er. »Bist ein guter Sohn ... ein echt guter Sohn.«

Ein guter Sohn? Was ist daran gut, wenn ich dir eine Pulle Wein bringe, damit du dich weiter vergiftest, während ich mit meinen Freunden einen drauf mache? Andererseits würdest du auch ohne mein Zutun saufen.

Robert stand auf und nahm seinem Vater die Flasche aus der Hand. Er stellte sie auf dem Wohnzimmertisch ab und betrachtete eine Weile nachdenklich das Profil seines Vaters. Hopps Augen wirkten müde und am erschlafften Gesichtsausdruck erkannte Robert, dass er eigentlich bereits das nötige Quantum Alkohol intus hatte, um sich am nächsten Tag an nichts mehr erinnern zu können.

Gut so! Wenn die heutige Nacht vorbei ist, verspreche ich, mich mehr um dich zu kümmern, Papa. Wir müssen echt versuchen, dein Alkoholproblem in den Griff zu bekommen, sonst säufst du dich eines Tages noch zu Tode.

»Ich bräuchte noch ein paar Unterschriften von dir«, flüsterte er. »Für die Schule, du weißt schon. So Kram wegen Klassenarbeiten. Denkst du, du kriegst das noch hin?«

Hopp blinzelte und stieß einen leisen Seufzer aus. »Kein Problem. Ich kann noch schreiben, mein Großer«, lallte er. »Ist es was Gutes oder Schlechtes?«

»Natürlich etwas Gutes! Was denkst du denn von deinem Sohn?"

Hopp lachte leise auf. »Klar. Nur das Beste natürlich.« Er verschluckte sich und stieß ein Mitleid erregendes Keuchen aus. Dann richtete er sich abrupt auf und sah Robert erwartungsvoll an. »Bring mir die Sachen, die ich unterschreiben soll. Und einen Kugel... dingsda ... Kugelscheiba.«

»Kugelschreiber!«

»Genau den meine ich«, kicherte Hopp.

Robert griff in seine Jackentasche und holte die vorbereiteten Zettel hervor, die er vor seinen Vater auf den Tisch legte. »Sind nur zehn Unterschriften«, sagte er und drückte seinem Vater den Kugelschreiber zwischen die zitternden Finger.

»Null Problemo«, imitierte Hopp die tiefe Stimme von Alf, dem Außerirdischen, und kritzelte seinen Namenszug auf das erste Blatt.

»Mach mir bitte noch den Wein auf, den du mitgebracht hast, okay?«, nuschelte er dabei.

»Klar, Papa. Und dann chille ich noch ein bisschen mit meinen Freunden, einverstanden?«

Hopp nickte zustimmend, hatte aber kaum ein Wort von dem verstanden, was sein Sohn gerade gesagt hatte.

Robert faltete die Papiere sorgfältig zusammen und steckte sie wieder in die Innentasche seiner Jacke. Diese

Dokumente würden ihm gleich dabei helfen, das Wachpersonal des *Modro* hinters Licht zu führen.

»Mach's gut, Papa«, verabschiedete sich Robert, nachdem er den Wein entkorkt und das Glas seines Vaters gefüllt hatte. Der hatte sich schon wieder mit einem zufriedenen Gesichtsausdruck zurück auf die Couch sinken lassen und betrachtete teilnahmslos das Fernsehprogramm, wo ein junger Mann mit geschlossenen Augen gerade Schweinesperma schluckte und dabei mehr oder weniger erfolgreich seinen Würge-Reflex bekämpfte.

Robert verließ leise das Wohnzimmer. Als er durch den Flur in die Küche schlich, betrachtete er das Schlüsselbrett, an dem jeden Abend sämtliche Schlüssel hingen. So auch heute!

Der mit einem Bugs-Bunny-Anhänger versehene *Modro*-Bund hing wie gewohnt an der mittleren Leiste und die Plastikfigur des Cartoon-Hasen sah aus, als würde sie Robert zuwinken. *Hier bin ich, mein Freund. Nimm mich mit und die Nacht im* Modro *gehört dir.*

Robert grinste. *Und hoffentlich gehört Laura nach dieser Nacht auch mir*, dachte er.

Als er ein letztes Mal ins Wohnzimmer sah, war sein Vater bereits eingeschlafen. Aus dem leicht geöffneten Mund drang ein leises Schnarchen, das nur von den entsetzten Schreien einer Frau aus der Fernsehshow übertönt wurde.

Robert deckte seinen betrunkenen Vater mit einer Fleecedecke zu und hauchte ihm einen Kuss auf die Stirn.

»Ich hab dich lieb, Papa. Auch wenn du seit der Trennung von Mama zum Alkoholiker geworden bist.« Er blickte kurz auf die gerahmte Fotografie an der Wand, die seine Eltern zu einer Zeit zeigte, als ihre Welt noch in

Ordnung gewesen war. »Und ab morgen ändern wir dein Leben«, versprach er.

Er sah seinen Vater liebevoll an, steckte den Schlüssel mit der Bugs-Bunny-Figur in seine Jackentasche und verließ das Haus, vor dem Felix noch immer wartete. »Und? Hast du ihn? Ist dein Dad schon betrunken?«

Robert nickte. »Hier sind die Schlüssel. Und ja, Papa ist wieder mal sturzbetrunken!«

»Cool!«, flüsterte Felix begeistert.

Ich weiß nicht, ob ich das so cool finde, wenn Papa besoffen ist, dachte Robert und deutete dann mit dem Kinn in Richtung *Moviedrome*. »Okay, lass uns losgehen.«

21:47 Uhr – Die Slashers

»Wieso sind sie nicht hier?«, wunderte sich Stitch und suchte zum wiederholten Mal die Umgebung nach Emil und Michelle ab.

»Sie sind bestimmt irgendwo in der Nähe«, vermutete Evelyn.

»Vielleicht haben sie vor, uns zu erschrecken«, überlegte Paul.

»Das wäre aber echt gemein.«

»So sind die beiden nun mal«, entgegnete Stitch und hielt sich die Hand vor den Mund, um ein Husten zu unterdrücken.

»Still«, schimpfte Paul. »Die Fahrgäste werden dich noch hören, wenn du bellst wie ein verdammter Köter.«

»Fick dich, Paul. Ich kann nichts dafür, dass ich eine Erkältung bekomme«, fauchte Stitch zurück.

Ein Wagen bog ratternd um die Kurve und Evelyn beobachtete gespannt, wie der Werwolf-Körper von der

Decke fiel und den weiblichen Insassen panische Aufschreie entlockte.

»Dann geh wenigstens in Deckung, wenn du schon dein Asthma nicht in den Griff bekommst«, verlangte Paul.

»Es ist kein Asthma, du hohle Dumpfbirne. Ich habe eine Erkältung!«

»Im August? Du hast im August eine Erkältung?«, murmelte Paul genervt.

»Das sind die schlimmsten Erkältungen«, verteidigte sich Stitch. »Mit einer Sommergrippe ist echt nicht zu spaßen.«

»Vielleicht solltest du einfach ein bisschen weniger von dem Scheißzeug rauchen, das du immer mit dir rumschleppst.«

»Haltet euren Mund. Wenn ihr weiter so rumquatscht, werden wir noch gehört«, flüsterte Evelyn.

»Es ist aber doch viel zu dunkel.«

»Schnauze! Was hat denn Dunkelheit mit den Ohren zu tun?«

Sie warteten, bis der Waggon außer Sichtweite war, und liefen dann zu einem Kasten, der auf einem niedrigen, künstlich angelegten Hügel stand. Dort vermuteten sie die Stromversorgung für diesen Teil der Geisterbahn. Die drei Jugendlichen versteckten sich hinter dem Stromverteiler und warteten erneut einen Moment. Stitch unterdrückte mühsam einen weiteren Hustenanfall.

»Na klasse! Hoffentlich stecken wir uns nicht bei dir an«, zeterte Paul, während Evelyn die Umgebung weiterhin nach Emil und Michelle absuchte.

»Du bist doch sowieso schon krank«, äffte Stitch Pauls Tonfall nach, nachdem ein weiterer Waggon an ihnen vorübergefahren war. »Im Kopf. Und dann auch noch diese Gleich-ge-wichts-sa-che …«

Paul starrte das Mädchen fassungslos an und für einen Moment schien er wegen ihrer harten Worte den Tränen nahe.

»Diese Gleich-ge-wichts-sa-che«, äffte er ihre Betonung nach, »hat einen Namen. Ataxie. Diese Scheißkrankheit nennt sich Ataxie und ist im Gegensatz zu deinem lächerlichen Husten eine schwerwiegende Sache, die nicht witzig ist. Ich …« Er hielt einen Moment inne und murmelte dann so leise, dass es fast nicht zu hören war: »Ich kann an dieser beschissenen Krankheit jederzeit sterben.«

Stitch beugte sich in seine Richtung und berührte ihn leicht an der Schulter. »Hey, tut mir leid«, entschuldigte sie sich und ging vor ihm in die Hocke.

»Sie hat es echt nicht böse gemeint«, mischte sich Evelyn ein. »Sie war einfach nur sauer, weil du sie wegen ihres Hustens angeschrien hast.«

»Schon okay«, murmelte Paul und winkte ab.

»Und jetzt? Was machen wir jetzt?«, fragte Stitch erleichtert und kramte in ihrer Jackentasche nach einem Joint.

»Na was wohl? Wir suchen die beiden. Sie müssen hier irgendwo stecken.«

Stitch richtete ihren Blick auf Evelyn und Paul und grinste. Sie schien die Auseinandersetzung von eben schon wieder vergessen zu haben. »Stecken … Wer weiß …«, sagte sie in einem Tonfall, der die anderen ahnen ließ, was gleich kommen würde. »Vielleicht haben sie sich absichtlich aus dem Staub gemacht. Könnte ja sein, dass Emil gerade in Michelle steckt und sie …«

»Oh Mann, Stitch. Du bist manchmal echt nicht zu ertragen«, unterbrach Evelyn sie seufzend.

Ein weiterer Wagen ratterte in ihre Richtung. Hinter dem Stromkasten waren sie allerdings vor den Blicken der Fahrgäste in Sicherheit. Ein leicht süßlicher Geruch stieg Paul in die Nase, während er darauf wartete, dass der Waggon verschwand.

»Sag mal, bist du vollkommen bescheuert?«, fluchte er und schlug Stitch den Joint, den sie sich angesteckt hatte, aus der Hand.

»Spinnst du?«, kreischte diese entrüstet. »Das Zeug liegt doch nicht kostenlos auf der Straße rum.« Sie hob die Hand, als hätte sie vor, Paul eine Ohrfeige zu geben.

Die Zigarette hinterließ einen Schweif aus rötlich schimmernder Glut und verschwand, einem Mini-Kometen gleich, hinter einem dunklen Aufbau.

»Du kannst doch hier nicht einfach rauchen«, bellte Paul.

»Sagt wer? Du?«, keifte Stitch zurück.

»Wow! Das wird eine großartige Nacht werden, so wie ihr drauf seid«, murmelte Evelyn und rannte zu der Stelle, an der der Joint auf den Boden gefallen war. »Hört auf mit dem Gezicke, ihr Penner. Ihr benehmt euch wie Kindergartengören.«

Paul und Stitch verstummten beleidigt. Sie beobachteten, wie Evelyn den Sticky suchte.

»Es ist wirklich nicht gut, wenn du im Inneren einer Geisterbahn rauchst«, wandte sie sich mit vorwurfsvollem Ton an Stitch, als sie ihn gefunden hatte. »Wahrscheinlich sind hier überall Rauchmelder angebracht.

Wenn wir einen davon auslösen, ist es mit unserer tollen Nacht der Abenteuer gelaufen …«

»Ich habe sowieso keine Lust auf diesen ganzen Mist«, murmelte Stitch.

»Wieso bist du dann hier, verdammt?«, fluchte Paul. »Um uns zu nerven? Ist es das, was du vorhast? Uns diese Nacht madig zu machen? Du hast immer irgendetwas auszusetzen … immer!«

»Leise!«, unterbrach Evelyn den aufkommenden Streit.

Ein weiterer Wagen fuhr vorbei.

»Machen wir uns endlich auf die Suche nach Emil und Michelle«, schlug Stitch vor. Ihre Stimme klang plötzlich, als hätte sie eingesehen, dass sie mit ihrem Joint Mist gebaut hatte. »Der Park schließt bald, oder?«

»Und in welche Richtung sollen wir gehen?«, fragte Paul. Auch er gab sich Mühe, die gereizte Stimmung wieder abzukühlen.

»Am besten wird es sein, wenn wir den Gleisen folgen. Wahrscheinlich haben die beiden es nicht rechtzeitig geschafft, aus dem Wagen zu springen und sind erst später rausgekommen«, schlug Stitch vor.

»Gut möglich«, stimmte Evelyn zu.

»Okay, dann auf zu den Werwölfen«, sagte Stitch und nickte den beiden grinsend zu, als wäre aus ihrer Sicht wieder alles in Ordnung.

Während sie durch das gedämpfte Licht der Geisterbahn schlichen, zog Stitch Paul, der sich mit gesenktem Kopf zwischen ihr und Evelyn befand, zur Seite.

»Hey, Paul. Hör mal, tut mir wirklich leid wegen vorhin. Ich meine, was ich gesagt habe über deine Krankheit und so.«

Paul hob den Kopf und lächelte gequält. »Schon in Ordnung, Stitch. Du wolltest cool sein, das verstehe ich«, murmelte er.

»Woher kommt das eigentlich? Ich meine, dass du manchmal so schwankst«, erkundigte sich Stitch und atmete hörbar ein, als würde ihr die Frage äußerst schwerfallen.

»Eine Störung der Bewegungskoordination durch die Ataxie«, erläuterte Paul geduldig, während sie den anderen folgten. »Vereinfacht gesagt: mir wird manchmal ohne besonderen Grund schwindlig und ich fange an, zu schwanken. Julian hat das übrigens auch.«

»Welcher Julian?«

»Der immer mit dieser Kim rumhängt.«

»Kim Schepper?«

»Genau die. Auf jeden Fall wird mir oft schwindlig und dann verliere ich das Gleichgewicht.«

»Oh, das ist echt scheiße!«

»Das ist eigentlich nicht weiter schlimm, wenn man weiß, dass man an Ataxie leidet. Aber …« Er machte eine Pause und sah kurz in Evelyns Richtung, die schweigend neben ihnen herging und das Gespräch mit ernster Miene verfolgte. »Das Dumme an dieser Krankheit ist, dass sie einen früher töten wird, als man möchte.« Er holte tief Luft, bevor er weitererzählte. »Die an Ataxie Leidenden sterben nämlich innerhalb von sechsunddreißig Jahren nach dem Ausbruch.«

»Scheiße«, flüsterte Stitch und blieb stehen. »Und diese Krankheit ist nicht heilbar?«

Paul schüttelte den Kopf. »Meines Wissens nicht. Die Menschen sterben an einer Art Herzkrankheit, die durch Ataxie entsteht …«

»So ein Mist, Mann. Tut mir wirklich leid, Paul, das wusste ich nicht, als ich vorhin …«

»Schon gut, Stitch. Vergiss es einfach, okay? Gehen wir weiter und suchen Emil und Michelle.«

Sie gingen in Deckung, als ein weiterer Waggon, wahrscheinlich einer der letzten für den heutigen Tag, in ihrer unmittelbaren Nähe aus einer Röhre ratterte.

Stitch berührte Paul am linken Arm und versetzte ihm einen leichten Stoß in die Rippen, um die Situation aufzulockern. »Du bist noch jung, Paul. Wirst schon sehen, dass die Ärzte eines Tages eine Möglichkeit finden, diese beschissene Krankheit zu heilen.«

»Wie sagte Heath Ledger in *Ritter aus Leidenschaft* so schön?«, gab Paul mit einem gequälten Lächeln zur Antwort. »Die Hoffnung leitet mich. Sie allein trägt mich …«

»… durch den Tag und vor allem durch die Nacht«, vollendete Stitch das Filmzitat.

Somit war ihr Streit endgültig vergessen.

22:12 Uhr – Die Maniacs

Als Robert zusammen mit Felix das Grundstück seines Vaters verließ, bemerkte keiner von beiden die aus dem dunklen Nachthimmel herabfallenden Objekte.

»Was hat er denn gesagt?«, erkundigte sich Felix.

»Nichts Wichtiges. Er war schon ziemlich betrunken«, antwortete Robert. »Ich glaube nicht, dass er sich morgen noch an irgendwas erinnern kann. Er hat die Anweisungen für die Wachmänner einfach unterschrieben, ohne zu lesen, was ich ihm da vorgelegt habe.« Er griff in die Innentasche seiner Jacke und hielt triumphierend die Blätter hoch.

Während sie sich weiter vom Haus entfernten und in Richtung *Moviedrome* gingen, drangen hinter ihnen gelbschimmernde Staubpartikel unter der Eingangstür ins Innere des Hauses ein.

***

Hopp schnappte keuchend nach Luft, als Speichel in seine Luftröhre kam und einen brennenden, äußerst unangenehmen Schmerz verursachte. Das Kratzen im Hals zwang den Mann zum Husten. Mit einem lauten Stöhnen drehte sich Roberts Vater umständlich auf die Seite, damit er sich nicht erneut verschluckte.

»Verdammt«, fluchte er und kniff dabei die Augen zusammen.

Die Staubpartikel schwebten ins Wohnzimmer, registrierten den Wirtskörper und verhielten sich still, um unbemerkt zu bleiben. Die *Squalors* hatten seit ihrer Landung auf der Erde schnell gelernt und wussten, wie sie sich den Bewohnern dieses Planeten gegenüber verhalten mussten. Das Eindringen in den Organismus war simpel. Die *Squalors* mussten lediglich den richtigen Zeitpunkt abwarten.

Hopp setzte sich aufrecht hin und griff mit zitternder Hand nach der Weinflasche, die auf dem Tisch stand. Er konnte sich nicht mehr daran erinnern, woher sie stammte. Den Besuch seines Sohnes hatte er vergessen, obwohl dieser erst ein paar Minuten zurücklag.

Hopps Lippen bebten ungeduldig, als er aus Versehen den Cognacschwenker mit Wein auffüllte, obwohl er noch halb voll war. Während er das Glas an seinen Mund hob, flatterten seine Nasenflügel. Bald würde er die Wirkung des Alkohols in seinem Körper spüren.

»Der ist gut«, murmelte Hopp nach dem ersten Schluck und rülpste verhalten. »Verdammt gut!«

Die *Squalors* schwebten auf die andere Seite des Zimmers und erzitterten, als sich ihr Opfer auf die Couch fallen ließ und den Blick auf den Fernseher richtete.

In Form zweier langer gelber Fäden drangen die außerirdischen Staubwesen Sekunden später durch beide Nasenlöcher in den Körper des Mannes ein und erkundeten in Sekundenschnelle den Organismus, um festzustellen, inwieweit der Mann sich als Wirtskörper eignete.

Es dauerte nicht lange und sie fanden einen Makel. Durch die telepathische Verbindung zu ihren Artgenossen erfuhr die Schwarmintelligenz von Dietmar Herberth, dessen Organe von einer ähnlichen Krankheit befallen gewesen waren, wie die von Hopp. Spontan und ohne große Umschweife beschlossen sie, den Mann so schnell wie möglich wieder zu verlassen.

Bevor sie jedoch aus seinem Körper flohen, ergriffen sie von seinem Gehirn Besitz, um Hopp zu zwingen, sich selbst zu töten.

So konnten sie verhindern, dass sein kranker unbrauchbarer Körper noch einmal von nachkommenden *Squalors* in Besitz genommen wurde.

Hopp keuchte und setzte sich abrupt auf, als wäre er schlagartig nüchtern geworden.

Vernichte dich!, hallte es in seinem Kopf. *Töte dich! Du bist unbrauchbar. Dein Körper ist …*

»Krank … krank … Ich bin krank«, murmelte Hopp und erhob sich ungelenk wie ein Roboter. »Ich bin krank. Sie können meinen Körper nicht benutzen.« Er stakste aus dem Wohnzimmer in Richtung Küche.

Die Gesprächsfetzen aus dem Fernsehgerät wurden leiser, als Hopp den Flur betrat und sich verwundert umsah, als sähe er diesen Raum zum ersten Mal. Verwirrt starrte er auf die Tapete und dachte darüber nach, warum ihm das dezente Muster irgendwie bekannt vorkam.

Vernichte deinen Körper! Du bist krank …

Hopp taumelte in die Küche und öffnete dort eine Schublade nach der anderen. Achtlos warf er Messer und Gabeln auf den Boden, bis er den Pürierstab entdeckte, der seine Aufmerksamkeit erregte.

Mit unbeholfenen Griffen, ähnlich denen eines Kleinkindes, packte Robert Charles Hopp das Küchengerät und suchte nach einer Steckdose.

Vernichte deinen Körper! Du bist krank …, lamentierten die Stimmen in seinem Kopf. Wie ein Mantra wiederholten sie die Worte immer wieder und wieder.

»Gut … ist ja schon gut …«, murmelte Hopp, während er umständlich den Netzstecker in die Leiste neben der Kochfläche stopfte. »Ich mach ja, was ihr wollt … Keine Sorge, ich mach das schon.«

Mit einem lauten Surren setzte sich der Pürierstab in Bewegung.

Hopp hielt neugierig seine linke Hand in die schnell herumwirbelnden Schneidemesser und zuckte erschrocken und mit einem leisen Aufschrei zurück, als die Kuppe seines Mittelfingers mit einem flappenden Geräusch gekappt wurde und auf die Arbeitsplatte fiel.

»Shit!«, schrie Hopp und starrte verblüfft auf die Wunde, als hätte er keinerlei Ahnung, wie das Unglück hatte passieren können. Ein Fleischfetzen hing unter dem zweiten Knöchel des verletzten Fingers und flatterte leicht im Luftzug des Pürierstabs, den Hopp immer noch mit seiner rechten Hand umklammerte.

Töte dich!, erklangen die unheimlichen Stimmen erneut in seinem Gehirn.

Töte dich! Töte dich! Töte dich!

Mit einem Ruck drehte sich Hopp um und ging auf die Küchenzeile zu. Er tastete mit der blutenden Hand nach dem Ausschalter des Pürierstabs und legte diesen zur Seite. Mit einem leisen Schnurren stellte das rotierende Messer seine Drehbewegungen ein und wirbelte noch ein paarmal um die eigene Achse, bevor es endgültig zum Stillstand kam.

Zufrieden machte sich Hopp in der Schublade auf die Suche nach einem großen Fleischmesser. Als er endlich eines fand, das ihm für seine Zwecke geeignet schien, umspielte ein zufriedenes Lächeln seine Mundwinkel. »Na also«, murmelte Hopp.

Mit hektischen Bewegungen sägte er mit dem Messer an der Plastikumrandung des Pürierstabs herum, die der Sicherheit während des Betriebs diente, bis er den verbogenen Schutzrand des Küchengeräts abbrechen konnte. Nun war es möglich, das scharfe Messer direkt aufzusetzen, ohne dass die Umrandung für einen Mindestabstand sorgte.

»Töte dich«, wiederholte Hopp die Worte der parasitären, außerirdischen Lebensform.

Er richtete seine Augen erwartungsvoll auf das herumwirbelnden Schneidemesser des Stabes, den er wieder eingeschaltet hatte.

»Ich bin krank und kann ihnen nicht helf…«, flüsterte er geistesabwesend vor sich hin.

Das letzte Wort wurde von einem schmatzenden, ekelerregenden Geräusch verschluckt, das seine Lippen verursachten, als sie von den Schneidemessern auseinandergerissen wurden. Fleischfetzen schleuderten gegen die

Wand über den Herdplatten und rutschten wie Miniaturgedärme an den Fliesen entlang nach unten.

Ein irres Funkeln glitzerte in Hopps Augen. Sein Gesicht verwandelte sich innerhalb von Sekunden in eine blutige Fleischmasse. *Vernichte deinen Körper! Du bist krank … töte dich … töte dich … töte dich …*

Das Schneidemesser des Pürierstabs bohrte sich in den Unterkiefer des Mannes, fraß sich durch Muskeln und Fleischgewebe und zerkleinerte dabei die Vorderzähne mit einem klackenden Geräusch. Die dabei entstehenden Fragmente verteilten sich in der Küche wie Mandelsplitter, die beim Backen aus Unachtsamkeit zu Boden gefallen waren. Hopps Kopf erzitterte unter dem Druck des Pürierstabs und kippte nach hinten. Die Klingen pflügten sich durch die ohnehin schon zerfledderte Oberlippe, trennten den blutigen Fleischklumpen in zwei Hälften und verwandelten dann die Nase des Mannes in einen matschigen Brei.

Robert Charles Hopp, Inhaber und Betreiber des Vergnügungsparks *Moviedrome*, hörte das hässliche Geräusch nicht mehr, das das Messer des Pürierstabs verursachte, als sie über seine Knochen schabten und sich anschließend ins Innere des Schädels bohrten. Hopp starb ein zweites Mal, nachdem er bereits in dem Augenblick tot gewesen war, als die *Squalors* ihn in Besitz genommen hatten. Wenige Augenblicke nach dem Ableben ihres Wirtskörpers fanden die noch im Körper verbliebenen *Squalors* durch den Alkohol in Hopps Blutkreislauf allerdings selbst ein jähes Ende.

22:01 Uhr – Die Slashers

Emil hatte eindeutig Schmerzen, das konnte Michelle an jedem seiner Schritte erkennen. Doch er gab tapfer keinen Laut von sich und vermied es unter allen Umständen, sich vor Michelle zu blamieren.

»Sie müssen doch irgendwo hier sein«, bemerkte sie zum wiederholten Mal, um ihn abzulenken.

»Sind sie bestimmt auch. Sie haben es mit Sicherheit geschafft, an der Stelle abzuspringen, die wir vereinbart haben, und warten da auf uns. Wir haben es verbockt, Michelle, und befinden uns in einem völlig anderen Abschnitt der Geisterbahn. Wenn wir an den Wölfen vorbei sind, sollten wir auf sie treffen.«

»Gut so«, murmelte Michelle. Sie hatte schon jetzt keine Lust mehr, durch das Innenleben des *Scary Monsters* zu latschen und sich dabei alle paar Minuten vor einem der Waggons zu verstecken.

»Wir sind gleich da«, beschwichtigte Emil, der ihre Unlust bemerkte. »Dann machen wir eine kurze Pause, bevor der spannende Teil des Abends beginnt.« Er drehte sich in ihre Richtung und lächelte. »Du wolltest doch eine heiße Nacht, oder? Wolltest du mir nicht vorhin sogar einen …?«

»Schon gut«, winkte Michelle ab. »Lass uns darüber reden, wenn wir die anderen endlich gefunden haben. Und wenn wir danach wieder unter uns sind …«

Emil grinste und zeigte auf die Umgebung. »Hey, genieß den Anblick. Sowas bekommt man nicht alle Tage zu sehen. Wir sind im Inneren einer Geisterbahn. Wie geil ist das denn? Wir gehen durch das *Scary Monsters*. Diese Bahn hat Kultstatus in ganz Deutschland. Lass es uns einfach genießen.«

Michelle nickte und malte sich in Gedanken aus, wie die Nacht wohl ablaufen würde. Sie hatte wirklich Lust drauf, mit Emil in dieser abgefahrenen Umgebung Sex zu haben. Aber wahrscheinlich machten ihnen die anderen einen Strich durch die Rechnung, indem sie sie nicht in Ruhe ließen. Sie würde einfach abwarten müssen, wie sich alles entwickelte. Momentan hatte sie noch Zweifel, dass sie Emils Schwanz in sich spüren würde. Aber sie würde sich nur allzu gern vom Gegenteil überzeugen lassen.

Marubor Security

22:37 Uhr – Die Maniacs

Felix sah flüchtig auf die Uhr und nickte Robert zu. »Ich denke, jetzt ist perfekt«, sagte er. »Halb elf!«

Robert hob zustimmend den Daumen.

Sie rannten über den tadellos gemähten Rasen und blieben dann kurz auf dem großflächigen Parkplatz des Vergnügungsparks stehen, um noch einmal sicherzugehen, dass sie von niemandem beobachtet wurden.

»Alles klar«, flüsterte Robert seinem Freund zu. »Die Gäste sind weg. Nur noch ein paar Fahrzeuge auf den Mitarbeiterparkplätzen. Wenn wir mit den Wachmännern fertig sind, haben die sich bestimmt auch verzogen.«

Felix schloss die Augen und stieß einen leisen Seufzer aus.

»Was ist los mit dir?«, erkundigte sich Robert sofort und trat neben seinen Freund.

»Ach, nichts. Ich habe nur plötzlich total Kopfschmerzen«, seufzte Felix. »Aber ist doch normal bei mir. Ich hoffe nur, dass daraus kein Migräne-Anfall wird. Ich habe mich so auf diese Nacht gefreut und wenn ich dann nicht mal *Dragon Attack* fahren kann, bis ich kotze …« Er verstummte.

»Hey, Mann. Du wirst kotzen«, versprach Robert und schlug Felix auf die Schulter. »Nur kannst du noch nicht sagen, ob die Achterbahn oder deine Migräne daran schuld sein wird.«

»Witzbold«, brummte Felix beleidigt. »Echt lustig.«

»Jetzt komm schon, ich wollte dich aufmuntern. Aber lass uns loslegen, wir haben noch einiges zu tun«, forderte

Robert ihn ungeduldig auf. »Bis wir den ganzen Park abgelaufen und alle Wachleute erwischt haben, sind die anderen vermutlich längst hier.«

»Was steht eigentlich genau auf diesen Zetteln, die du deinem Dad untergejubelt hast?«

Robert war bereits auf dem Weg zu einem der Nebeneingänge, den er mit Hilfe des Generalschlüssels seines Vaters problemlos öffnen würde. »Hier«, flüsterte er und hielt Felix eines der Blätter hin. »Lies selbst.«

Neugierig kniff Felix die Augen zusammen, um den Text im schwachen Licht der Parkplatzlaternen zu entziffern.

»Wow!«, sagte er bewundernd. »Hast du dir das etwa selbst ausgedacht?«

»Klaro!«

»Der ist echt spitze. Klingt wirklich, als würde er von deinem Vater stammen.«

»Kommt aber definitiv von mir«, brüstete sich Robert. »Ich habe mich lediglich an Formulierungen aus anderen Briefen meines Vaters bedient.«

Die Anweisungen klangen tatsächlich äußerst professionell, sodass Robert vollkommen davon überzeugt war, dass die Wachmänner von *Marubor Security* den darin geäußerten Anweisungen ohne Widerrede Folge leisten würden.

Robert Charles Hopp, der mittlerweile nicht mehr unter den Lebenden weilte, forderte das Wachpersonal in dem Schreiben auf, sich unverzüglich von ihrem Arbeitsplatz zu entfernen, da in dieser Nacht überraschend ein Sonderkommando einberufen worden war, um das Parkgelände gründlich auf Sicherheitsmängel und Tierbefall hin zu untersuchen. Laut einer Mitteilung der Stadt wären in letzter Zeit vermehrt Karnickel, Marder und sogar Ratten gesichtet worden, sodass ein solcher Sondereinsatz unvermeidlich wurde. Die Einsatzkräfte arbeiteten selbstständig und benötigten keinerlei Unterstützung, sodass sich Hopp dazu entschieden hatte, das Personal freizustellen, um die Untersuchungen nicht zu behindern.

In seinem Schreiben wies er explizit darauf hin, dass den Mitarbeitern für diese unerwartete Freistellung kein Urlaubstag abgezogen würde und sich auch nicht auf das monatliche Gehalt auswirke. Es solle schlichtweg als ›Geschenk‹ und Anerkennung ihrer bisherigen Arbeitsleistung aufgefasst werden.

»Na ja, der letzte Satz klingt irgendwie komisch«, gab Felix zu bedenken.

»Ist doch egal. Sie werden einfach froh über den unerwarteten freien Abend sein und zufrieden nach Hause fahren. Die sind doch alle happy, wenn sie mal eine Nacht nicht in den engen Wachhäuschen verbringen müssen, um jede halbe Stunde eine Runde durch den verlassenen Vergnügungspark drehen zu müssen.«

»Laut deinem Schreiben gibt es aber doch Ratten auf dem Gelände und …«

»Sie werden darauf reinfallen, glaub mir. Und jetzt los, weiter!«, forderte Robert seinen Freund auf.

Ungeduldig suchte er nach dem passenden Schlüssel, um die schmale Tür des Nebeneingangs zu öffnen, während Felix hinter ihm seinen Blick nervös über den Parkplatz schweifen ließ.

»Wie lange dauert das denn noch?«, zischte er bereits nach wenigen Sekunden.

»So lange, bis ich den richtigen Schlüssel gefunden habe, verdammt«, fluchte Robert. »An diesem Scheißhasen hängen so viele Schlüssel, dass es noch eine Weile dauern kann.«

»Soll ich mal versuchen?«

»Das bringt doch nichts. Schau einfach, ob jemand kommt, und halt die Klappe.«

»Ich wollte doch nur helfen«, murrte Felix beleidigt.

»Dann sei endlich still und lass mich machen. Das wäre sehr hilfreich.«

Felix schwieg und wartete ungeduldig, bis er endlich das Schnappen des Schlosses vernahm. Kurz danach wurde die Tür mit einem leisen Quietschen geöffnet.

»Na endlich«, murmelte er. »Wurde aber auch Zeit.«

»Was hast du gesagt?«

»Nichts!«

Sie schlichen auf das Gelände und Robert verschloss sorgfältig die Tür hinter sich.

»Und wo fangen wir jetzt an?« Felix sah sehnsüchtig in Richtung *Dragon Attack*. Er konnte es gar nicht erwarten, in der Dunkelheit damit zu fahren.

»Wir gehen chronologisch im Uhrzeigersinn vor«, erklärte Robert. »Da vorn ist die erste Wachstation. Mit der fangen wir auch an und gehen dann nach rechts weiter, bis wir am Ende alle fünf Wachhäuschen abgeklappert haben und wieder hier angekommen sind.«

Sie liefen den schmalen Kiesweg entlang, der vom Nebeneingang auf einen der befestigten Hauptwege des *Modro* führte.

»Noch eine knappe Stunde bis Mitternacht«, keuchte Felix, während sie in Richtung Kettenkarussell liefen, das sich im westlichen Teil des Parks befand.

Links von ihnen ragte der hohe Sicherheitszaun des *Modro* auf, während sich weiter vorn auf der rechten Seite die Silhouetten des 4D-Kinos mit dem bescheuerten Namen *Welt von Morgen* und der etwas kleineren Looping-Achterbahn *Three Wishes* abzeichneten.

Die Wachstation lag unmittelbar vor ihnen auf der linken Seite.

»Können wir denn wirklich mit allen Fahrgeschäften fahren?«, erkundigte sich Felix und schielte zu dem Dreier-Looping hinüber.

»Wenn wir genügend Zeit haben«, gab Robert zur Antwort, ohne sich zu Felix umzudrehen.

»Das wird aber doch einen Riesenlärm machen, wenn die Karussells alle in Betrieb sind.«

»Wir schalten immer nur eines ein und dann das nächste. Wir müssen eben alle gemeinsam fahren. Das wird schon nicht auffallen, die Stadt ist nicht so nah, dass die Leute eins davon hören werden.«

»Aber einer muss doch das Ganze bedienen«, ereiferte sich Felix.

»Dann fahren eben alle außer dem, der das Karussell bedient«, schränkte Robert ein und blieb keuchend vor der ersten Wachstation stehen.

»Da wären wir also«, flüsterte er und nickte Felix zu. »Okay, ich werde also da reingehen und mich um die Flachpfeifen kümmern.«

»Und was mache ich in der Zwischenzeit?«

»Einfach hier stehen bleiben und auf mich warten.« Robert war genervt.

Felix lehnte sich murrend gegen die kühle Wand des Häuschens, während Robert mit festen Schritten das Gebäude von *Marubor Security* betrat.

***

Emma betrachtete unschlüssig Susis Gesicht und überlegte, ob sie mit der Prostituierten über ihr Problem sprechen sollte. Wer, wenn nicht Susi, kannte sich mit der weiblichen Anatomie so gut aus, um ihr erklären zu können, warum sie im Alter von fast fünfzehn Jahren noch immer keine Monatsblutung hatte. Emma beobachtete Laura und Alexander, die auf einem Sessel in der gegenüberliegenden Ecke des Zimmers saßen und miteinander flirteten.

Luka las in seinem *Krieg der Welten*-Heft, während Lennart und Alina mit geschlossenen Augen auf dem Ledersofa lümmelten und dösten. Emma fragte sich, ob sie sich ausmalten, wie es wäre, das *Titty Sisters* einmal als Gäste aufzusuchen. Allein, ohne dass ihre Freunde – vor allem die Mädchen – dabei waren.

»Was hast du denn auf dem Herzen, Schätzchen?«, unterbrach die Stimme der Prostituierten ihre Gedanken.

Sie betrachtete Emma mit einem besorgten Blick und deutete mit dem Kinn auf das kleine Sofa in ihrer Nähe. »Komm schon. Lass uns miteinander reden«, bot sie dem Mädchen an. »Ich sehe doch, dass du etwas loswerden willst. Erzähl mir von deinem Problem.«

Nach kurzem Zögern entschloss sich Emma, den Schritt zu wagen und sich der Dame des Hauses anzuvertrauen. Ob dieses Gespräch hilfreich sein würde, musste sich noch herausstellen.

Mit einem leisen Seufzen nahm sie neben Susi Platz und starrte eine Weile verlegen auf ihre Fingerspitzen.

»Spuck es aus. Was ist los mit dir?«, wiederholte Susi ihre Frage feinfühlig. »Du kannst mir nichts vormachen,

Mädchen. Ich erkenne sofort, wenn eine Frau etwas bedrückt. Ich bin schließlich jeden Abend und jede Nacht mit Frauen zusammen …«

»Ich … na ja, es ist …«, begann Emma und schüttelte dann mutlos den Kopf. »Nein, ich kann das einfach nicht fragen.«

»Hat es denn etwas mit meinem Beruf zu tun? Mit *Titty Sisters*? Sag schon, was möchtest du denn gern wissen? Du kannst über alles mit mir sprechen, es gibt nichts, wofür man sich schämen müsste.«

Emma rückte ein wenig von der Frau weg, damit sie ihr besser in die Augen sehen konnte. »Ich blute nicht«, presste sie dann leise zwischen ihren Lippen hervor.

»Was?«

»Ich sagte, dass ich noch immer nicht blute. Du weißt schon, zwischen meinen Beinen.« Sie deutete auf ihren Schoß und senkte verlegen den Blick.

»Ach, Schätzchen. Wie alt bist du?«, erkundigte sich Susi in fürsorglichem Tonfall.

»In drei Monaten werde ich schon fünfzehn«, antwortete Emma. »Das ist doch viel zu spät, oder? Irgendwas stimmt mit mir nicht …«

Susi schüttelte mit einem Lächeln den Kopf. »Darüber solltest du dir wirklich keine Sorgen machen, Kleine. Manche bekommen ihre Periode schon mit zwölf, andere wiederum erst mit sechzehn. Das kann viele Ursachen haben, muss aber nichts Schlimmes bedeuten. Meist sind die Hormone einfach noch nicht so weit.«

»Dann bin ich also einfach ein Spätzünder?«

Susi lachte leise. »Nett ausgedrückt, aber so würde ich das auch nicht sagen. Jeder Körper reagiert anders und wenn deiner der Meinung ist, dass er noch nicht in die

Pubertät kommen möchte, dann hat das bestimmt seine Gründe.«

»Sie denken also nicht, dass ich krank bin?«

Die Frau lächelte. »Ach was. Keinesfalls. Du bist kerngesund. Gib deinem Körper einfach noch ein wenig Zeit und du wirst sehen, dass es nicht mehr lange dauert, bis du die Sklavin regelmäßiger Blutungen wirst.«

Emma dachte eine Weile nach. »Ist es denn schlimm? Tut es weh, wenn man blutet?«

Susi streichelte dem Mädchen zärtlich über den Kopf. »Lass es einfach auf dich zukommen«, sagte sie und legte wie eine Mutter ihren Kopf auf Emmas Schulter. »Jede Frau reagiert anders darauf. Manche bluten ohne Beschwerden, andere bekommen Migräne, Krämpfe und miese Laune. Du wirst noch früh genug herausfinden, was es heißt, eine Frau zu sein …

22:28 Uhr – Die Slashers

Stitch setzte sich auf einen Kasten, der von einer schwarzen Plane bedeckt war, und holte lautstark Luft. »Was haltet ihr davon, wenn wir einfach hier warten, bis die beiden zu uns kommen?«

Evelyn und Paul blieben stehen.

»Wieso?«, erkundigte sich Paul. »Was ist mit dir?«

»Ich bin müde. Und ich habe keine Lust mehr. Und ich will einen Joint rauchen … das ist mit mir!«

Evelyn gesellte sich zu Stitch und deutete auf die Gleise der Geisterbahn. »Sie haben den Fahrbetrieb endlich eingestellt«, murmelte sie überflüssigerweise.

»Wurde auch Zeit«, entgegnete Paul. Er sah nachdenklich zu den beiden Mädchen. »Du hast eigentlich recht, Stitch. Die beiden haben es schließlich vermasselt. Sie sollten zusehen, dass sie zum vereinbarten Treffpunkt kommen.«

»Mein Reden«, murmelte Stitch.

Mit einem leisen Klacken wurde die spärliche Beleuchtung abgeschaltet und die drei Jugendlichen versanken in undurchdringlichem Schwarz.

»Scheiße«, wisperte Evelyn.

Wenige Sekunden später war das Schnappen eines Feuerzeugs zu hören und Stitchs Gesicht wurde unheimlich von unten angeleuchtet.

»Was?«, schnauzte sie Paul und Evelyn an, die sie ansahen, als wäre sie ein Alien. »Jetzt ist kein Mensch mehr hier drin. Ich kann mir endlich einen Sticky reinziehen.«

Paul setzte sich neben Evelyn. Stitch ließ das Feuerzeug so lange an.

»Anscheinend hat keiner von uns daran gedacht, dass es hier drin stockdunkel sein wird, wenn die Beleuchtung ausgeschaltet ist.«

»Es war Emils Plan«, versuchte Paul, die Verantwortung von sich zu weisen. »Er hätte daran denken müssen.«

»Aber einer von uns hätte ebenfalls seinen Kopf einschalten können, als es hieß, wir würden uns im *Scary Monsters* verstecken, bis der Park schließt. Oder?«

»Ist doch scheißegal«, mischte sich Evelyn ein. »Warum hast du denn nicht daran gedacht, Stitch? Jetzt sind wir nun mal hier. Wenn Michelle und Emil endlich auftauchen, suchen wir uns einen etwas helleren Platz, an dem wir warten können, bevor wir den Park unsicher machen. Ist doch alles kein Problem.«

»Okay. Ich rauche jetzt auf jeden Fall«, beschloss Stitch. »Ist mir egal, ob ihr was dagegen habt.«

»Wegen mir«, murmelte Paul. »Rauch doch dein Kraut. Immerhin kannst du niemanden mehr durch deinen stinkenden Qualm auf uns aufmerksam machen.«

Stitch erwiderte nichts und zog an ihrer selbstgedrehten Zigarette. Schon wenige Augenblicke später war ein süßlicher, aber auch irgendwie herber Geruch wahrzunehmen und die drei Jugendlichen wurden in dicke Rauchwolken eingehüllt.

»Ich verstehe immer noch nicht, wie man so ein stinkendes Zeug inhalieren kann«, bemerkte Evelyn.

»Zwingt dich doch keiner, es zu tun«, gab Stitch schnippisch zur Antwort. »Was haltet ihr davon, wenn wir später nach dem Hauptschalter suchen und uns dann einen gemütlichen Abend mit den Monstern hier machen? Wir könnten die Mechanismen untersuchen und irgendwelche Dinge verändern. Die Leute werden völlig ausrasten, wenn ihnen kein Werwolf von der Decke entgegenfällt, sondern eine dreckige Unterhose von Paul ...«

»Das ist echt nicht witzig«, keifte Paul.

»Sei doch nicht gleich wegen jedem Witz eingeschnappt. Du müsstest mich mittlerweile gut genug kennen, um zu wissen, wie ich so was meine.«

Paul nickte. »Schon gut.«

»Und was machen wir jetzt, bis die anderen bei uns sind?«

»Warten.«

»Haha, du bist echt witzig.«

»Ich habe eine Idee, wie wir uns die Zeit vertreiben. Aufgepasst: Aus welchem Film ist das?«, mischte sich Paul in das aufkeimende Streitgespräch der beiden Mädchen ein.

Evelyn verdrehte die Augen, obwohl sie genau wusste, dass es keiner sehen konnte. »Wenn ihr euch in einem versteht, dann ist das dieser Filmzitate-Scheiß«, sagte sie.

»Was ist daran so schlimm? Wir sind Filmfreaks. Na und?«, fragte Stitch.

»Genau«, stimmte Paul zu. »Alte Filme, neue Filme, Klassiker … egal, Hauptsache, es sind Horrorstreifen …«

»Okay, schieß los«, forderte Stitch ihn auf.

»Also gut, hört zu!« Er machte eine theatralische Pause, um die Spannung zu steigern, und sagte dann mit veränderter, unheimlich klingender Stimme: »Wisst ihr, was Angst ist? Kennt ihr das Gefühl, wenn einem das Herz bis zum Hals schlägt und man fast keine Luft mehr bekommt? In dieser Geschichte geht es um Monster! Kreaturen! Widerliche Albträume, die durch die Nacht kriechen! Ich hab sie gesehen und ich hatte Visionen davon! Und die werdet ihr auch kriegen!«

Eine Weile herrschte Stille, die nur durch das leise Knarzen einiger Horrorfiguren aus dem *Scary Monsters* unterbrochen wurde, die noch nicht ganz zur Ruhe gekommen waren.

»Gib mir einen Tipp«, forderte Stitch und zog an ihrem Sticky. »Es kommt mir bekannt vor, aber ich komme im Moment nicht drauf. Ist es ein neuerer Film?«

»Was verstehst du unter neu?«, wollte Paul wissen.

»Na, ob er zum Beispiel im Produktionsjahr eine zwei vorn hat … stammt er aus einem Zweitausender Jahr?«

»Mal überlegen! Wenn ich mich nicht täusche, ist er knapp zehn Jahre alt …«

»Also fast schon ein Klassiker. Um was geht es?«

»Spinnen!«

»*Arachnophobia*?«

»Nein, der ist doch schon fast dreißig Jahre alt.«

»*Arac Attack*?«

»Genau!«

»Oh, Leute. Ihr müsstet euch mal hören. Wir sitzen hier in einer Geisterbahn im Dunkeln und ihr unterhaltet euch über Horrorfilme, die etliche Jahre alt sind.«

»Was hältst du davon?«, meldete sich Stitch zu Wort, ohne Evelyns Kommentar zu beachten. »Der leibhaftige Tod ist in Ihre Stadt gekommen, Sheriff. Sie können ihn ignorieren. Oder mir helfen, ihn aufzuhalten.«

»*Halloween* von John Carpenter«, kam die Antwort wie aus der Pistole geschossen. »Pech gehabt, Stitch. Das ist einer meiner Lieblingsfilme!«

»Und was ist mit dem hier: In fünf Minuten ist es zwölf Uhr. Gleich haben wir Mitternacht. Für eine Geschichte bleibt uns gerade noch Zeit.«

»Das ist einfach«, gab Paul zur Antwort. »Wir bleiben bei Carpenter, stimmt's? In diesem Nest ist in hundert Jahren nichts, absolut nichts passiert. Und plötzlich spielt alles verrückt.«

Stitch lachte. »Du bist echt ein Freak.«

»*The Fog – Nebel des Grauens*«, löste Paul unnötigerweise das Rätsel und grinste. »Ich bin ein Freak, da hast du recht.«

»Könnt ihr euch wirklich nur über Filme unterhalten?«, meldete sich Evelyn zu Wort. »Habt ihr zum Beispiel schon mal ein Buch gelesen?«

»Buch?«, wiederholte Stitch. »Was ist das?«

»Ich lese manchmal«, ließ sich Paul auf den Themenwechsel ein.

»Was denn so?«, wollte Evelyn wissen.

»Comics zum Beispiel.«

»Das sind doch keine Bücher.«

»Ich habe aber auch echte Bücher gelesen«, beteuerte der Junge.

»Nenn einen Titel«, forderte Evelyn ihn auf.

»Vor ein paar Jahren waren es *Unten am Fluss* und *Der Wind in den Weiden*. In letzter Zeit eher Horror-Romane von Stephen King und Clive Barker.«

»Bücher sind etwas ganz Besonderes«, intonierte Evelyn. »Sie sind besser als eure Filme, das könnt ihr mir glauben.«

»Wie kommst du denn darauf?« Stitch lehnte sich mit einem zynischen Lächeln auf den Lippen gegen den Stromkasten.

»Weil sie … na ja. Bücher können sogar besser als Sex sein.«

»Okay, das ist ja ein toller Vergleich«, spöttelte Stitch und zog an ihrem Joint. »Sex ist das Nonplusultra, wenn du den richtigen Partner hast.«

»Aber Sex dauert nur wenige Augenblicke, ein Buch jedoch …«, setzte Evelyn dagegen.

»Pah, das kannst du doch gar nicht vergleichen«, sagte Paul.

»Glaubt mir, Leute. Bücher sind besser als Sex. Man muss sich nur trauen, sich von ihnen ficken zu lassen.« Evelyn starrte in die Dunkelheit. »Viele Worte berühren deine Seele mehr, als ein Mensch es je mit seinen Händen tun könnte. Die ersten Seiten eines Romans sind wie ein Vorspiel, bei dem man sich kennenlernt. Und dann, wenn es eine gute Geschichte ist … dann packt sie dich, hart und voller Emotionen. Wie ein …«

»Schwanz?«, unterbrach Stitch.

Evelyn hielt inne und betrachtete Stitch eine Weile. »Ja, genau, Stitch. Du hast es erfasst. Wie ein Schwanz. Du spürst es tief in dir drin und willst mehr, kannst dich dem

Sog nicht mehr entziehen und ergibst dich dem Buch. Wie gesagt, wenn du es zulässt, dann fickt es dich.«

»Du hast sie nicht mehr alle«, murmelte Stitch und hob abwehrend die Hand. »Deine Mutter lutscht Schwänze in der Hölle.«

»Das ist aus *Der Exorzist*«, sprudelte es aus Paul hervor, der erleichtert auf den Themenwechsel ansprang.

»Ihr seid armselig«, bemerkte Evelyn nur und wandte sich von den beiden ab.

Im gleichen Moment vernahmen sie in unmittelbarer Nähe das unheimlichste Keuchen, das sie je in ihrem Leben gehört hatten.

A View To A Kill

23:12 Uhr – Die Maniacs

»Lasst uns aufbrechen. Robert und Alexander wollen bestimmt nicht auf uns warten. Es wäre besser, wenn wir vor ihnen am vereinbarten Treffpunkt sind.« Laura stand unschlüssig im Zimmer und sah zu Susi und Emma hinüber, die sich angeregt unterhielten.

Luka blickte von seinem *Krieg der Welten*-Heft hoch und hob die Augenbrauen. »Kannst du es nicht erwarten, in Alexanders Armen zu liegen?«

»Halt den Mund, Baby«, zischte Laura. »Sex ist für Erwachsene.«

»Schön cool bleiben, Laura«, murmelte Luka und widmete sich wieder dem Krieg zwischen Menschen und Aliens.

»Sex ist nur schmutzig, wenn er richtig gemacht wird«, mischte sich Susi ein. »Das hat Woody Allen einmal gesagt. Und ich finde, er hat recht.«

»Aha. Wer auch immer«, warf Lennart peinlich berührt ein.

»Trotzdem sollten wir uns auf den Weg machen«, beteiligte sich Alina an der Diskussion. »Wir brauchen schließlich eine Weile, bis wir am Park sind.«

»Leute.« Susi verschränkte ihre Arme und sah einen nach dem anderen an. »Wisst ihr, ich habe vorhin mit Robert schon darüber gesprochen. Was haltet ihr davon, wenn ich mitkomme?«

»Aber du bist erwachsen«, sagte Lennart. »Wir sind nervige Teenies.«

»Na und? Ich finde es eine echt geile Sache, was ihr da vorhabt. Es kann doch nicht schaden, wenn eine erwachsene Person mit dabei ist, für den Fall, dass ihr erwischt werdet.«

»Wir werden nicht erwischt«, murrte Luka.

»Jaja«, bemerkte Alina. »Sie kann doch trotzdem mitkommen, oder?«

»Ja, genau. Warum soll sie nicht mit dabei sein?«, meldete sich Emma zu Wort. »Susi ist doch voll nett. Und sie wird uns nicht stören. Oder?«

»Wieso sollte ich euch stören? Ihr könnt tun und lassen, was ihr wollt. Ich bin nicht eure Mutter. Ich bin eine Hure.« Sie lachte laut. »Ich bin die Letzte, die euch euer Abenteuer versaut. Aber ich hätte echt Bock auf einen Ausflug. Also, was sagt ihr?«

»Klar, wieso nicht?«

»Kein Problem.«

»Coole Sache. Komm ruhig mit.«

»Okay, das wird aufregend. Ich zieh mir nur schnell was über.«

***

»Was sagst du jetzt?« Robert zog fragend die Augenbrauen hoch und konnte sich ein stolzes Grinsen nicht verkneifen.

»Voll genial«, gab Alexander zur Antwort. »Ich hätte echt nicht gedacht, dass die Dumpfbacken auf den Trick reinfallen und sofort das Weite suchen.« Er sah den drei Wachmännern nach, die laut lachend auf den Ausgang zusteuerten.

»Die wollen einfach heim. Das kann ihnen keiner übelnehmen. Du würdest dich doch auch über einen unverhofften freien Tag freuen, oder?«

»Die Luft ist rein«, stellte Alexander fest. »Das waren die letzten.«

»Und wie die rein ist.« Robert sah auf die Uhr. »Viertel vor zwölf. Ich bin gespannt, wann die anderen aufschlagen.«

»Wir haben Mitternacht vereinbart.«

»Ja, schon klar. Ich habe auch nicht damit gerechnet, dass die Nachtwächter so schnell verschwinden, nachdem sie die Mitteilung gelesen haben. Eigentlich habe ich mich auf eine Diskussion …«

»Hey, ich glaube, da vorn sind sie«, unterbrach Alexander.

Sie lehnten sich an die Umzäunung und warteten, bis ihre Freunde sie erreicht hatten.

»Hat wohl alles geklappt?«, bemerkte Laura und warf Alexander einen bedeutungsschwangeren Blick zu.

»Wie ich gesagt habe, es gab kein einziges Problem«, vermeldete Robert und hielt triumphierend den Schlüssel mit dem Bugs Bunny hoch.

»Susi? Du bist mitgekommen?« Alexander sah die Prostituierte überrascht an, die ihn angrinste wie ein Honigkuchenpferd.

»Ja, ich bin als Privatperson mit dabei. Ist das okay für dich?«

»Äh, klar doch. Ja klar, sicher …«, stammelte Alexander verlegen.

»Okay, meine Damen und Herren«, rief Robert. »Willkommen im *Moviedrome*. Machen Sie sich bereit für eine exklusive Führung durch den größten Freizeitpark Deutschlands.« Er zwinkerte Laura zu, die zwar lächelte, aber die Augen wegen seines erneuten Annäherungsversuchs verdrehte.

»*Welcome to joyland, look at the …*«, trällerte Lennart die Melodie eines Songs von Leda aus den späten Siebzigerjahren.

Und dann betraten sie voller Euphorie und guter Laune den Vergnügungspark, von dem sie meinten, er gehöre in dieser Nacht ihnen allein.

23:11 Uhr – Die Slashers

»Was war das?«

Michelle blieb stehen und hielt die Luft an.

Emil starrte in die Dunkelheit vor ihnen und wartete, ob das Geräusch ein zweites Mal ertönte.

Da war es wieder!

Ein Rascheln, begleitet von einem leisen Knurren, das von einem Hund zu stammen schien.

»Ist da noch jemand?«, flüsterte Michelle und drückte sich unbewusst an Emil.

»Quatsch, wer sollte da denn sein?«, antwortete dieser und ging vorsichtig einen Schritt weiter. Seine Augen hatten sich in der Zwischenzeit an das dämmrige Licht gewöhnt, sodass er ein paar Umrisse von Horrorfiguren und verschiedene Kästen erkennen konnte.

»Meinst du, es sind die anderen?«

Emil zuckte mit den Schultern. »Paul? Stitch? Seid ihr das? Evelyn?«, flüsterte er dann.

Keine Antwort.

Erneut war das Rascheln zu hören. Kurz danach ein Glucksen, das beiden eine Gänsehaut bescherte.

»Scheiße. Was soll das? Sind die Figuren noch angeschaltet?«, winselte Michelle ängstlich. »Es ist doch viel zu spät. Oder sind das Mitarbeiter, die hier drinnen …?«

Ein lautes Kreischen in unmittelbarer Nähe unterbrach sie. Irgendwo fiel etwas Schweres zu Boden. Dann ertönte das Knurren erneut. Nur klang es dieses Mal näher als zuvor.

»Lasst uns verschwinden«, schlug Emil vor. Seine Coolness war in den letzten Minuten einer unübersehbaren Nervosität gewichen.

»Aber wo sollen wir hin? Wir sind in einer Geisterbahn.«

»Einfach wieder zurück«, keuchte Emil.

»Das ist doch hirnrissig, wenn wir …« Michelle brach mitten im Satz ab und stieß einen gellenden Schrei aus. Als Emil sich in ihre Richtung umdrehte, blieb ihm vor Schreck die Luft weg. Nur einen knappen Meter von ihnen entfernt stand eine Gestalt, die sie mit gelb funkelnden Augen anstarrte.

»Fuck!«

»Das ist Jenny«, kreischte Michelle und stolperte einen Schritt zurück direkt in Emils Arme. »Oh, mein Gott. Das ist nur Jenny. Mann, du hast uns zu Tode erschreckt.«

»Was hast du denn hier zu suchen?«, schrie Emil die junge Frau an.

»Aaaaaarrrrghhhh!«, stöhnte Jennifer. Aus ihrem Mund quoll gelber Rauch, der sich in einer dichten Wolke vor ihrem Gesicht sammelte, bevor er auf Michelle und Emil zuschwebte.

»Was ist das für eine verdammte Kacke?«, schrie Emil und machte auf dem Absatz kehrt. Michelle folgte ihm, nachdem sie Jenny gegen die Brust geschlagen hatte, sodass diese umkippte und mit einem lauten Scheppern zuerst gegen einen Stromkasten und danach in einen Berg aus Stromkabeln fiel.

»Wo kam die denn so plötzlich her?«, keuchte Michelle und konnte sich gerade noch rechtzeitig an Emils Schulter festhalten, bevor sie stürzte.

»Hast du gesehen, wie die aussah?« Emil schaute sich kurz um, um zu sehen, ob sie verfolgt wurden. »Wie ein verdammter Zombie …«

»Viel schlimmer«, keuchte Michelle. »Meinst du, sie steckt mit den anderen unter einer Decke? Vielleicht wollten die uns erschrecken.«

»Und das Zeug aus ihrem Mund? Hast du das gesehen? Das war doch echt, oder? Das war kein Streich. Oder? ODER?« Seine Stimmlage kippte ins Hysterische.

»Los, lass uns nach Hause gehen«, schlug Michelle vor. Die Vorfreude und Spannung auf den bevorstehenden Abend waren in nackte Angst umgeschlagen. »Wo sind bloß die anderen?«

»Wir sind hier«, ertönte es von rechts aus der Dunkelheit. Es war Pauls Stimme.

Erleichtert wandte sich Michelle in die Richtung. »Paul? Bist du das wirklich? Sind die anderen bei dir?«

»Kommt rüber«, war die Antwort. »Schnell. Irgendjemand oder irgendetwas ist hier drin.«

»Das haben wir auch schon bemerkt«, brummte Emil, während er loslief.

»Das ist Jenny«, brüllte Michelle. Sie rannte ebenfalls in die Richtung, aus der Pauls Stimme gekommen war. »Irgendwas ist mit ihr passiert. Sie sieht aus wie eine lebende Leiche …«

Hinter ihnen knurrte es wieder und Michelle lief ein Schauer über den Rücken. Sie entdeckte Pauls Silhouette im Dämmerlicht und atmete auf.

»Hier rüber. Los, kommt schon …«

Michelle spürte einen sanften Windhauch über ihre Wange streichen und neigte irritiert den Kopf zur Seite. Was war das gewesen?

Sie registrierte aus dem Augenwinkel, wie schwach phosphoreszierende Nebelschleier durch die Luft schwebten und von der Dunkelheit verschluckt wurden. Sie sah nicht, wie die Wolke zwischen Evelyns Lippen verschwand und den Körper des Mädchens innerhalb von Sekunden in Besitz nahm.

»Weg hier«, kreischte Stitch, als Jennifer mit ausgestreckten Armen auf sie zurannte und dabei immer schneller wurde. »Mit der stimmt echt was nicht.«

Evelyn kniff währenddessen die Augen zusammen und schluckte verzweifelt den plötzlich vermehrt auftretenden Speichel, der ihre Mundhöhle von einer Sekunde auf die andere flutete. Ihr wurde schlagartig schwindlig und sie stützte sich an Emil ab, der mit offenem Mund neben ihr stand und auf die heranstürzende Jenny starrte.

»Los, weg hier«, forderte Stitch zum zweiten Mal auf und versuchte, Evelyn mitzureißen. »Ich habe mal gehört, dass sie krank ist … irgendwas mit der Niere … Aber dass sie so krank ist …« Evelyn und Emil verloren durch das Gezerre von Stitch das Gleichgewicht und krachten gegen einen Sicherungskasten.

Jenny hatte die Gruppe fast erreicht, als sie abrupt innehielt und regungslos wie eine Schaufensterpuppe stehen blieb. Ihre Arme waren nach wie vor ausgestreckt. Ihr Blick schien in weite Ferne gerichtet, als sähe sie

Dinge aus einer anderen Dimension, die nur für ihre Augen bestimmt waren.

»Was hat sie plötzlich?« Emil rappelte sich umständlich auf und half dann Evelyn auf die Beine.

Die anderen waren verwundert stehen geblieben und beobachteten Jennifer Figiel, die ein stetig anschwellendes Jammern ausstieß und ihre weit aufgerissenen Augen auf die Gruppe Jugendlicher vor ihr gerichtet hatte. Ohne den Blick von ihnen abzuwenden, fummelte sie so lange am Gürtel ihres Kleides herum, bis er sich schließlich löste. Jennifer wickelte ihn hektisch um ihren Hals.

»Was hat sie vor?«, flüsterte Stitch. »Die ist vollkommen irre.«

Jennifer knotete den Stoffgürtel um ihren Hals fest, während sie mit krächzender Stimme »Der liebe Gott ist mit seinen Prüfungen für uns noch nicht am Ende« zwischen ihren Lippen hervorpresste.

»Was soll das?«, flüsterte Paul.

»Das ist ein Zitat aus *From Dusk till Dawn*«, bemerkte Emil. »Die hat sie echt nicht mehr alle.« Paul schüttelte den Kopf.

»Jetzt fängt die auch noch mit dem Scheiß an«.

»Das ist Jennys Lieblingsfilm«, wisperte Evelyn. »Sie hat ihn bestimmt über fünfzig Mal gesehen.«

»Und dabei ihr Gehirn aufs Spiel gesetzt …«

»Wenn ihr irgendwo ’ne billigere Pussy findet: Fickt sie!«, rezitierte Jenny eine weitere Stelle aus dem Tarantino-Streifen.

»Ähm …«, setzte Stitch an, wurde aber abrupt von Jennys nächster Aktion unterbrochen. Mit einem Ruck zog diese an dem eng geschnürten Gürtel, sodass sich sofort eine schmale, blutige Wunde an ihrem Hals abzeichnete.

»Kein Mensch hat so eine Kraft«, murmelte Paul und trat ein paar Schritte zurück.

Jennifer riss erneut an dem Gürtel, bis der Stoff so weit in ihren Hals einschnitt, dass der Kopf der jungen Frau nach vorn kippte, als wäre er abgetrennt.

»Verdammte Scheiße!«, brüllte Emil. »Das ist wie im Film … als Tom Savinis Birne von George Clooney abge…«

Mit einem hässlichen Knacken und Schmatzen fiel Jennifers Kopf auf den Boden, wo er ein paar Zentimeter weiterkullerte, bevor er zum Stillstand kam. Der kopflose Körper von Jennifer Figiel kickte den abgeschnittenen Kopf wie einen Ball in Pauls Richtung.

»Genau wie in dem verschissenen Film …«, kreischte Emil und flüchtete, ohne sich weiter um Evelyn zu kümmern. Die hatte sich mittlerweile wieder auf den Boden gesetzt und beobachtete mit teilnahmslosem Blick das Geschehen. Der abgetrennte Kopf blieb nur wenige Zentimeter von ihren Füßen entfernt liegen.

Jennifer Figiels Körper sackte auf die Knie. Das junge Mädchen stützte sich mit beiden Händen ab und hob dann den Oberkörper so an, als wollte sie die Jugendlichen anstarren. Sie schien dabei gar nicht zu merken, dass ihr ohne Kopf jegliche Möglichkeit dazu fehlte. Der blutige Stumpf zwischen ihren Schultern schimmerte trotz der Dunkelheit und man konnte erkennen, dass eine große Menge Blut aus der frischen Wunde spritzte.

Emil war in einigem Abstand stehen geblieben, während die anderen unbeweglich die Szene aus nächster Nähe anstarrten.

Urplötzlich bohrte sich aus Jennifers Halsstumpf ein neuer Kopf, als würde er wie der Schwanz einer Eidechse nachwachsen. Von einem unappetitlichen Schmatzen begleitet, entstand ein neuer Schädel, der sich unaufhaltsam einen Weg aus dem Inneren des malträtierten Körpers nach außen suchte. Wie eine Geburt!

»Ich … ich sag es doch«, stammelte Emil aufgeregt aus dem Hintergrund. »Es ist wie in *From Dusk till Dawn*. Genau so …«

»Aber so etwas ist nicht möglich.« Stitch trat einen Schritt nach vorn. Sie hatte keinerlei Angst mehr vor dem, was gerade passierte.

»Wir müssen dieses Ding töten«, bemerkte Paul.

»Wie denn?«

»Einen Scheiß müssen wir. Wir sollten lieber abhauen!«

»Aber wir können doch nicht einfach …«

»Doch, das können wir«, unterbrach Stitch Paul. »Wir haben keine Waffen, um gegen dieses Monster vorzugehen.«

Figiels Kleid war mittlerweile komplett auseinandergerissen und hing nur noch in Fetzen an dem mit Schleim bedeckten Körper eines deformierten Wesens, das entfernte Ähnlichkeit mit einer überdimensionalen Ratte hatte.

»Das hier ist nicht echt«, meldete sich Michelle das erste Mal zu Wort, seit sie auf ihre Freunde getroffen war. »Es kann nicht echt sein! Das ist wie in einem Horrorfilm.«

»Nein, das ist weitaus schlimmer«, verbesserte sie Stitch. »Denn das hier ist die Realität.«

»Ist schon einige Zeit her, dass ich zuletzt hier war«, bemerkte Susi und sah sich begeistert um. »Als Nutte hat man bei Weitem nicht so viel Zeit, wie man gern hätte.«

»Du arbeitest doch nicht Tag und Nacht, oder?« Lennart war irgendwie fasziniert von dem Gedanken, mit einer Prostituierten privat unterwegs zu sein, und konnte noch immer gar nicht so recht glauben, wie nett Susi war. Er hatte sich unter den Begriffen ›Hure‹, ›Nutte‹ oder ›Schnepfe‹ immer Frauen vorgestellt, die vollständig in Leder gekleidet waren und eine Peitsche schwangen.

»Dieser Job ist schwieriger und anspruchsvoller, als manch einer denkt.« Susi strich sich eine Haarsträhne aus der Stirn. »Es geht nicht nur darum, auf dem Rücken zu liegen und die Beine breit zu machen. Wir sind Masseusen und Therapeutinnen in einem, verkaufen Liebe und Sex, aber auch einiges, das darüber hinausgeht. Männer sind oft einsam und suchen nach Geborgenheit. Viele trauen sich nicht, dies vor ihren eigenen Frauen zuzugeben, weil sie sich dann unmännlich vorkommen. Sie denken, ihre Frauen erwarten nur harten und guten Sex von ihnen …«

»Und das ist nicht so?«, wollte Alina mit einem verschmitzten Grinsen auf den Lippen wissen.

»Nein, so ist es nicht«, antwortete Susi ernst. »Aber ihr seid noch zu jung, um es besser zu wissen. Wenn ihr älter seid, werdet ihr merken, was genau zwischen Mann und Frau abläuft oder ablaufen sollte.«

»Wow, was für ein Thema«, murmelte Robert.

»Du kannst im Internet jede Menge Videos darüber ansehen«, murmelte Alina. »Also hab dich nicht so.«

»Ein Video ist was anderes als ein Gespräch mit einer … ist doch auch egal. Lasst uns die Nacht genießen.«

Sie passierten das Kettenkarussell mit dem klangvollen Namen *Breaking the Waves*, das unter dem weltweiten Rekordhalter *Star Flyer* im Kopenhagener Freizeitpark *Tivoli* lag. Das *Breaking the Waves* war lediglich fünfzig Meter hoch, während man in den Sitzen des *Star Flyer* achtzig Meter über dem Erdboden hing.

»Ist doch interessant«, warf Felix ein.

»Erzähl weiter«, forderte Emma auf. »Vielleicht können wir Mädchen noch was von dir lernen.«

Susi grinste. »Es ist wirklich kompliziert. Nur so viel vielleicht: Die Gehirne von Männern haben eine andere Software als die von Frauen. Ihre Programmierung durchläuft verschiedene Stadien, wenn es um Sex geht. Da gibt es zum einen den guten Sex, bei dem sich die meisten Männer Romantik, Berührungen und was noch so dazugehört wünschen. Und dann gibt es noch die Triebhaftigkeit, die im genetischen Bauplan von Männern steckt. Sie wollen manchmal einfach nur eine schnelle Nummer …«

»Und wieso machen sie das dann nicht mit ihren Frauen?«

»Wie bereits erwähnt, tun das die meisten. Aber es gibt auch einsame Männer. Oder Männer, die schüchtern sind und sich schlichtweg nicht trauen, ihre sexuellen Fantasien oder Wünsche mit den eigenen Frauen auszuleben. Und dann sind da auch noch diejenigen, die keine oder nur sehr wenige soziale Kontakte haben. Und da kommen wir ins Spiel …«

»Krass!«

»Mein Beruf ist nicht verwerflich. Es gibt viele schöne Seiten und man lernt auch sehr nette Männer kennen.«

»Hast du dich denn schon einmal in einen Freier verliebt?«, erkundigte sich Robert.

Auf der rechten Seite erhob sich *Three Wishes* in die Höhe, eine der Achterbahnen des *Modro*.

»Öfter als ihr vermuten würdet. Wisst ihr, diese Männer, die zu uns kommen, sind ausgelaugt, gieren förmlich nach Liebe. Und sie sind extrem dankbar, wenn wir ihnen diesen Wunsch erfüllen. Manche weinen sogar, wenn sie auf uns liegen, weil sie ihr Glück nicht fassen können. Die meisten sind hilflos, wenn sie ihren Samen in uns hineinpumpen … und sind in diesem Moment so liebenswürdig.« Susi hielt einen Moment inne und blieb stehen. »Irgendwann werdet ihr begreifen, über was ich gerade rede. Ich wünsche euch allen, dass ihr tolle Partner findet und all das in eurer Beziehung bekommt, was ihr euch wünscht.«

»Cool«, grinste Luka. »Das wäre Hammer, wenn das passieren würde.«

»Genug geschwafelt, Herrschaften«, unterbrach Robert. »Wir sind hier, um Spaß zu haben, und nicht, um uns über unsere sexuelle Zukunft zu unterhalten. Was haltet ihr davon, wenn wir mit dem *Dragon Attack* starten?«

»Du willst echt mit dem größten Fahrgeschäft beginnen?« Emma blieb stehen und betrachtete das Gerüst, das sich in der nächtlichen Dämmerung vor ihnen erhob.

»Wieso denn nicht? Ist doch ein guter Einstieg, oder?«

»Ist es, Mann. Ja, das *Dragon Attack* ist cool«, bestätigte Felix und streckte begeistert die Hände in die Luft, während er den gleichnamigen Song von Queen zum Besten gab. »*She don't take no prisoners, she gonna give me the business, got a dragon on my back, hey, it's a dragon attack …* « Seit *Bohemian Rhapsody* im Kino lief, stand so ziemlich jeder Jugendliche auf Queen. Und Felix ganz besonders.

»Okay, los. Auf zum *Dragon Attack*«, forderte Robert seine Freunde auf. »Ich kümmere mich um den Strom. Ihr könnt erst mal alle fahren, ich bleibe unten.«

»Wahnsinn«, kreischte Luka. »Das ist der pure Wahnsinn, Leute. Echt jetzt …«

»Fick dich!«, murmelte Alina und steckte sich einen Joint zwischen die Lippen.

23:48 Uhr – Die Slashers

Evelyn verlor immer wieder fast das Gleichgewicht, während sie ihren Freunden durch das Innenleben der Geisterbahn folgte. Ihr war plötzlich schwindelig und sie konnte sich überhaupt nicht mehr auf die Geschehnisse um sich herum konzentrieren. Permanent fielen ihr Ereignisse aus der Vergangenheit ein, wie zum Beispiel ihr zwölfter Geburtstag. An diesem Tag kassierte sie von ihrer Mutter eine Ohrfeige ein, weil die dahinter gekommen war, dass Evelyn sich verbotenerweise den berühmt-berüchtigten Film *Tanz der Teufel* angesehen hatte.

»Jetzt komm schon«, drang Emils Stimme wie durch Watte an ihre Ohren. »Wir müssen hier weg.«

»War wohl doch keine so gute Idee, sich hier drin zu verstecken«, bemerkte Stitch.

»Wir konnten doch nicht wissen, dass …«, setzte Paul an.

»Dass was?«, fragte Stitch herausfordernd. »Dass wir einem verdammten Monster aus *From Dusk till Dawn* begegnen? Und dass es sich dabei nicht um eine Filmpuppe handelt, sondern um einen echten Menschen, der sich in dieses Ding verwandelt hat?«

»Jenny war krank«, versuchte Paul die Situation zu entschärfen. »Das hast du selbst gesagt, Stitch.«

Die Punkerin blieb stehen und holte tief Luft. »Sie hatte was an der verdammten Niere. Soweit ich weiß, verwandeln sich Nierenkranke nicht in Filmmonster, oder?«

»Beruhigt euch«, mischte sich Emil in die hitzige Diskussion ein. »Wir hauen hier ab und das war's dann, okay?«

Ein Rumpeln.

Direkt vor ihnen! Und nicht aus der Richtung, aus der sie gekommen waren und wo sich das Jenny-Monster befand.

»Was zum Teufel …?«

»Sei still«, fauchte Emil.

»Was war das?«, flüsterte Stitch.

»Das war auf jeden Fall nicht Jenny«, bemerkte Emil.

»Verdammte Scheiße«, jammerte Evelyn. »Da ist noch so ein Ding, ich wette mit euch.«

»Immer mit der Ruhe.« Emil kniff die Augen zusammen und suchte die Dunkelheit ab. »Warten wir erst mal ab. Vielleicht hat nur eine der Figuren geknackst.«

»Träum weiter, du Superheld«, antwortete Stitch spöttisch. »Ich werde euch zeigen, was wir tun sollten.« Sie bückte sich und hob eine Eisenstange auf, die direkt vor ihr auf dem Boden lag. »Ich mache dieses Ding alle, das schwöre ich. Irgendwas stimmt hier nämlich ganz und gar nicht. Jenny ist nicht die Einzige, die mit uns hier drin ist, das könnt ihr mir glauben.«

»Der Park hat doch geschlossen. Eigentlich sollten wir maximal auf die *Maniacs* treffen.« Paul sah fragend von einem zum anderen.

»Und was hat dann Jenny hier zu suchen?«, keifte Stitch. »Mal davon abgesehen, dass sie sich gerade selbst geköpft hat, um sich anschließend in eine Riesenratte zu verwandeln.«

»Ich … weiß auch nicht. Vielleicht wollte uns jemand einen Streich spielen.«

»Einen Streich? Bist du noch ganz dicht, Paul? So einen Streich kann uns niemand spielen. Das geht nicht. Und weißt du auch warum? Kein Mensch kann faken, sich selbst den Kopf abzureißen und sich in ein Monster zu verwandeln. Kein Mensch …«

»Und was sollen wir deiner Meinung nach tun?«

»Wie ich schon sagte: Ich laufe zurück und niete dieses Ding um, das einmal Jenny war.«

Erneut rumpelte es in ihrer Nähe.

»Ich bin weg«, murmelte Stitch und lief mit der Eisenstange in der Hand zurück in den anderen Teil des Fahrgeschäfts. Schon nach ein paar Sekunden wurde sie von der Dunkelheit verschluckt.

»Und was ist mit uns?«, flüsterte Emil.

Noch bevor er eine Antwort erhielt, kam hinter einer der mechanischen Anlagen eine Kreatur hervor und stürzte sich auf Paul, während Evelyn zur gleichen Zeit einen schrillen Schrei ausstieß und Emil attackierte.

Dragon Attack

Artikel, erschienen in der ›Nachrichtenwelt‹ vom 5. Mai 2005:

Nirgendwo auf der Welt findet man eine Achterbahn wie die Dragon Attack *im* Moviedrome *in Buchstedt. Die deutsche Achterbahn versetzt Adrenalin-Junkies mehr als drei Minuten lang in einen Rausch sondergleichen.*

Die Dragon Attack *ist eine über zwei Komma fünf Kilometer lange Achterbahn und stellt die weltweit größte Anlage dieser Art dar. Selbst die japanische* Steel Dragon *kann da nicht mithalten. Mit einer Geschwindigkeit von einhundertsiebenundfünfzig Stundenkilometern übertrifft die* Dragon Attack *sogar noch den Rekordhalter* The Fury 325.

Hier schreit jeder, wenn der Körper in den Sitz gepresst wird und das Gehirn bereut, dieses Höllengerät betreten zu haben. Aber was passiert eigentlich in den Köpfen der Passagiere, wenn sie über einhundert Meter in die Tiefe stürzen und durch Steilkurven geschleudert werden?

Der deutsche Hirnforscher Dr. Delany hat eine Antwort darauf. »Bei der Fahrt in einer Achterbahn aktivieren sich die gleichen Hirnregionen, die auch bei einer nicht provozierten Angstreaktion tätig werden. Das Herz beginnt schneller zu schlagen. Die Atmung und der Puls beschleunigen sich und die Schweißdrüsen steigern ihre Produktion. Körperhaare stellen sich auf und das Schwindelgefühl verstärkt sich, weil die Aussicht auf eine rasende Fahrt den Gleichgewichtssinn überfordert«, so Delany. »Es gibt nichts, nicht einmal Sex, das dem Körper ähnlich gelagerte sensorische Erlebnisse beschert.«

23:49 Uhr – Die Maniacs

»Adrenalin, Kortisol, Endorphin. Einfach alle für solch einen Kick zuständigen Hormone reagieren bei dieser Höllenfahrt«, pries Robert die weltgrößte Achterbahn an, als stünde ein offizielles Publikum vor ihm. »Machen Sie sich bereit für den Ritt Ihres Lebens. Nichts ist von Dauer, außer dieser Achterbahn. Sie ist konstant und wird immer da sein. Entweder Sie fahren mit dieser Bahn oder Sie lassen es sein und rennen davon. Wenn Sie bleiben, werden Sie Spaß haben, wie noch nie zuvor. Und vergessen Sie nicht: Niemand lebt ewig, also riskieren Sie was in Ihrem Leben.«

»Wow, du könntest echt hier arbeiten«, bemerkte Susi anerkennend und applaudierte. »Ein Hoch auf diese beeindruckende Rede.«

Robert verneigte sich. »Es war mir eine Ehre.« Dann drehte er den Schlüssel, den er vor seiner Ansprache bereits ins Sicherheitsschloss gesteckt hatte, und schaltete das Fahrgeschäft ein.

Mit einem dumpfen Klacken erwachten die Lichtstrahler zum Leben, tauchten den Eingangsbereich der *Dragon Attack* in gleißendes Licht und beleuchteten die Schienen von ganz unten bis hinauf zum höchsten Punkt. Die Tatsache, dass dieses Ereignis einzig und allein für die wenigen Anwesenden stattfand, machte es zu einem ganz besonderen Erlebnis.

»Das ist der Hammer«, flüsterte Emma ergriffen.

»Genießt den Anblick«, unterbrach Robert die Gedanken seiner Freunde. »Ich muss kurz in den Maschinenraum und die Motoren anwerfen, okay?« Er wartete eine Antwort erst gar nicht ab und verschwand in einem Anbau direkt neben der Achterbahn, während die anderen weiterhin nach oben starrten und die Eindrücke in sich aufsaugten. So etwas bekam man schließlich nicht alle Tage geboten.

Es dauerte nicht lange und das Brummen eines gewaltigen Motors war zu hören. Wenige Augenblicke später war Robert wieder bei seinen Freunden und rieb sich die Hände, als hätte er gerade Schwerstarbeit geleistet. »Hier wird ein System von Hydraulikmotoren verwendet, die das Stahlseil antreiben. Dadurch erreichen die Waggonschlangen in weniger als fünf Sekunden eine Geschwindigkeit von über zweihundertvierzig Stundenkilometern. Macht euch also auf was gefasst.«

»Wir sind alle schon mal damit gefahren, du Pfeife«, bemerkte Lennart.

»Aber nicht in tiefster Nacht, mein Lieber«, grinste Robert. »Du wirst sehen, dass es dich umhaut, wenn du durch die Dunkelheit rast und nicht siehst, was als Nächstes kommt. Das ist wie ein Orgasmus.«

»Woher willst du denn wissen, wie sich ein Orgasmus anfühlt?«, frotzelte Laura und warf Alexander dabei einen verführerischen Blick zu.

»Ich kenne das Gefühl, Laura. Das kannst du mir glauben«, antwortete Robert mit hochgezogenen Augenbrauen und deutete dann auf die Wagen, die im Eingangsbereich bereitstanden. »Nur zu, meine Damen und Herren. Heute gibt es ausnahmsweise keine Wartezeit.«

Laura sah ein zweites Mal zu Alexander und zwinkerte wieder. *Lass uns von hier abhauen*, versuchte sie ihm mitzuteilen.

Alexander nickte mit einem Grinsen auf den Lippen. Der ›Ritt‹ auf Laura würde um einiges besser werden als eine Achterbahnfahrt im Dunkeln.

23:53 Uhr – Die Slashers

Emil sah Evelyns Angriff lediglich aus den Augenwinkeln, was zur Folge hatte, dass er nicht mehr rechtzeitig den Arm heben konnte, um die Attacke abzuwehren. Zusammen mit dem Mädchen fiel er zu Boden. Evelyn begann hysterisch zu kreischen und schlug wie eine Furie auf Emil ein. Sie schien plötzlich ein paar Kilo schwerer zu sein, denn sie drückte ihn mit ihrem Körper so fest auf den Boden, dass er zunächst keine Möglichkeit hatte, sich zu befreien. Unterbewusst hörte er Paul in seiner Nähe laut aufschreien und fluchen, konnte aber nicht erkennen, was dort geschah.

»Ich bin der Weg!«, schrie Evelyn. »Eine Frau, die leidet, hat vor der Hölle nichts zu befürchten.«

»Was soll das, Evelyn?« Emil schaffte es, seinen Arm zu befreien, und gab dem Mädchen eine schallende Ohrfeige. Der Schlag war so heftig, dass sie hintenüberkippte und gegen einen Stapel Holzbretter knallte. »Meine Augen hatten sich schon an die Dunkelheit gewöhnt und dann sah ich wieder das Licht«, knurrte sie dabei.

»Fuck! Hör auf, aus *Hellraiser* zu zitieren«, brüllte Emil und sah sich nach Paul um, der mit einer dunklen Gestalt kämpfte und dabei besorgniserregende Geräusche ausstieß. »Wir haben keine Zeit für diesen Mist …!« Evelyn schlug ihm die weiteren Worte förmlich von den Lippen. »Das Leid! Das süß-schreckliche Leid!« Sie holte erneut aus und versetzte ihm einen derben Kinnhaken, der ihn fast ohnmächtig werden ließ. Emil taumelte zurück, stieß gegen Paul und dessen unbekannten Widersacher und brachte beide zu Fall.

Michelle stand ein paar Meter abseits und machte keinerlei Anstalten, einem der beiden Jungs zu helfen. Die Ereignisse überforderten sie.

Paul rappelte sich sofort wieder auf und schubste seinen Gegner in Evelyns Richtung. Emil stellte der Gestalt reflexartig ein Bein, sodass diese zusammen mit Evelyn umfiel.

»Weg hier«, forderte Paul seinen Freund auf. »Evelyn hat's auch erwischt.«

»Was hat sie erwischt?«, meldete sich Michelle zu Wort.

»Vollkommen egal. Kommt schon.«

Die drei rannten davon, ohne sich noch einmal umzudrehen, und hielten erst wieder inne, als sie den spektakulären See erreichten. Sie waren vollkommen außer Atem und versteckten sich hinter einem Stromkasten, um sich kurz auszuruhen. Mit geschlossenen Augen lauschten sie dem Stöhnen und Knurren der fremdartigen Kreaturen, zu denen nun auch noch Evelyn gehörte.

23:57 Uhr – Die Maniacs

Das Rattern der Schleppvorrichtung unter ihrem Waggon klang ungewöhnlich laut.

Klack, klack, klack …

Wahrscheinlich wurde dieser Eindruck dadurch hervorgerufen, dass die Fahrt zum einen mitten in der Nacht stattfand und zum anderen illegal war. Je höher sie kamen, desto kühler wurde die Luft, was Susi aber als angenehm empfand.

»Das ist Kindheit für mich«, murmelte sie mehr zu sich selbst als zu Emma, die neben ihr saß.

Im Wagen vor ihnen hatten es sich Alina und Lennart bequem gemacht und hinter ihnen saßen Felix und Luka. Laura und Alexander waren plötzlich verschwunden gewesen, aber keiner verlor ein Wort über die beiden. Jedem war klar, was sie vorhatten.

Susi sah auf den unter ihr in der Dunkelheit liegenden Park und spürte dabei das Vibrieren der Räder unter ihren Füßen. Das Rattern der Schleppvorrichtung wurde zunächst ein wenig lauter, bevor es am höchsten Punkt der Bahn fast gänzlich verstummte und Susi der Illusion erlag, sie würde auf Wolken schweben. Sie genoss diesen kurzen Augenblick der Stille, in dem die Zeit stillzustehen und sämtliche Probleme des Lebens nicht länger relevant zu sein schienen. Diese Sekunden, die einem weitaus länger vorkamen, als eine Minute im realen Leben, in denen man so intensiv spürte, dass man am Leben war, dass es fast schon wehtat. *Die Ruhe vor dem Sturm. Bedroht von bevorstehender Unruhe, bin ich in diesem Augenblick mit mir im Reinen und ruhe in mir selbst. Ich bin der König der Welt,* erklang DiCaprios Stimme in ihren Gedanken, bevor sich die Wagenschlange in den Abgrund stürzte.

Susi vernahm lautes Kreischen aus den beiden anderen Waggons und lächelte. Dieser Adrenalinkick war eine Art Freiheit, die man wenigstens einmal im Leben erfahren sollte.

Der Sturz ins Leere endete abrupt und die Wagenschlange büßte in einer ausladenden Steilkurve einen Bruchteil der hohen Geschwindigkeit ein, bevor es wieder nach oben ging. Alina und Lennart im Wagen vor ihr streckten die Arme mit lautem Gebrüll nach oben und warfen die Köpfe in den Nacken, um einen lauten Schrei voller Angst und Glück auszustoßen.

Susi sah kurz in Emmas Richtung, die sich verbissen am Sicherheitsbügel festklammerte und keinen Laut von sich gab. Robert hatte recht gehabt, als er davon sprach, dass eine Fahrt mit der *Dragon Attack* durch die Dunkelheit eine vollkommen andere Erfahrung war als bei Tageslicht. Die abrupten Richtungswechsel waren so nämlich nicht mehr vorherzusehen, sodass die psychische Belastung für die Passagiere weitaus größer war als am Tag. Emma hatte die Augen geschlossen, schrie jetzt panisch und wartete nur darauf, dass die Fahrt endlich zu Ende war. Susi wollte sich gerade wieder von dem Mädchen abwenden, als sie einen gelblich schimmernden Nebel bemerkte, durch den die Waggonschlange rauschte.

Emma verstummte für einen Sekundenbruchteil, bevor sie erneut loskreischte, als wäre nichts geschehen. Das Ganze dauerte nicht mehr als zwei Sekunden und Susi vergaß den Vorfall genau in dem Moment, als der Wagen eine extreme Steilkurve passierte und sie mit unglaublicher Wucht in ihren Sitz gedrückt wurde, bevor er sie und ihre Freunde ein weiteres Mal in die Tiefe riss.

Kurz darauf wurde die Fahrt sanft durch magnetische Wirbelstrombremsen gestoppt. Die Wagen hatten den Ausgangspunkt erreicht und die Passagiere konnte nach der mehrminütigen Fahrt erleichtert aufatmen.

»Was für ein geiler Ritt«, schwärmte Lennart sofort. »Im Dunkeln ist das echt der Hammer. Du kannst nicht sehen, wohin du fährst. Einfach genial.«

»Ja, das hatte was«, stimmte ihm Alina zu, die den Sicherheitsbügel nach oben klappte und sich eine Zigarette anzündete, bevor sie den Wagen ganz verließ.

»Alles in Ordnung mit dir, Emma?« Susi beugte sich besorgt zu ihrer Sitznachbarin und betrachtete ihr Gesicht.

»Mir geht's gut, danke«, antwortete das Mädchen.

»Hast du den Nebel während der Fahrt auch bemerkt?«

»Nebel? Welchen Nebel?« Emma schüttelte den Kopf. »Ich hatte die meiste Zeit meine Augen geschlossen. Ich meine, ich habe keine Angst vor Achterbahnfahrten, aber in der Dunkelheit … das ist echt nichts für mich.«

»Mir ging es ähnlich«, stimmte Susi zu und warf einen letzten, argwöhnischen Blick auf Emma.

Irgendetwas an ihr hat sich verändert, seit sie mit diesem gelben Nebel in Berührung gekommen ist. Ich bin nur noch nicht sicher, was genau es ist.

»Und?«, erklang Roberts Stimme hinter ihren Rücken. »Wie war's? Sagt schon, hat es sich gelohnt?«

»Es war einfach nur geil.« Luka zeigte Robert grinsend den erhobenen Daumen.

»Ich hatte Angst«, gab Emma zu. »Wenn man nicht sieht, wohin man fährt …«

»Die Chancen stehen eins zu zweihundertfünfzig Millionen, dass du in der Achterbahn draufgehst«, gab Lennart ein Zitat zum Besten.

»*Final Destination 3*«, antwortete Alina und inhalierte tief den Rauch der Zigarette.

»Du bist echt gut«, erwiderte Lennart beeindruckt. »Wir sollten mehr Zeit miteinander verbringen.«

»Fick dich!«

»Schon gut, Alina-Schätzchen. Ich dachte eher an Filmabende und nicht …«

»Was machen wir jetzt?«, unterbrach Felix das Gezanke.

»Wir fahren noch mal«, schlug Luka vor.

»Ach, das ist doch langweilig. Lasst uns lieber zur Geisterbahn gehen.« Emma sah erst zu Susi, dann zu Robert.

»Ihr könnt doch später noch mal das Höllenteil fahren. Ich würde gern ins *Scary Monsters* …«

»Ihr könnt machen, was ihr wollt.« Robert hob die Schultern. »Der Park gehört uns.«

»Dann schalte aber alles hier aus. Die Lichter sind verdammt hell. Die Leute werden es bemerken, wenn es zu viel wird«, meinte Susi.

»Wird wohl besser sein«, stimmte Robert zu, betätigte den Hauptschalter der Lichtanlage und verschwand ohne ein weiteres Wort im Maschinenraum.

Geburtstagssex

23:59 Uhr – Die Maniacs

»Eigentlich sollte Robert an meiner Stelle sein«, flüsterte Alexander und hauchte Laura einen Kuss auf die Wange.

»Wie meinst du das?«

»Na ja, schließlich hat er dieses ganze Theater nur deinetwegen veranstaltet. Hast du nicht mitgekriegt, dass es eigentlich dein Geburtstagsgeschenk sein soll?«

Laura warf einen Blick auf ihre Uhr. »Noch eine Minute«, gab sie zur Antwort, ohne auf das Thema ›Robert‹ zu reagieren.

»Alles Gute«, flüsterte Alexander. »Bald bist du eine erwachsene Frau.«

»Ich werde doch erst nächstes Jahr volljährig.«

»Scheiß auf das, was auf dem Papier steht. Baby, du bist erwachsen.« Alexander lächelte. »Ich meine, schau dir doch nur mal deine Brüste an.«

»Habt ihr Jungs eigentlich nichts anderes im Kopf?« Sie blieb stehen und sah ihm ernst in die Augen. Der Mond spiegelte sich in seinen Pupillen und Laura kam sich plötzlich wie in einer Liebesschnulze vor.

Die Brücken am Fluss, P.S. - Ich liebe dich, Pretty Woman, Casablanca, Dirty Dancing, Fifty Shades of …

»Natürlich habe ich auch andere Dinge im Kopf, die dich betreffen«, unterbrach Alexander ihren gedanklichen Ausflug in die Welt der kitschigen, aber auch schönen Liebesfilme. »Ich mag zum Beispiel, wenn du lächelst. Da glitzern deine Augen irgendwie.«

Laura legte beide Arme auf Alexanders Schultern. »Das hast du aber schön gesagt.«

»Du bist eben schön. Lass uns weitergehen, bevor die anderen merken, dass wir abgehauen sind und nach uns suchen.«

Laura nickte. »Alles klar«, flüsterte sie und versank in seinen Augen.

Es ist wirklich wie in einer dieser Liebesschnulzen. Ich bin total verrückt nach ihm.

Sie ließen die *Dragon Attack* hinter sich und gingen in Richtung Osten. Nach einer Weile passierten sie eine Ansammlung von Essensbuden, bevor sie das *Gravity Insane* erreichten. Es handelte sich dabei um ein spektakuläres Fahrgeschäft, bei dem die Passagiere in Gondeln auf einer in fünfundzwanzig Metern Höhe rotierenden Scheibe herumgewirbelt wurden. Durch die extrem hohe Beschleunigung von mehr als hundert Stundenkilometern bekam man das Gefühl, die Erdanziehungskraft nicht mehr zu spüren.

Dicht daneben lag das *Ghost Wheel,* ein Fahrgeschäft, das selbst bei Hartgesottenen Übelkeit verursachte. Diese Attraktion war exklusiv im *Modro* zu finden. Auf einer sich drehenden Plattform waren jeweils fünf Gondeln an Sockeln mit Greifarmen angebracht, die sich während der Fahrt nicht nur um die eigene Achse drehten, sondern sich zudem auf den Kopf stellten, was dem Begriff ›Schwindel‹ eine völlig neue Bedeutung verlieh.

»Lass uns zur Geisterbahn gehen«, schlug Laura vor. »Da haben wir unsere Ruhe. Die anderen werden uns nicht so schnell finden, selbst wenn sie nach uns suchen.«

»Coole Idee. Da können wir es uns bequem machen und werden nicht gestört.«

»So hatte ich mir das vorgestellt«, gurrte Laura. Auch wenn sie sich vorher nicht wirklich sicher gewesen war, ob sie mit Alexander schlafen wollte, jetzt war sie es. Er sollte es sein, der sie an ihrem Geburtstag endlich entjungferte.

Eine Stunde zuvor

22:59 Uhr

Verband zur Erforschung außerirdischer Intelligenz e.V., Buchstedt

Silvia Vogt legte den Telefonhörer zurück auf die Gabel und starrte eine Zeit lang schweigend vor sich hin. Erst dann wandte sie sich Andrea Bieber zu, die nervös darauf wartete, was sie zu sagen hatte.

»Eine Armada von Raumschiffen steuert direkt auf Buchstedt zu. Es besteht kein Zweifel, dass sie innerhalb der nächsten Stunde eintreffen werden. Etwa um Mitternacht dürften die meisten der Schiffe landen.«

»Und das ist ganz sicher?« Bieber merkte, wie ihr vor Aufregung das Blut in den Kopf stieg.

»Ganz sicher«, bestätigte Vogt. »Deswegen funktionieren auch die Handynetze nicht mehr.«

»Aber wieso haben sie erst jetzt bemerkt, dass sie kommen? Wieso nicht bereits vor Tagen?«

Silvia Vogt hob die Schultern. »Darauf haben sie selbst keine Antwort. Sie gehen davon aus, dass die Aliens einen Schutzschirm um ihre Schiffe aktiviert haben, der unsere Ortungssysteme täuscht. Was weiß denn ich …« Ihre Stimme klang ängstlich und an ihren zitternden Händen konnte man deutlich erkennen, dass sie mit der Situation überfordert war.

»Wir haben den Impfstoff aber noch nicht fertig«, rief Bieber.

»Wenn es stimmt, was Focke-Schwarz mir gerade offenbart hat, dann handelt es sich bei der kommenden Invasion um mehr als zwanzig Schiffe. So viele waren es noch nie. Nirgends auf der ganzen Welt.«

»Oh, mein Gott!«

»Auch der wird uns nicht mehr helfen können.«

»Wo werden sie landen?«

Vogt rieb sich die Augen. »Sie wissen es nicht hundertprozentig, aber sie gehen davon aus, dass einige von ihnen mit hoher Wahrscheinlichkeit nicht weit von der Stadt entfernt einschlagen.«

»Es ist Nacht. Die Menschen werden im Schlaf überrascht und den Aliens hilflos ausgeliefert sein.«

Silvia Vogt nickte mit ernster Miene. »Wir müssen die Leute irgendwie warnen.«

»Wir sollten die Polizei rufen. Oder die Feuerwehr, die Bundeswehr … und das Technische Hilfswerk«, schlug Bieber vor.

»Das machen wir. Ich hoffe, es nützt was«, murmelte Vogt. »Der außerirdische Staub wird Buchstedt überrennen wie eine apokalyptische Sintflut.«

Andrea Bieber erhob sich mit zitternden Knien und hielt sich am Schreibtisch fest. »Wieso kommen sie denn so plötzlich? Hieß es nicht erst, es würde noch eine Weile dauern, bis es soweit ist? Wieso …«

»Die Frage nach dem Warum bringt uns nicht weiter«, unterbrach Vogt. »Wir müssen irgendetwas tun, damit die Bevölkerung von Buchstedt nicht vollständig infiziert wird.«

»Aber was? Solange wir den Impfstoff noch nicht haben, sind wir machtlos.«

»Wir sind so gut wie fertig damit«, überlegte Vogt. »Wenn wir die Bevölkerung zwei bis drei Tage irgendwie in Sicherheit bringen könnten, bekämen wir das Problem vielleicht unter Kontrolle.«

»Aber wie?«

»Alkohol.«

»Alkohol? Du meinst die Leute sollen …«

»… sich betrinken. Genau das meine ich, Bibbi.«

»Aber das ist …«

»… unsere einzige Hoffnung, die Lage noch unter Kontrolle zu bringen. In ein paar Tagen ist der Impfstoff fertig und wir können ihn in großen Mengen produzieren, um der ganzen Welt zu helfen. Bis dahin …«

»… machen wir die Menschheit zu Alkoholikern«, beendete Bieber dieses Mal den Satz. »Was für eine bizarre Vorstellung.«

00:00 Uhr – Die Slashers

»Ob Stitch noch lebt?« Pauls Stimme klang wie die eines kleinen ängstlichen Jungen, der soeben aus einem schrecklichen Albtraum erwacht war.

»Sie ist tough, Alter. Die kriegt das hin.« Emil rutschte unruhig auf seinem Hintern hin und her. Das einzige Geräusch um sie herum war das leise Plätschern des Sees, der aus einem riesigen, von den Erbauern des *Scary Monsters* mit Wasser gefüllten Becken bestand.

Crystal Lake wurde das Gewässer von den Gästen des Freizeitparks genannt. In Wahrheit hieß der See einfach nur Blutsee, aber das interessierte keinen. *Crystal Lake* war zum einen viel klangvoller und man assoziierte damit unweigerlich den Killer mit der Hockeymaske, Jason Voorhees, aus der erfolgreichen Filmreihe um *Freitag, der 13.*

»Kann mir einer von euch erklären, was hier passiert?«, unterbrach Paul nach einer Weile das Schweigen.

»Eine Zombie-Invasion?«, vermutete Emil.

»Ich meine das ernst, Pfeife.«

»Ich doch auch, Blödmann. Was soll es denn sonst sein? Hast du Jennifer gesehen? Das war so krass, Mann. Vielleicht ist in der Nähe irgendein giftiger biologischer Kampfstoff ausgetreten und hat einige Menschen in tollwütige Zombies verwandelt. So wie in *Crazies* oder *Cabin Fever*. Was weiß denn ich?«

»Aber so was gibt es doch nur in Filmen. Das kann keine Realität sein.«

»Biologische Kampfstoffe gibt es sehr wohl. Die reden in den Nachrichten permanent von solchen Bedrohungen. Denkt doch mal an Syrien!«

»Fuck!«

»Und was machen wir nun?«, meldete sich Michelle zu Wort.

»Wir warten auf Stitch.«

»Und was ist, wenn sie es nicht schafft?«

»Sie schafft das«, beharrte Paul. »Und jetzt sei still. Wir warten, okay?«

Dann lauschten sie wieder dem Plätschern des *Crystal Lake*.

00:00 Uhr – Die Maniacs

»Bist du sauer auf Alexander?« Susis Stimme klang weit entfernt. Seit Robert bemerkt hatte, dass Alexander und Laura sich von der Gruppe entfernt und aus dem Staub gemacht hatten, kreisten seine Gedanken nur noch um die beiden.

»Wieso sollte ich?«, gab er brummend zur Antwort.

»Weil du Laura magst und diese Nacht eigentlich mit ihr verbringen wolltest. Und jetzt ist Alexander mit ihr unterwegs.«

»Wer sagt, dass ich sie mag?«

»Du hast es selbst gesagt!« Susi packte ihn am Oberarm und hielt ihn zurück. »Du kannst eine Frau nicht zwingen, dich zu lieben.«

»Ich weiß«, flüsterte er und Susi meinte, im Mondschein das Schimmern von Tränen in seinen Augenwinkeln zu sehen.

»Gib ihr Zeit«, riet sie ihm. »Frauen wollen erobert werden. Alexander macht es sich einfach, indem er den Weg über Sex geht. Doch wenn du schlau bist, eroberst du Laura auf andere Weise.«

»Aber wenn sie mich nicht will?«

Sie ließen das *Gravity Insane* und das *Ghost Wheel* hinter sich, ohne sich bewusst zu sein, dass Laura und Alexander vor wenigen Augenblicken dieselbe Strecke gegangen waren.

»Sie wird irgendwann spüren, dass du es ernst meinst.« Susi schlug Robert freundschaftlich auf die Schulter und wandte sich dann wieder Emma zu, die teilnahmslos hinter ihnen her trabte und den Eindruck machte, als wäre sie nicht ganz bei sich. Ihre Augen wirkten für die anderen schläfrig und sämtliche ihrer Bewegungen sahen aus wie bei einer Marionette.

»Ist wirklich alles in Ordnung mit dir?«, erkundigte sich Susi nochmals.

»Alles klar, Susi. Danke. Ich bin nur irgendwie erschöpft. Die Achterbahnfahrt hat mich wohl doch ziemlich mitgenommen.«

Susi gab keine Antwort darauf und die Gruppe legte den Weg bis zum *Scary Monsters* schweigend zurück. Eine gedrückte Atmosphäre senkte sich plötzlich über ihre Gemeinschaft, die mit dem Verschwinden von Laura und Alexander ihren Anfang genommen hatte. Keiner der anderen hatte bisher die Veränderung an Emma bemerkt, jeder dachte, die Affäre von Laura und Alexander und die damit verbundene schlechte Laune von Robert wären der Grund für die Stimmungsschwankung.

»Da vorn ist es«, bemerkte Felix unnötigerweise und deutete auf die dunkle Silhouette des *Scary Monsters*.

Die Außenaufbauten an der Front des Gebäudes waren nicht in Bewegung, wie es sonst am Tag der Fall war. Unterschiedlich modellierte Totenschädel und grauenerregende Zombiefratzen verzierten die Vorderseite des Fahrgeschäfts, wo in riesigen Lettern, die normalerweise ab dem Einsetzen der Dämmerung grell beleuchtet waren, ›*Scary Monsters*‹ stand. Skelette hingen an beiden Seiten von Galgenaufbauten herab und baumelten in der leichten Brise.

»Ich schalte nur den Innenbereich ein, okay?«, schlug Robert vor.

»Klar. Draußen interessiert es eh keinen«, stimmte Luka zu.

»Mann, das wird klasse.« Felix klatschte erwartungsvoll seine Handflächen zusammen.

»Okay, dann wartet kurz.« Robert verschwand hinter einem Aufbau, der sich direkt neben dem Kassenhäuschen befand, und kehrte wenige Augenblicke später zurück. Die Gebäudefront blieb im Dunkeln, während eine Lichterkette über dem Eingangsbereich flackernd anging. »Es kann losgehen. Ich habe das Ding auf Automatik gestellt, kann also selbst mitfahren. Was soll schon passieren? Ich springe einfach in einen der letzten Waggons und los geht's.«

»Coole Sache«, murmelte Felix, als die ersten Waggons aus dem Inneren der Geisterbahn fuhren und mit einem leichten Ruck im Einstiegsbereich anhielten.

»Denkt dran, es läuft auf Automatik«, erinnerte Robert. »Die Wagen stehen etwa eine Minute bereit, bevor sie die Fahrt beginnen. Also beeilt euch.«

»Wuuhuuu!«, schrie Luka und setzte sich zusammen mit Felix in den vorderen Wagen.

»Furcht ist der Pfad zur dunklen Seite.«

»Die Fahrt des Schreckens begonnen hat«, imitierte Luka den Yedi-Meister Yoda aus *Star Wars* und beobachtete, wie Susi und Emma in den Wagen hinter ihnen kletterten, während Alina, Lennart und Robert im hintersten Waggon Platz nahmen. Sekunden später setzten sich die Gondeln in Bewegung und fuhren auf das dunkle Tor zu, das sie ins Innere von *Scary Monsters* bringen würde.

***

»*Happy birthday to you …*«, säuselte Alexander Laura ins Ohr, während sie sich im Eingangsbereich der Geisterbahn hinter einem schwarzen Vorhang niederließen. »Alles Gute zum Geburtstag, schöne Frau.«

Laura grinste. »Du nennst mich schöne Frau? Bin ich für dich tatsächlich eine begehrenswerte Frau, oder willst du einfach nur ficken?«

»Ich möchte mit dir schlafen«, flüsterte Alexander und knabberte an ihrem Ohrläppchen. »Liebe machen«, setzte er noch hinzu.

»Hört sich gut an«, murmelte Laura, während sie sich seinen Liebesbemühungen hingab. Sie überlegte, ob sie Alexander beichten sollte, dass es ihr erstes Mal war.

Würde er sich dann anders verhalten? Oder hätte er dann auch Angst wie ich, dass es nicht so wird, wie in unserer Vorstellung?

»Alles okay bei dir?«, unterbrach er ihre Gedanken.

»Klar. Mach weiter. Hier … streichle meine Brüste.« Sie hob das Shirt und entblößte sich. Alexander stöhnte leise auf, als er über ihre weiche Haut strich und dann sein Gesicht sanft zwischen ihre Brüste drückte. Seine Hände fummelten an seinem Gürtel herum, während er mit der Zunge über ihre Brustwarzen fuhr und dabei laut ein- und ausatmete.

»Fühlt sich gut an«, flüsterte Laura und genoss die Aufmerksamkeit, die ihr widerfuhr. »Fühlt sich verdammt gut an.«

Sie beugte sich nach vorn und half Alexander beim Öffnen seiner Hose. Als sie sein erigiertes Glied umfasste, presste Alexander einen leisen Zischlaut zwischen seinen Lippen hervor und Laura dachte im ersten Moment, die ganze Sache wäre bereits gelaufen. Aber der Junge lehnte sich unbeholfen zur Seite, damit sie ihn besser zwischen seinen Beinen berühren konnte, und beschäftigte sich dann weiter mit ihren Brüsten. Sein Schwanz pulsierte in ihrer Hand und er drängte sich gegen ihren Körper, konnte es nicht mehr erwarten, in sie einzudringen.

»Tu mir nicht weh«, wisperte sie, in der Hoffnung, er würde verstehen, warum sie das sagte.

»Keine Sorge«, nuschelte er. »Ich pass schon auf …«

Er stellte sich geschickter an, als sie vermutet hatte. Sie hingegen reckte ihm unbeholfen ihren Unterkörper entgegen und wartete darauf, dass er sie penetrierte. Als es soweit war, fühlte es sich an, als würde Alexander versuchen, ihr einen Boxerhandschuh reinzustecken.

Das passt doch gar nicht. Sein Ding ist viel zu groß.

Alexander nahm seine Hand zu Hilfe und drückte dabei fest gegen ihre Schamlippen, sodass sich Laura instinktiv von ihm weg lehnte.

»Was ist?«, stöhnte Alexander.

»Nichts, nichts. Es ist nur … nichts. Mach einfach weiter, ich kann es kaum erwarten, dich endlich in mir zu spüren.«

»Okay, gut.«

Ob ich danach anders aussehe? Ob man mir anmerkt, dass ich Sex hatte?

Endlich gelang es Alexander, seinen durch die bis dahin erfolglosen Bemühungen mittlerweile nicht mehr ganz so steifen Penis in sie hineinzupressen. Es tat furchtbar weh und Laura zuckte im ersten Moment zurück, bis sie sich klarmachte, dass es nun schlichtweg zu spät war, einen Rückzieher zu machen und sie es hinter sich bringen musste.

Ich habe es mir doch die ganze Zeit so sehr gewünscht. Und jetzt? Es tut einfach nur weh und ist vollkommen unspektakulär. Das soll der Sex sein, von dem alle immer sprechen?, dachte Laura, während Alexander sich in ihr bewegte. *Spaß hat bei dieser Sache anscheinend nur der Mann…*

Im selben Moment, als Alexander nach nur wenigen Augenblicken mit einem lauten Grunzen vorzeitig ejakulierte und sich so heftig auf ihren Bauch fallen ließ, dass Laura für einen Moment die Luft wegblieb, erwachte das *Scary Monsters* zum Leben.

00:04 Uhr – Die Slashers

»Hier in der Gegend erzählt man sich die Legende von einem Killer, der begraben wurde, aber nicht tot ist. Ein

Fluch liegt über Crystal Lake. Ein tödlicher Fluch«, rezitierte Paul zum wiederholten Mal einen Monolog aus *Freitag, der 13.*

»Wie spät ist es?« Michelle kaute an ihren Fingernägeln, seit sie den See erreicht hatten. Wie Emil ignorierte auch sie Pauls Versuche, die Situation durch weiteres Zitate-Raten zu entschärfen.

»Kurz nach Mitternacht«, antwortete Paul nach einem Blick auf seine Uhr.

»Wo bleibt Stitch nur?«

»Es gibt keinen Grund, sich Sorgen um sie zu machen. Vermutlich raucht sie erst mal einen Sticky, du kennst sie doch«, versuchte Emil sie zu beruhigen.

»Man hört aber gar nichts.«

»Was erwartest du? Wir sind ziemlich weit weg von der Stelle, an der sich …«

»… Evelyn in ein Monster verwandelt hat, meinst du?«

»So in etwa.«

Paul hob die Hand und bedeutete ihnen, leise zu sein. »Ich habe was gehört. Ruhe!«

Die drei Jugendlichen hielten den Atem an und lauschten. Tatsächlich, da waren Schritte. Jemand kam in ihre Richtung.

»Stitch?«, flüsterte Paul. »Bist du das?«

»Seid still, verdammt«, kam die Antwort aus unmittelbarer Nähe. »Ich bin's, ja. Aber hier drin ist noch jemand.«

»Jennifer und Eve…«

»Andere«, unterbrach Stitch. »Jenny und Evelyn sind tot, die machen keinen Mucks mehr.«

Die Punkerin erreichte ihre Freunde und blieb schwer atmend stehen. Ihr Gesicht war vollkommen blutüberströmt, ebenso wie der Großteil ihrer Kleidung. Von der

Eisenstange, die sie in ihren zitternden Händen hielt, tropfte noch immer Blut. Sie sah aus, als wäre sie *Braindead* von Peter Jackson entstiegen.

»Sie sind tot?« Michelle unterdrückte ein Schluchzen und sah zu Emil, der bewegungslos auf Stitch starrte. »Auch Evelyn?«

»Auch Evelyn«, bestätigte Stitch. »Sie war nicht mehr sie selbst, schon vergessen? Aber ich habe Geräusche im Eingangsbereich gehört und …«

Dicht hinter ihnen sprang eine Wasserpumpe an. Kurz danach richtete sich eine gigantische Gestalt hinter einer Bretterwand auf und stieß ein langgezogenes Heulen aus.

»Jemand hat die Bahn angestellt«, bemerkte Paul überflüssigerweise und zuckte ängstlich zusammen, als nur wenige Meter neben ihm eine Gestalt aus der Dämmerung auf ihn zu flatterte, kurz vor ihm innehielt und dann wieder verschwand.

»Was zum Teufel soll das? Sind das die *Maniacs*, die uns hier verarschen wollen?«

Blaulichtlampen gingen flackernd an und tauchten die Umgebung in ein unwirkliches Licht, das die Anwesenden im ersten Moment blendete.

»Kommt«, forderte Stitch ihre Freunde auf und lief am Ufer des *Crystal Lake* entlang in den hinteren Teil der Geisterbahn.

»Vielleicht hat ein Mitarbeiter etwas vergessen«, mutmaßte Emil.

»Oder Evelyn und Jenny waren nicht die einzigen Menschen, die sich in reißerische Bestien verwandelt haben.« Michelles Stimme klang angstvoll.

»Du hast zu viele Filme gesehen«, wehrte Emil ihre Befürchtung ab, obwohl er genau wusste, dass um sie herum seltsame Dinge passierten.

»Wohin willst du?«, erkundigte sich Paul, der sich dicht hinter Stitch befand. Sie führte die Gruppe anstatt in Richtung Ausgang tiefer in die Bahn hinein. »Sollten wir nicht eher versuchen, aus diesem Gebäude zu verschwinden?«

»Am besten wird es sein, wenn wir uns erst einmal verstecken«, keuchte Stitch. »Wir haben keine Ahnung, womit wir es zu tun haben.«

»Es war auf jeden Fall eine Scheißidee, sich hier mitten in der Nacht reinzuschleichen«, keuchte Michelle.

»Jetzt ist es zu spät, sich darüber Gedanken zu machen«, flüsterte Stitch, ohne sich umzudrehen. »Die höchste Priorität ist, das hier zu überleben.«

»Wieso sagst du das?«

»Weil es die Wahrheit ist. Wir sind von verdammten Zombies angegriffen worden, die bis vor Kurzem noch normale Menschen gewesen sind. Deswegen sage ich das.« Stitchs Stimme klang wütend und unbeherrscht. »Also halte die Klappe und komm mit. Wer weiß, was noch alles auf uns zukommt …«

Im Hintergrund konnte man das Geräusch einer fahrenden Waggonschlange hören.

»Scheiße«, schimpfte Paul. »Die haben echt die komplette Bahn wieder in Betrieb genommen. Mitten in der Nacht …« Er konnte den Satz nicht zu Ende sprechen, da ein bedrohliches Donnern durch die Luft grollte und den Boden unter ihren Füßen erbeben ließ. Ein unangenehmes Kreischen dröhnte in ihren Ohren, gefolgt von einem erneuten Krachen.

»Was ist denn schon wieder?«, schrie Michelle und stolperte, als ein weiterer Donnerschlag den Boden erschütterte und dabei ein paar der Figuren und Aufbauten der Geisterbahn zum Einsturz brachte. Die nächste Erschütterung warf auch Stitch, Paul und Emil zu Boden. Wie bei einem Erdbeben schwankte der komplette Untergrund für Sekunden. Begleitet wurde das Ganze von einem unheimlichen Knacken.

Und dann herrschte unheimliche Stille.

Welcome to the Danger Zone

00:05 Uhr – Die Maniacs

»Was war das?« Laura drehte sich nach links und starrte auf die mit Schwarzlicht angestrahlte Eingangstür der Geisterbahn.

»Was meinst du? Ähm, ich bin gekommen«, flüsterte Alexander und stütze sich seitlich von Laura ab, um ebenfalls zu dem zum Leben erwachten Fahrgeschäft zu schauen.

»Das meinte ich nicht.«

»War ein Scherz«, murmelte Alexander und stand auf. Er verstaute seinen erschlafften Penis, zog seine Hose hoch und half Laura auf die Füße.

»Wer hat den Strom eingeschaltet?«

»Bestimmt sind Robert und die anderen schon da«, vermutete Alexander.

»Jetzt schon? Wollten sie nicht erst mit der Achterbahn fahren?«

»Das haben sie vermutlich bereits hinter sich. Wir haben ja auch noch ein wenig rumgemacht, bevor wir …«

»Bevor du …«, unterbrach Laura.

»Ist doch egal, oder? Lass uns von hier verschwinden, bevor uns die anderen finden.«

»Jetzt dürfen sie uns ruhig finden. Oder willst du dich etwa die ganze Nacht von ihnen absondern?«

»Nein, das nicht. Aber … was ist, wenn Robert uns in dieser Situation sieht?«

»Wie sieht?« Laura starrte Alexander eine Weile an, bevor sie weitersprach. »Was meinst du? Steht auf meiner Stirn etwa *Frisch gefickt*?«

»Nein, das nicht. Aber er wird sich denken können, was passiert ist.«

»Kann er doch. Ist mir vollkommen egal, Alexander. Ich steh nicht auf ihn, okay?«

Ein Waggon knallte die Schwingtür zur Seite und ratterte anschließend ins Innere des *Scary Monsters*. Laura sah zwar die Umrisse der Passagiere, konnte aber nicht erkennen, um wen es sich handelte. Sie ging wie Alexander einfach davon aus, dass es ihre Freunde waren. Wer sonst sollte sich mitten in der Nacht im *Moviedrome* aufhalten?

»Was hältst du davon, wenn wir uns rausschleichen und in einen der Waggons setzen? Wir könnten doch sagen, dass wir vorhin einfach keine Lust auf das *Dragon Attack* hatten und uns den Park bei Nacht angesehen haben.«

»Okay«, gab Laura teilnahmslos zur Antwort und fuhr sich durch die Haare. Als sie den ersten Schritt machte, fühlte es sich an, als steckte noch immer Alexanders Schwanz in ihr. Sie ächzte und wollte gerade eine abfällige Bemerkung über Sex machen, als eine Detonation den Boden erschütterte und sie von den Füßen fegte.

Ein dumpfes Wummern erfüllte die Luft und von der Decke krachten drei Figuren auf Laura, die hysterisch kreischte. Alexander hatte bei der ersten Erschütterung noch sein Gleichgewicht halten können, wurde aber durch das zweite Beben ebenfalls umgerissen und knallte dicht neben Laura auf den Boden.

»Was …?« Ein schriller Ton drohte ihre Trommelfelle platzen zu lassen. Das durchdringende Scheppern verebbte, um kurz danach in etwas abgeschwächter Form fortgesetzt zu werden.

Erneut polterten ein paar Figuren mitsamt ihrer Aufhängevorrichtungen von der Decke und begruben Laura und Alexander unter sich. Weit entfernt waren gedämpfte Schreie zu vernehmen, die sich mit dem unerklärlichen Kreischen zu einem Einheitsbrei vermischten. Es hörte sich an, als würde Metall mit unglaublicher Kraft verbogen werden.

Laura schubste die Pappmascheefiguren von sich herunter und richtete sich auf. Sie sah, wie die Waggonschlange, die gerade in die Geisterbahn eingefahren war, aus den Gleisen kippte. Die Passagiere wurden herausgeschleudert und segelten wie von ihren Seilen getrennte Marionetten durch die Luft.

»Raus hier!«, schrie Alexander und zerrte Laura auf die Beine.

Eine weitere Detonation ließ den Boden unter ihren Füßen erzittern und sie hatten Probleme, das Gleichgewicht nicht schon wieder zu verlieren. Laura erkannte Luka inmitten der entgleisten Waggons. Er sah sich verwundert um, als hätte er absolut keine Ahnung, wo er sich befand.

Hinter ihm kamen drei weitere Personen zum Vorschein, die sich ächzend aus den ineinander verkeilten Wagen erhoben und verdattert übers Gesicht wischten oder umschauten.

»Laura? Bist du das?«, vernahm sie Roberts Stimme.

»Wir sind hier«, rief sie zurück.

Ein unheimliches Heulen drang an ihre Ohren. Dann herrschte einige Sekunden lang absolute Stille, die ihnen einen Schauer über den Rücken jagte.

00:12 Uhr

Verband zur Erforschung außerirdischer Intelligenz e.V., Buchstedt

»Sie sind aufgeschlagen«, berichtete Focke-Schwarz und legte den Telefonhörer zurück auf die Gabel. Sie starrte auf ihr Smartphone, das seit über einer Stunde nicht mehr funktionierte. Das Gesicht der GSAET-Geschäftsführerin war kreidebleich. Sie war etwa fünfzehn Minuten zuvor im Institut eingetroffen, um mit der Wissenschaftlerin über einen möglichen Ausweg zu sprechen. »Sämtliche Handynetze sind tot …«

»Wo sind sie gelandet?«, war die einzige Frage, die Silvia Vogt interessierte.

»Wie es vorausgesagt wurde«, murmelte Focke-Schwarz. »Bis jetzt wurden zwei Schiffe im Zentrum der Stadt gesichtet, dazu kommt eines außerhalb und vier sind direkt im *Moviedrome* niedergegangen.«

»Im Freizeitpark?«, fragte Andrea Bieber unnötigerweise.

»Das ist ja fast so etwas wie ein Glücksfall«, murmelte Vogt. »Der Park hat geschlossen. Wir könnten unter Umständen dafür sorgen, dass sich der außerirdische Staub von dort aus nicht ausbreitet.«

»Und was ist mit den Schiffen, die in der Stadt gelandet sind?«, gab Focke-Schwarz zu bedenken.

»Alkohol«, antwortete Vogt mit einem verhaltenen Grinsen auf den Lippen. »Koordinieren Sie die Einsatzkräfte. Sie sollen jeden Haushalt aufsuchen und die Leute mit Alkohol versorgen.«

»Ein Prosit auf die Alien-Invasion«, murmelte Bieber.

»Das ist nicht witzig«, rief Focke-Schwarz zur Räson.

»Ich weiß selbst, dass das nicht witzig ist«, entgegnete Bieber gereizt. »Aber Sie können der Situation eine gewisse Skurrilität nicht absprechen, oder?«

Focke-Schwarz wandte sich ohne weiteren Kommentar an Vogt, die hastig ein paar Dinge zusammenpackte und in ihre Handtasche warf. »Los geht's«, rief sie. »Wir dürfen keine Zeit verlieren, wenn wir eine Pandemie vermeiden wollen.«

»Aber wie sollen wir vorgehen?« Focke-Schwarz wirkte plötzlich unentschlossen und ein wenig hilflos.

»Wie ich schon sagte, Sie kümmern sich um die Leute in der Stadt. Holen Sie sich Unterstützung von der Feuerwehr. Verschaffen Sie den Menschen was zu trinken. Bier, Wein, Schnaps … egal was. Hauptsache es ist mit Alkohol. Plündern Sie sämtliche Kneipen und Supermärkte in Buchstedt. Klären Sie die Wirte darüber auf, dass die Regierung für den Schaden aufkommen wird.«

»Aber wir haben keinerlei Zusagen von der Regierung.«

»Das ist mir scheißegal, hören Sie? Es geht hier um Menschenleben und nicht um die Einnahmen irgendwelcher Bars, kapiert? Machen Sie schon.« Sie warf der Frau einen wutentbrannten Blick zu und drängte sie bestimmend in Richtung Ausgang. »Nun beeilen Sie sich.«

Vogt wandte sich an Bieber. »Und was machen wir?«

Bieber hob ratlos die Schultern. »Wir müssten die Aliens irgendwie mit Alkohol bespritzen, oder?«

»Aber womit?«

»Keine Ahnung.«

»Die Parkanlage des Instituts wird doch gepflegt«, überlegte Vogt laut. »Da müssen irgendwelche Rasensprenger sein oder etwas in der Art. Und mobile Wassertanks, die der Hausmeister auf dem Gelände verteilen kann. Wir müssen im Keller nachsehen, ob wir so etwas in der Art finden.«

»Rasensprenger?«

»Ja, genau. Und tragbare Wassertanks. Wir bringen sie mit dem Transporter der Hausmeister in den Vergnügungspark, füllen sie mit Alkohol und setzen den außerirdischen Staub einem Alkoholregen aus. Dafür müssen wir nur drei oder vier der Rasensprenger um die abgestürzten Raumschiffe aufstellen …«

»Und du denkst, das klappt? Woher bekommen wir so viel Alkohol?«

»Ich habe keine Ahnung, ob das funktioniert«, rief Vogt ungeduldig. »Aber wenn wir es nicht versuchen, werden wir es nie erfahren. Wir brechen unterwegs einfach in einen Getränkemarkt ein. Außerdem haben wir hier auch eine gewisse Menge an reinem Alkohol.«

»Das mit den Getränkemärkten ist eine Straftat!«

»Wir müssen aber doch etwas unternehmen. Das Überleben der Bevölkerung steht auf dem Spiel. Das Überleben der Menschheit«, setzte sie noch hinzu.

»Und woher bekommen wir Strom auf dem Gelände?«

»Wir finden bestimmt jemanden, der uns helfen kann. Es gibt dort mit Sicherheit Security-Leute. Im Park muss es außerdem Steckdosen geben. Wir nehmen Verlängerungskabel mit.«

»Also gut. Lass uns das machen«, stimmte Bieber zu und rannte voraus. »Je schneller, desto besser.«

»Ich hole schon mal den Transporter«, rief Vogt. Sie wartete die Antwort ihrer Assistentin gar nicht erst ab, sondern lief in die andere Richtung, wo sich die Stellplätze des Instituts befanden, während Bieber in den Keller rannte, wo sich die Lagerräume der Hausmeister befanden.

00:12 Uhr – Die Slashers

»Wow«, murmelte Michelle zum wiederholten Mal. »Was für eine Nacht.«

»Vielleicht war das gerade ein Meteor, der auf die Erde gekracht ist«, überlegte Emil.

»Der Meteor ist fast acht Kilometer breit und er trifft uns mit Sicherheit! Er wird einen Krater reißen, in den der ganze Atlantik reinpasst!«, zitierte Paul inbrünstig.

»Ja genau, wir brauchen Sean Connery«, witzelte Emil, obwohl er noch nie zuvor in seinem kurzen Leben eine derartige Angst verspürt hatte. »Der holt uns hier raus. Er hat es bei *Meteor* schließlich auch geschafft.«

»Könntet ihr vielleicht ein einziges Mal eure Filme vergessen und euch auf die Situation konzentrieren, in der wir uns befinden?« Stitch blieb stehen und betrachtete die beiden Jungs auffordernd. »Wisst ihr, ich habe vorhin ein Massaker angerichtet, das ein Sam Raimi oder auch ein Lucio Fulci nicht besser hätte inszenieren können. Evelyn …« Sie stockte und konzentrierte sich darauf, nicht loszuheulen. »Sie … sie hat mich angefleht, ihr nichts zu tun, während ich sie in Stücke hackte. Und Jenny … ich weiß auch nicht, ich habe sie sowas von püriert. Das war echt nicht ohne …«

»Aber du hast das Richtige gemacht«, versuchte Paul sie zu beruhigen. »Du hast uns gerettet. Wer weiß, was sie noch alles angerichtet hätten, wenn du sie nicht getötet hättest.«

»Das mag sein, aber … es war einfach schrecklich. Und ich kann mir noch immer nicht erklären, wie das alles überhaupt geschehen konnte.«

»Das weiß keiner von uns«, beteiligte sich Michelle am Gespräch. »Vielleicht hat der Krach von gerade eben etwas damit zu tun.«

»Ich sag doch«, meldete sich Emil erneut zu Wort. »So abwegig ist das mit dem Meteor gar nicht, oder? Denkt doch mal an Filme wie *Der Blob* oder *Evolution.«*

»Aber das sind Filme, du Loser. Willst du uns allen Ernstes verklickern, dass wir Besuch von Außerirdischen bekommen haben? Versteckt in einem Meteoriten, mit dem sie auf der Erde gelandet sind, wo sie uns hilflose Menschenkreaturen besetzen, damit wir unsere Mitmenschen abmurksen, nachdem wir uns in Zombies verwandelt haben?«

»Ich mein ja nur.«

»Nein, das muss eine andere Ursache haben«, wiegelte Stitch ab. »Evelyn und Jennifer wirkten eher wie von einem Dämon besessen.«

»Ach ja, natürlich«, wieherte Emil. »Diese Erklärung ist viel logischer. Wie konnte ich nur auf die wahnwitzige Idee kommen, dass es sich um Aliens handelt? Dämonen sind eindeutig viel realistischer …«

»Hört auf mit dem Gezeter«, mischte sich Paul ein. »Egal, mit was wir es hier zu tun haben. Fakt ist, dass unser Leben gefährdet ist und hier irgendetwas vor sich geht, das wir nicht verstehen.«

»Noch nicht«, widersprach Stitch.

»Dann eben noch nicht«, äffte Paul nach. »Wir sollten aber erst einmal versuchen, uns in Sicherheit zu bringen. Alles klar? Danach sehen wir weiter.«

»Okay, lasst uns von hier verschwinden«, stimmte Stitch zu. »Ich wollte einfach nur loswerden, dass die Situation ernst ist und euer Filme-Raten absolut fehl am Platz.«

»Das ist uns sehr wohl bewusst, Stitch.« Pauls Stimme klang wie die eines nachsichtigen Erwachsenen, der den Problemen seiner jungen Tochter durchaus Verständnis entgegenbrachte, aber insgeheim wusste, dass alles bei Weitem nicht so schlimm war, wie es von ihr dargestellt wurde. »Aber ein wenig Humor schadet in solch einer Situation nicht, oder?«

Stitch gab keine Antwort darauf, sondern drängte sich an Paul, Emil und Michelle vorbei und übernahm die Führung, um die Gruppe in den hinteren Teil des *Scary Monsters* ans andere Ufer des *Crystal Lake* zu bringen, wo sie sich erst einmal verstecken konnten.

00:13 Uhr – Die Maniacs

»Fick dich!« Alina fuhr sich durch ihre Haare und drückte Luka, der ihr auf die Beine helfen wollte, von sich weg.

»Fick dich am besten selbst, du blöde Kuh«, murmelte dieser und gab ihr einen leichten Schubs, sodass sie zurück zwischen die Waggons kippte.

»Arschloch!«

»Dito!«

»Leute, kriegt euch wieder ein«, beendete Robert den beleidigenden Wortwechsel der beiden. »Ich denke, wir haben hier ein richtiges Problem und ihr solltet euch zusammenreißen.« Er sah in der schummrigen Beleuchtung zu den entgleisten Geisterbahn-Wagen und warf Laura danach einen vorwurfsvollen Blick zu.

Welches Problem meinst du genau, Robert?, durchzuckte es Laura. *Dass mich Alexander gerade entjungfert hat oder dass der Boden mit uns Flipper spielt?*

»War das gerade ein Erdbeben?«, erkundigte sich Emma.

»Hat sich so angefühlt«, nickte Susi. »Aber dieses Krachen … das muss irgendwas anderes gewesen sein.«

»Es hörte sich an, als wäre ein Flugzeug abgestürzt.«

»Woher willst du wissen, wie sich ein abstürzendes Flugzeug anhört?«

»Fick dich!« Alina drehte sich beleidigt weg und betrachtete eine Weile die sich bewegenden Horrorfiguren vor, hinter und neben ihnen. Hin und wieder ertönte schauriges Gelächter oder ein langgezogenes, unheimliches Seufzen.

Das laute Rattern der zweiten Waggonschlange, die gerade durch das Eingangstor schepperte, ließ die Anwesenden vor Schreck zusammenzucken. Schweigend sahen Robert und seine Freunde zu, wie sie sich den bereits entgleisten Wagen näherte, mit dem einzigen noch auf den Schienen verbliebenen kollidierte und dann ebenfalls aus dem Schienenstrang sprang. Mit lautem Getöse krachten die Waggons in die bereits umgefallenen hinein.

»Krasser Scheiß«, murmelte Lennart.

»Voll krass«, bestätigte Alexander.

Sämtliche verunglückten Waggons befanden sich nun nicht mehr auf den Gleisen, so dass eine bald nachfolgende, dritte Wagenschlange ungehindert ihren Weg in den Innenbereich der Geisterbahn würde fortsetzen können.

»Wohin jetzt?« Luka war plötzlich ängstlicher als gerade eben. Erst in diesem Augenblick realisierte er das Ausmaß der Geschehnisse.

»Am besten wieder raus aus dem Laden«, schlug Alina vor. »Wir sollten schleunigst abhauen und den Park verlassen, sonst schieben sie uns das auch noch in die Schuhe. Wie die Sache mit Bauer Herberth.«

»Scheiße!«

»Es wird aber das Beste sein«, bestätigte Susi. »Wir sollten wirklich verschwinden. Das klang gar nicht gut, was da draußen gerade ablief.«

»Okay, dann raus hier«, übernahm Robert wieder die Leitung.

»Wartet«, flüsterte Emma und deutete auf den Eingangsbereich. »Seht ihr das auch?« Sie hatte ihre Augen zusammengekniffen und starrte zu den entgleisten Waggons. Ein flirrender, gelblich schimmernder Nebel hatte sich über die Unfallstelle gelegt. Er waberte eine Weile über den ineinander verkeilten Wagen und bewegte sich dann auf die Jugendlichen zu.

»Fuck, Leute. Was ist das für eine Scheiße?« Alina machte auf dem Absatz kehrt und rannte entgegen der Fahrtrichtung ins Innere des *Scary Monsters*.

»Tödlicher Staub aus dem All«, murmelte Luka. »Wie in dem Film von Michael Crichton.«

»Halt den Mund, du Filmgeschädigter.«

»Weg hier! Der Nebel kommt direkt auf uns zu«, schrie Laura hysterisch. Sie drehte sich zu Alexander um und klammerte sich an seinen Arm. »Ich halte das nicht mehr aus …«

»Sie hat recht, Leute. Weg von hier!«, brüllte dieser und rannte zusammen mit Laura hinter Alina her.

00:04 Uhr – Die Squalors

Es sah aus, als würden brennende Felsbrocken vom Himmel fallen. Die Raumschiffe der *Squalors* rasten mit unglaublich hoher Geschwindigkeit auf die Erde zu und hinterließen kilometerlange Schweife in der Erdatmosphäre. Sie waren bereit für die Invasion, die Inbesitznahme des Planeten, der für sie Überleben und Zukunft bedeutete. Ihre Schwarmintelligenz wusste durch die Vorhut, was sie auf der Erde erwartete: Unbeholfene Lebewesen, deren Körper sie sich auf einfachste Weise bemächtigen konnten. Die *Squalors* würden mit Hilfe der Menschen überleben und sich den Planeten letztendlich zu eigen machen. Das war alles, was sich in den ›Gedanken‹ der Außerirdischen abspielte.

Überleben!

Die weltweiten Landungspunkte waren weder durchdacht noch wurden sie konkret angepeilt. Die Aliens wollten einfach irgendwo auf der Erde landen, um den Plan für den Fortbestand ihrer Rasse umzusetzen. Nicht mehr und nicht weniger.

Überleben!

Ihre Raumschiffe gingen auf Fabrikgeländen nieder, schlugen in Hochhäuser ein und legten Einkaufszentren in Schutt und Asche. Sie schlitterten über weite Felder, ehe sie zum Stillstand kamen, oder zerstörten Fahrgeschäfte des *Moviedrome*, bevor sie, eine flammende Schneise hinter sich herziehend, stoppten.

Die Mehrheit der Menschen in den betroffenen Gebieten wurde im Schlaf überrascht und bekam die letzten

Momente ihres Lebens nur noch in Form von Explosionen und gigantischen Feuerbällen mit. Mehr als dreihundert Einwohner starben auf der Stelle, ohne zu erfahren, was überhaupt geschah. Die in Nebelform aus den abgestürzten Raumschiffen austretende außerirdische Intelligenz machte sich sofort auf die Suche nach Wirtskörpern, verlor keine Zeit, ihren Überlebensplan in die Tat umzusetzen.

Viele Menschen, die das Inferno der niedergegangenen Schiffe überlebt hatten, fanden wenig später den Tod, als die Aliens bemerkten, dass die Körper von einer Krankheit befallen und für sie unbrauchbar waren.

Die Invasion in Buchstedt war die bisher größte weltweit.

00:19 Uhr - Vogt und Bieber

»Das ist grauenvoll«, murmelte Bieber und starrte auf das Flammenmeer, das sich vor ihnen auftat. »Es sieht aus, als würde der gesamte Park brennen. Erinnert mich irgendwie an die brennenden Ölquellen im Irakkrieg.«

»Das sind nur die Absturzstellen«, bemerkte Vogt, während sie den Transporter in Richtung *Moviedrome* lenkte. »Es sieht wahrscheinlich schlimmer aus, als es ist …« Sie machte eine kurze Pause. »Zumindest hier. Die Stadt selbst ist schlimmer betroffen, zumal sich dort Menschen befinden«, setzte sie dann hinzu. Sie dachte daran zurück, wie sie in einen der Supermärkte eingebrochen waren und den Kofferraum des Transporters mit Kartons voller Schnaps, Wein und Spiritus beladen hatten. Um den entstandenen Sach- und Materialschaden würde sich die Stadt Buchstedt oder die Regierung später kümmern müssen.

Da sie wussten, dass drei der Raumschiffe inmitten des Vergnügungsparks abgestürzt waren, hatten sie neun der mobilen Rasensprenger, neun Wasserbehälter sowie jede Menge Verlängerungsschläuche und Stromkabel eingepackt. Sie hatten vor, jedes der Raumschiffe von drei Seiten einzusprühen. Der Transporter war dementsprechend voll bis obenhin.

Mit einer abrupten Vollbremsung brachte Vogt das Fahrzeug auf einem der Parkplätze des Vergnügungsparks zum Stehen. Die Umzäunung, die das ganze Terrain umgab, war an den meisten Stellen beschädigt oder gar nicht mehr vorhanden, sodass sie ohne Schwierigkeiten direkt auf das Gelände fahren konnten. Langsam steuerte Vogt den Kleinlaster durch eine offene Stelle des Zauns, während Bieber mit einer morbiden Faszination auf die zerstörte Achterbahn und die dahinter aufflackernde Feuersbrunst starrte. Überall lagen Metallteile herum und erschwerten die Weiterfahrt. Waggons aus verschiedenen Fahrgeschäften türmten sich demoliert auf den breiten Gehwegen, wo sich normalerweise an sonnigen Tagen hunderte von Besuchern von einer Attraktion zur nächsten fortbewegten. Andrea Bieber wagte gar nicht, daran zu denken, welche Auswirkungen auf sie zugekommen wären, hätte die Attacke der Außerirdischen tagsüber stattgefunden.

»Da vorn ist schon eines der Schiffe«, unterbrach Vogt ihre Gedanken. »Dort stellen wir die ersten Rasensprenger auf.«

»Da ist auch eines der Wachhäuschen«, stellte Bieber erfreut fest. »Ich kann aber niemanden sehen. Denkst du, sie sind alle tot?«

»Wir kümmern uns gleich darum. Lass uns erst mal näher an das Wrack heranfahren.«

Die vollkommen zerstörte Umgebung bereitete ihnen ein unangenehmes Gefühl von Einsam- und Hoffnungslosigkeit. Der Park ähnelte einem Kriegsgebiet. Überall lagen Glasscherben und demolierte Teile von Fahrgeschäften herum. Bieber sah seltsame Konstruktionen, gigantische Schrauben und verbogene Blech- und Stahlteile. An einigen Stellen flackerten kleinere Feuer vor sich hin, an denen Bieber vor ihrem inneren Auge Penner sah, die sich ihre Hände daran wärmten. Das Parkgelände bot ein trostloses deprimierendes Bild, das Bieber Angst einjagte.

»Weiter komme ich nicht«, murmelte Vogt und brachte den Transporter abrupt zum Stehen. »Siehst du irgendwo den außerirdischen Staub?«

Bieber verneinte mit einem Kopfschütteln und verließ zusammen mit Vogt das Fahrzeug. Das abgestürzte Alien-Raumschiff glich einem langen gebogenen Keil, an dessen offenem Ende offensichtlich die Triebwerke lagen, die immer noch leicht zu glühen schienen. Die Brücke musste sich dementsprechend auf der von ihnen gegenüberliegenden Seite befinden. Zwischen den beiden Enden des Keils führte ein länglicher Haken vom Schiffskörper weg nach oben. In der Mitte des beschädigten Rumpfes erhob sich ein kleiner Turm in die Luft, der sich leicht zur Seite neigte und an dessen Seiten Dampf herausquoll.

»Sind sie das?«, erkundigte sich Vogt. »Sind das die Staub-Aliens?«

»Die haben doch bestimmt längst das Schiff verlassen«, vermutete Bieber.

»Egal, wir dürfen trotzdem nichts unversucht lassen.« Vogt hantierte an der Heckklappe des Kleinlasters herum und schlug wütend dagegen, da sie sich nicht öffnen ließ.

»Verdammt noch mal!«, fluchte sie und versuchte es erneut. Dieses Mal gelang es ihr und sie zerrte einen der Rasensprenger zusammen mit einem Wasserbehälter heraus. »Nimm einen von den Kartons und komm mit.«

Bieber nickte knapp und schnappte sich eine Kiste mit Schnapsflaschen. Zusammen rannten sie über den Asphalt auf das abgestürzte Raumschiff zu. Die Hitze, die von dem brennenden Wrack und den in Brand geratenen Teilen der Fahrgeschäfte ausging, war nahezu unerträglich.

»Los, los, los …«, murmelte Vogt, um sich selbst zur Eile anzutreiben.

Bieber schüttete eine Flasche nach der anderen in den Behälter, den Vogt bereits an den Rasensprenger angeschlossen hatte, und beobachtete aus dem Augenwinkel, wie ihre Vorgesetzte auf das Häuschen des Sicherheitsdienstes zurannte, um Strom zu besorgen.

Es dauerte nicht lange und die Pumpe versetzte den Rasensprenger in Bewegung. Ein feiner Alkoholnebel wurde versprüht und benetzte einen Teil der Außenhülle des abgestürzten Raumschiffes.

»Funktioniert es?«, rief Vogt.

»Ja, er läuft«, antwortete Bieber und eilte zum Transporter zurück, um den nächsten Rasensprenger samt Wasserbehälter und Alkohol zu holen. Es dauerte nicht lange und sie hatten rund um das Wrack drei Wasserverteiler eingerichtet, die einen gleichmäßigen Alkoholregen versprühten. Vogt und Bieber liefen zurück zum Transporter. Sie erreichten das Fahrzeug beinahe gleichzeitig, setzten sich, ohne ein Wort zu wechseln, auf ihre Plätze und fuhren los.

»Die zweite Absturzstelle müsste weiter hinten sein«, vermutete Vogt und deutete auf den Feuerschein im Osten des *Moviedromes*.

»Vermutlich in der Nähe der Geisterbahn.«

»Stimmt. Ich hoffe nur, dass unser Plan mit dem Alkohol aufgeht.«

Der Transporter raste durch den verwüsteten Vergnügungspark auf das *Scary Monsters* zu.

00:12 Uhr - Focke-Schwarz

Die ältere Frau in der Tür sah Focke-Schwarz mit verschlafenem Gesichtsausdruck an und versuchte krampfhaft, die Augen offen zu halten. »Was ist?«, nuschelte sie, da sie ihre dritten Zähne nicht eingesetzt hatte. »Wissen Sie eigentlich, wie spät es ist?«

»Ich bin mir der Uhrzeit allzu bewusst«, begann Focke-Schwarz. »Aber es handelt sich um einen absoluten Notfall. Haben Sie denn den Lärm nicht gehört?«

»Welchen Lärm?«

»Egal. Ich habe nur eine einzige Bitte an Sie. Es ist wirklich lebenswichtig.«

»Was soll das heißen? Was wollen Sie von mir?«

»Ich … ähm … Sie sollten zwei bis drei Schlucke von …« Focke-Schwarz hielt die Rotweinflasche hoch und beobachtete die Reaktion ihres Gegenübers.

»Sind Sie noch zu retten? Haben Sie mal auf die Uhr gesehen? Wer sind Sie überhaupt?«

»Ich bin Wissenschaftlerin … sozusagen. Und ich muss Sie wirklich dringend dazu auffordern, einen Schluck von diesem Wein zu trinken. Sie laufen Gefahr, die Nacht nicht zu überleben, wenn Sie nicht tun, was ich Ihnen sage.«

»Verschwinden Sie gefälligst, Sie Spinnerin«, murmelte die Frau und warf die Tür ins Schloss.

»Aber Sie müssen auf mich hören. Verdammt! Sie werden sterben, wenn Sie den Wein nicht trinken.«

»Ich werde viel früher als geplant sterben, wenn ich dieses Zeug saufe«, erklang die wütende Stimme der Frau hinter der verschlossenen Tür. »Ich trinke keinen Alkohol. Und schon gar nicht mitten in der Nacht.«

»Aber, so hören Sie mir doch zu …«

»Lassen Sie es gut sein«, unterbrach einer der drei Feuerwehrmänner, die Focke-Schwarz auf ihrer Mission durch Buchstedt begleiteten. »Wir haben einfach keine Zeit dafür, bei jedem einzelnen Überzeugungsarbeit zu leisten. Wer nicht hören will, muss …«

»… muss wohl sterben«, vollendete Focke-Schwarz den Satz.

»Aber vielleicht können wir, statt unsere Zeit mit Überredungsversuchen zu verschwenden, das ein oder andere Leben retten. Kommen Sie. Lassen Sie uns zur nächsten Wohnung gehen.«

Resigniert senkte Focke-Schwarz den Kopf und ließ sich von dem Mann, der sich ihr vorhin als Martin Sander vorgestellt hatte, zur nächsten Tür ziehen. Einer der anderen beiden Feuerwehrmänner trug den Namen Volker Schwarz. Er hielt sich die meiste Zeit im Hintergrund, weil er sichtlich Angst hatte.

Nach mehrmaligem Klopfen am nächsten Haus wurde die Tür geöffnet und ein Mann mit glasigen Augen starrte ihnen entgehen. »Was'n los?«, lallte er. Eine Alkoholfahne wehte ihnen entgegen.

»Absolut nichts, mein Herr«, antwortete der dritte Feuerwehrmann namens Dennis Kaschuba, bevor Focke-

Schwarz etwas erwidern konnte. »Alles in bester Ordnung. Heben Sie ruhig noch einen …«

»Ja, Sie werden es nicht bereuen«, stimmte die GSAET-Geschäftsführerin zu. »Alkohol zu trinken ist momentan das Gesündeste, was Sie tun können.«

Der Mann stieß ein glucksendes Lachen aus und schüttelte den Kopf. »Ihr hab' se ja ech' nich mehr alle …«

00:21 Uhr – Die Slashers

Michelle und Emil stolperten eng umschlungen hinter Stitch und Paul her. Zu ihrer Linken befand sich der *Crystal Lake*, dessen Wasser in der spärlichen Beleuchtung der Geisterbahn geheimnisvoll schimmerte.

»Denkt ihr, dass es echt was bringt, vor diesem Nebel davonzulaufen?« Michelle holte tief Luft. »Ich meine, er schwebt doch durch die Luft.«

»Aber wieso sollte uns ein Nebel folgen?«, murmelte Paul. »Du hast wohl wirklich zu viele Horrorfilme gesehen.«

»Hast du nicht gesehen, wie er geschimmert hat?«, argumentierte Michelle. »Das war kein normaler Nebel. Wir befinden uns im Inneren eines Gebäudes und nicht draußen. Außerdem hat er sich auf uns zubewegt. Also echt, Paul. Wie naiv bist du eigentlich? Jennifer hat sich in eine Kreatur verwandelt, die absolut nicht in die Realität passt. Und Evelyn …«

»Lass es gut sein«, unterbrach Paul brüsk. »Hör einfach auf mit deiner Schwarzmalerei, Michelle. Ich will nichts davon hören …«

»Penner«, flüsterte Michelle so leise, dass Paul es nicht hören könnte. »Verdammter Idiot. Du verschließt die

Augen vor der Realität und bist dir gar nicht bewusst, dass unser aller Leben in Gefahr ist.«

»Diese Dinge können einfach nicht passieren«, murmelte Paul.

Sie gingen an einer Ansammlung von Horrorfiguren vorbei, die jemand in den hinteren Bereich der Geisterbahn gestellt hatte, weil sie entweder beschädigt waren oder nicht mehr gebraucht wurden. Teuflisch verzerrte Fratzen starrten ihnen entgegen, die durch die schummrige Beleuchtung noch gruseliger wirkten und einem selbst im Ruhemodus Angst einjagten.

»Wir hätten das nicht machen sollen«, jammerte Emil. »Das war eine bescheuerte Idee mit dieser Nacht.«

»Wir wollten doch nur Spaß haben. Keiner konnte ahnen, dass so etwas passieren würde.«

»Wie weit sollen wir denn noch nach hinten gehen?«

»Du hast recht. Ich denke, hier sind wir erst mal in Sicherheit«, stimmte Stitch zu. »Warten wir eine Weile. Und dann sehen wir weiter.«

Sie setzten sich und starrten sich schweigend an. Michelle war die Erste, die das unnatürlich laute Schnaufen in ihrer Nähe vernahm.

00:20 Uhr – Die Maniacs

Emma stolperte, als sie sich nach dem Nebel umdrehte, der sie noch immer verfolgte. Das gelbliche Schimmern wirkte im schummrigen Licht der Geisterbahn wie ein gewollter Effekt des Fahrgeschäfts. »Scheiße«, fluchte Emma und ergriff dankbar Susis Hand, die sich ihr helfend entgegenstreckte.

In einiger Entfernung war das Rattern einer Wagenschlange zu vernehmen, die sich im westlichen Teil des

Scary Monsters befand. Hin und wieder erklangen Schreie und bedrohliches Knurren vom Band, wenn die leeren Waggons die Stellen passierten, an denen Monsterfiguren, durch einen versteckten Mechanismus ausgelöst wurden, um die Besucher zu erschrecken, wenn sie denn da gewesen wären.

»Ich glaube, da hinten ist schon der *Crystal Lake*«, keuchte Robert. »Lasst uns dort hinlaufen, vielleicht können wir uns da verstecken.«

»Na los, komm schon«, flüsterte Susi und half Emma auf die Beine. »Wir sollten uns beeilen.«

Der Nebel hatte die beiden erreicht. Susi zog Emma hinter sich her und bemerkte dabei nicht, wie ein Teil der außerirdischen Substanz im Mund der jungen Frau verschwand. Auch Emma bekam nichts davon mit und stolperte hinter der Gruppe von Jugendlichen her, die auf den See zusteuerten.

Die *Squalors* breiteten sich in Sekundenschnelle in Emmas Körper aus, suchten sich einen Weg zum Gehirn des Mädchens und stellten dabei zufrieden fest, dass der Wirtskörper nicht krank und somit brauchbar für ihre Zwecke war. Hier drin konnten sie erst einmal überleben und Sicherheit finden. Alles Weitere würde sich zeigen.

Als sie sich an die DNS im Gehirn ihres Opfers andockten, begann Emma hysterisch zu schreien …

00:22 Uhr - Vogt und Bieber

Die meisten Fahrgeschäfte im nördlichen Teil des *Moviedrome* waren zerstört oder zumindest gravierend beschädigt. Vogt steuerte den Transporter waghalsig durch umgefallene Metallvorrichtungen und eingestürzte Imbissbuden, die den Weg versperrten. Abgesehen von den

Brandherden und den dunklen Rauchwolken, die sich von dem dunkelblauen Nachthimmel abhoben, herrschte eine sternenklare Nacht.

Wie beim Untergang der Titanic, durchfuhr es Bieber. Dann richtete sie ihre Aufmerksamkeit wieder auf ihre Vorgesetzte und bewunderte, wie diese mit einer unglaublichen Konzentration und Präzision die Hindernisse umfuhr und auf die zweite Absturzstelle zusteuerte.

»Hoffentlich bekommt Focke-Schwarz alles in den Griff«, murmelte Vogt mit zusammengebissenen Zähnen.

»Es wird nicht einfach sein, die Menschen mitten in der Nacht zum Trinken zu bewegen, ohne ihnen zumindest einen triftigen Grund dafür zu nennen.«

»Einige werden sowieso betrunken sein«, sagte Vogt. »Es ist Wochenende. Die einsamen Leute, die ihren Kummer in Alkohol ertränken. Sie ahnen gar nicht, welches Glück sie heute haben, sich besoffen zu haben.«

»Was ist eigentlich mit uns? Wir befinden uns mitten im betroffenen Gebiet. Sollten wir nicht besser auch etwas trinken?«

»Nachher, Bibbi, nachher. Lass uns erst die Rasensprenger an den letzten zwei Absturzstellen aufbauen. Danach genehmigen wir uns einen Schluck, einverstanden?«

»In Ordnung.«

Vogt wich im letzten Moment dem Kassenhäuschen eines Kettenkarussells aus, das mitten auf der Straße lag, und Bieber merkte, dass sie unweigerlich so lange den Atem anhielt, bis sie das Hindernis hinter sich gelassen hatten. »Puh, das war knapp«, murmelte sie.

»Tut mir leid, aber uns rennt die Zeit davon. Der Absturz der Schiffe liegt schon länger zurück. Wir müssen zusehen, dass sich der Staub nicht weiter ausbreitet …«

Sie erreichten das *Scary Monsters*.

»Wieso ist die Geisterbahn in Betrieb?« Bieber starrte durch die verschmutzte Windschutzscheibe auf das Fahrgeschäft, das hell erleuchtet hinter einem hohen Gebäude zum Vorschein kam. »Da fahren sogar Wagen … was ist da los?«

Nur fünfzig Meter von der Geisterbahn entfernt lagen die Ausläufer des zweiten Raumschiffs inmitten eines Knäuels aus Stahl und Plastikplanen. Wie schon bei der ersten Absturzstelle loderten an einigen Stellen kleine Feuer und eine schwarze Rauchsäule kräuselte sich in den Himmel.

»Wir kümmern uns nachher darum«, gab Vogt zur Antwort, während sie so nahe wie möglich an die Unfallstelle heranfuhr und dann umgehend aus dem Transporter sprang.

Ohne sich abzusprechen, übernahm jede von ihnen die gleiche Aufgabe wie zuvor. Vogt eilte mit dem ersten Stromkabel zum *Scary Monsters* und suchte nach einer Steckdose, während Bieber einen der Rasensprenger und einen Wassertank in die Nähe des Raumschiffes brachte. Danach lief sie zurück, holte einen der Kartons und füllte den Behälter mit Alkohol. Dabei betrachtete sie zwischendurch immer wieder die wie eine Schlangenhaut schimmernde Oberfläche des Schiffsrumpfs. Von einer Staubwolke war bis jetzt nichts zu sehen. Nur dunkler Qualm, der mit Sicherheit von den unzähligen Beschädigungen am Rumpf stammte, quoll aus diversen Stellen des Sternenschiffs.

»Alles klar?«, brüllte Vogt, als sie den dritten Aufbau fertig hatten.

»Ich bin fast so weit«, schrie Bieber zurück und betätigte den Einschaltknopf. »Jetzt!«

Erneut verteilte sich ein feiner Film aus Alkohol über der Absturzstelle, um den extraterrestrischen Staub zu vernichten, bevor er Unheil anrichten konnte.

Vogt und Bieber hatten gerade im Transporter Platz genommen, um zur letzten Absturzstelle zu fahren, als ein markerschütternder Schrei aus dem Inneren der Geisterbahn erklang, der eindeutig von einem Menschen in Not stammte.

Deine Angst wird dich töten

00:21 Uhr - Focke-Schwarz

»Gottverdammi nochemale, das ka alles ned wahr sii. Was für en verdammde Schiisdräck«, fluchte Focke-Schwarz und schlug mit der Faust auf den Türrahmen. Der Mann in der offenstehenden Tür sah die GSAET-Geschäftsführerin aus weit aufgerissenen Augen an.

»Alles in Ordnung mit Ihnen?«, erkundigte sich Dennis besorgt und legte beruhigend eine Hand auf die Schulter der Frau.

»Ja, sicher, entschuldigen Sie. Die Nerven gehen mit mir durch.«

»In welcher Sprache haben Sie den Mann gerade beschimpft?«, wollte Volker mit einem Grinsen auf den Lippen wissen. Er stand direkt neben Martin Sander, der sich mühsam ein Lachen verkniff. Die Flaschen klirrten in seinem Rucksack aneinander, als er einen Schritt zur Seite trat.

»Schwitzerdütsch«, gab Focke-Schwarz knapp zur Antwort. »Ich bin Schweizerin … wie gesagt, in so einer Situation kann man schon mal die Nerven …«

»Schon okay. Ist nicht einfach, wildfremde Menschen davon zu überzeugen, um Mitternacht Alkohol zu trinken. Vor allem wissen sie nicht einmal, worum es geht … na ja.« Er wandte sich an seinen Kollegen. »Sander, sehen Sie nach, wie es bei Werneke und Goldberger aussieht. Vielleicht brauchen die beiden Hilfe. Wir schaffen das hier zu zweit, okay?«

»Mach ich«, erklärte sich Sander bereit und verschwand ohne ein weiteres Wort.

»Das alles klingt doch vollkommen bescheuert«, sagte Focke-Schwarz nach einer Weile. »Also, ich meine, wie unrealistisch klingt unsere Story? Mal ehrlich, würden Sie so einen Mumpitz ohne Weiteres glauben?«

»Würde ich nicht«, gab Dennis zu und bedeutete dem noch immer im Türrahmen stehenden Bewohner mit einer flüchtigen Handbewegung, dass er wieder in seine Wohnung gehen konnte.

Die GSAET-Geschäftsführerin stand am Fuß der Treppe und sah in ihre Richtung. »Sie werden alle infiziert werden«, murmelte Focke-Schwarz. »Und wir können nichts dagegen tun.«

»Sie konnten doch schon ein paar Leute überreden. Hey, das ist ein Erfolg …«

»Aber …«

»Lassen Sie uns einfach weitermachen, okay? Wir haben nicht viel Zeit. Sie haben recht, dass das alles sehr unrealistisch klingt. Aber wenn wir es schaffen, zumindest ein paar Menschen zu retten, dann haben wir gute Arbeit geleistet.«

Focke-Schwarz sah Dennis mit einem gezwungenen Lächeln an. »Sie sind sehr nett, Dennis, wissen Sie das? Einverstanden, lassen Sie uns weitermachen.«

Volker hatte sich von ihnen entfernt und kümmerte sich um die Bewohner am anderen Ende des Korridors. Focke-Schwarz klingelte an der nächsten Tür. Als diese schneller als erwartet aufgerissen wurde, blickte sie in die verzerrte Fratze einer molligen Frau mit blutunterlaufenen Augen. Mit einem heiseren Knurren und vorgestreckten Armen stürzte sich die infizierte Kreatur auf Focke-Schwarz.

00:24 Uhr – Die Slashers

Das Keuchen wurde lauter. Kurz darauf erkannte Michelle im spärlichen Licht Schemen, die auf sie zu stolperten. Bevor sie sich an Emil oder jemand anderen wenden konnte, zerfetzte ein markerschütternder Schrei die Luft und verursachte ihr und allen anderen *Slashers* eine Gänsehaut. Das Kreischen stammte zweifelsohne von einem Mädchen. Die Stimme gellte unangenehm laut in ihren Ohren und hing noch eine Weile in der Luft, nachdem das Mädchen längst wieder verstummt war.

»Was, zum Teufel …?«

»Das sind die *Maniacs*«, stellte Stitch fest, als die Gestalten näherkamen. »Was macht ihr denn hier?«, tat sie vor Robert überrascht, der die Vorhut bildete.

»Das Gleiche könnte ich euch fragen«, entgegnete dieser, kniff die Augen kurz zusammen und wandte sich dann wieder in die Richtung, aus der sie gekommen waren.

»Fuck, was ist hier los?«, jammerte Michelle. »Wisst ihr, was hier für eine Sache abgeht?« Keiner reagierte.

»Alles in Ordnung, Emma?« Robert sah dem Mädchen tief in die Augen.

»Sie hat plötzlich losgebrüllt.« Susi strich Emma über den Kopf und legte dann die Hand auf ihre Stirn. »Sie ist total heiß.«

»Es ist alles in Ordnung«, flüsterte Emma. »Vorhin habe ich kurz gedacht, irgendwas wäre in mir drin. Es fühlte sich seltsam und unheimlich an. Aber jetzt … jetzt ist alles wieder gut«, betonte sie zum zweiten Mal und nickte in Richtung der *Slashers*. »Was machen die denn hier?«

»Keine Ahnung«, murmelte Robert. »Wir kümmern uns später darum. Zuerst sollten wir zusehen, dass wir so weit wie möglich von diesem komischen Nebel wegkommen.«

»Aber er ist doch gar nicht mehr da«, merkte Susi an.

»Egal, nur weg von hier.«

Er wandte sich wieder den *Slashers* zu und bemerkte dabei nicht, wie eine unscheinbare Dampfwolke zwischen Emmas Lippen hervorquoll und sich auf Lennart zubewegte, der noch immer verdattert auf die *Slashers* starrte. In Sekundenschnelle verschwand der außerirdische Staub im Mund des Jungen, der niemals erfahren würde, dass er bereits seit Monaten an Diabetes Mellitus litt und die *Squalors* nicht besonders erfreut darüber waren, als sie dieses Krankheitsbild bei ihm feststellten.

00:25 Uhr - Vogt und Bieber

»Das war eindeutig ein Mensch … ein Mädchen …« Vogt sah verunsichert in Richtung des *Scary Monsters*, während Bieber den Rasensprenger hinter sich ließ und sich dabei über das schweißnasse Gesicht wischte. »Und was jetzt? Wir haben noch eine Absturzstelle und …«

»Aber ein Menschenleben ist in Gefahr«, unterbrach Vogt und schüttelte dabei nachdenklich den Kopf. »Wir trennen uns«, teilte sie spontan ihre Entscheidung mit. »Eine kümmert sich allein um das letzte Schiffswrack und die andere sieht nach, was in der Geisterbahn los ist. Das Ufo müsste in unmittelbarer Nähe sein.« Sie deutete nach Westen, wo sich eine Rauchwolke in den dunklen Nachthimmel bohrte. »Siehst du?«

»Aber …«

»Keine Diskussion. Du kannst dir aussuchen, worum du dich kümmerst: Ufo oder Geisterbahn?«

»Ich … Ich bin nicht sicher …«

»Entscheide dich, Bibbi. Los … Mach schon!«

»Absturzstelle«, entschloss sich Bieber.

»Also gut. Dann fahr los. Und komm so schnell wie möglich zurück, hörst du?«

Bieber nickte und verschwand ohne ein weiteres Wort im Transporter. Kurz darauf fuhr sie mit aufheulendem Motor davon, während Vogt auf die Geisterbahn zulief.

Aus den Lautsprechern drangen gruselige Laute an ihre Ohren und in jenem Moment wurde Vogt die Absurdität der ganzen Situation bewusst. Vorsichtig schlich sie auf den Eingangsbereich zu und rechnete damit, erneute Schreie zu hören. Entgegen ihrer Erwartung blieb alles still, bis auf die Geräusche, die das Fahrgeschäft verursachte.

Als Vogt ins Innere des *Scary Monsters* trat, schälten sich aus der Dunkelheit in unmittelbarer Nähe des abgestürzten Raumschiffwracks Silhouetten, die wie willenlose Untote in ihre Richtung torkelten.

00:26 Uhr - Focke-Schwarz

Eine Kugel zerschmetterte den Schädel des Mannes, der hinter der dicken Frau im Türrahmen aufgetaucht war, und schleuderte ihn zurück in die Wohnung. Focke-Schwarz sah aus dem Augenwinkel, wie Dennis versuchte, die weibliche Angreiferin mit seiner Waffe anzuvisieren, die die Feuerwehr in dieser Notsituation ausgehändigt bekommen hatte. Focke-Schwarz ließ sich instinktiv zur Seite fallen und entging somit der erneuten Attacke der Frau.

Dennis stieß einen Fluch aus und hechtete nach links, als die Frau Focke-Schwarz nicht weiter beachtete und nun auf ihn losging.

Der Mann mit der Kugel im Kopf richtete sich in der Zwischenzeit ungelenk wieder auf. Es sah aus, als würde er von unsichtbaren Fäden hochgezogen. Anstelle seiner linken Gesichtshälfte war dort ein hässliches Loch, aus dem eine Blutfontäne schoss, die den halben Flur besprenkelte. Aus seinem Mund quoll gelblicher Nebel.

»Verschwinden Sie, verdammt!«, brüllte Dennis und rappelte sich wieder auf. Focke-Schwarz lehnte verstört an der Wand und fragte sich, wann Dennis eigentlich nach der Waffe gegriffen hatte. Es war alles so unglaublich schnell geschehen. Sie hörte, wie auf der anderen Seite des Flurs eine Tür aufgerissen wurde: Es war die, vor der Volker die ganze Zeit gestanden hatte. Zwei Männer mit ähnlich verzerrten Gesichtern wie dem der Frau vor ihr traten auf den Flur.

Dennis rollte sich ein weiteres Stück von Focke-Schwarz weg und feuerte, kaum wieder auf den Beinen, auf einen der beiden Männer. Der erste Schuss traf den vorderen Hausbewohner direkt in die Brust und schleuderte ihn ein paar Schritte zurück, bis er an die Wand prallte. Die zweite Kugel traf ihn Sekunden später am Hals. Aus der Wunde spritzte sofort Blut, doch die Verletzung stoppte den Angreifer keineswegs.

Erst der dritte Schuss, der dieses Mal von Volker stammte, ließ den Schädel des Mannes förmlich platzen. Knochensplitter und Gehirnmasse verteilten sich über den Flur. Und außerirdischer Nebel …

Focke-Schwarz vernahm einen lauten Schrei in ihrer unmittelbaren Nähe. Es dauerte eine Weile, bis sie begriff, dass es ihr eigenes hysterischen Kreischen war, das sie hörte.

»Hauen Sie endlich ab!«, brüllte Dennis.

Er feuerte zwei weitere Schüsse auf die Frau und den Mann aus der ersten Wohnung ab. Focke-Schwarz zitterte am ganzen Körper, als sie mit Blut und anderen undefinierbaren Körperflüssigkeiten bespritzt wurde. Wie in einem Traum bemerkte sie, dass die beiden Menschen, sofern man sie überhaupt noch als Menschen bezeichnen konnte, zu Boden sanken und unkontrolliert zuckten.

Dennis richtete seine Aufmerksamkeit auf den letzten verbliebenen Gegner, der sich gerade auf Volker stürzte. Dieser wurde von der Situation so überrumpelt, dass er sich überhaupt nicht zur Wehr setzte, als er von dem Angreifer umgestoßen wurde. Dabei verlor Volker seine Waffe, die über den Boden schlitterte und dann die Treppe hinunterfiel.

Volkers Rucksack, in dem sich noch ein Vorrat an Schnaps- und Weinflaschen befand, knallte auf den Boden. Glas zersplitterte und sofort verbreitete sich ein penetranter Alkoholgeruch in der Luft.

Focke-Schwarz sah an sich herab, konnte nicht glauben, dass das alles real war und starrte auf die Fleischbrocken, Hirnteile und Gewebefetzen auf ihrer Hose. Sie unterdrückte erfolgreich einen Würgereiz und schloss die Augen für einen Moment.

Der Infizierte versuchte wie ein tollwütiger Hund den Feuerwehrmann in die Kehle zu beißen. Der stieß einen verzweifelt kläglich klingenden Schrei aus und bemühte sich, sich erfolglos gegen die Attacken zu wehren. Dem

Besessenen gelang es schließlich, ein Stück Fleisch aus Volkers Halsbeuge herauszubeißen.

Dennis ließ seine Waffe fallen und rannte auf Volker zu. Ohne nachzudenken, riss er den Infizierten an der Schulter herum und schleuderte ihn von seinem Kollegen weg. Die Kreatur fauchte wütend und eine Nebelwolke schwebte dabei aus seinem Mund, die auf Volker zuschoss und mit der Atemluft in seinem Körper verschwand. Der Feuerwehrmann bäumte sich kurz auf und stieß ein leises Glucksen aus. Dennis wandte den Blick von seinem Kollegen ab und konzentrierte sich auf den Gegner, der lauernd vor ihm stand und ihn aus blutunterlaufenen Augen beobachtete. Für einen kurzen Moment zuckte sein Blick in Richtung der Leiche seines Mitbewohners. Diesen Moment nutzte Dennis und griff den infizierten Mann beherzt an. Mit bloßen Fäusten schlug er auf ihn ein, brach ihm das Nasenbein, zerschmetterte in unbändiger Wut dessen Kieferknochen und drückte ihm mit einem gutturalen Aufschrei die Augen aus den Höhlen. Dennis' Mund war weit aufgerissen, als er einen unmenschlich klingenden Schrei ausstieß, der all seine Verzweiflung, Angst und Panik ausdrückte. So hatte der außerirdische Nebel keinerlei Schwierigkeiten, ins Innere des Feuerwehrmannes einzudringen.

Focke-Schwarz wandte sich angewidert ab. Sie wartete einige Sekunden, bis sie sich dazu durchrang, in den, im Grunde genommen bereits entschiedenen, Zweikampf einzugreifen. Sie tastete nach der Pistole, die Dennis vorher achtlos weggeworfen hatte, fand sie und prügelte damit auf den Hausbewohner ein, der trotz seiner schweren Verletzungen noch immer auf Dennis einschlug. Mit einem gequälten Laut ließ die Kreatur schließlich von Dennis ab und wandte sich mit einem wütenden Knurren Focke-Schwarz zu. Die Frau hob die Waffe wie unter Hypnose und zielte.

Der Knall des Schusses war ohrenbetäubend und hinterließ ein unangenehmes Summen in ihren Ohren. Der Schädel des Mannes war von einer Sekunde auf die andere nicht mehr vorhanden. Nur noch Fragmente ragten aus dem Halsstumpf, aus dem in regelmäßigen Abständen ein Blutschwall pulsierte. Und wieder stieg gelbschimmernder Nebel aus den Körperöffnungen des Toten.

Focke-Schwarz rutschte von den beiden Leichen weg und lehnte sich laut keuchend gegen die Flurwand. Eine unheimliche Stille hatte sich über die Szenerie gesenkt. Mit tiefen Atemzügen versuchte die GSAET-Geschäftsführerin sich zu beruhigen. Als sie sich verschluckte, musste sie eine Weile trocken würgen. Danach bekam sie ihre Nerven wieder einigermaßen in den Griff.

Ich muss von hier verschwinden, dachte sie. *Und ich brauche dringend Alkohol.*

Ihr Blick schweifte über die zerfetzten und verstümmelten Leichen, die um sie herum im Hausflur verstreut lagen, und blieb schließlich an einem der beiden Rucksäcke hängen.

Alkohol!

Sie robbte auf den Rucksack zu, wobei sie Dennis' Waffe weiterhin fest umklammerte. Man konnte schließlich nicht wissen …

Ein Ruck ging durch den Körper des Feuerwehrmannes, den Focke-Schwarz unter dem Namen Volker kennengelernt hatte.

Er ist gar nicht tot, dachte sie. *Er ist infiziert. Die Aliens haben von seinem Körper Besitz ergriffen. Und gleich werden sie versuchen, auch in mich einzudringen.*

Sie suchte den Flur ab und bemerkte eine kleine Nebelbank in unmittelbarer Nähe der Wohnungstür, aus der sie vorhin von der molligen Frau angegriffen worden war. Deren Leiche lag zusammengekrümmt auf dem Boden und noch immer sickerte Blut aus den zahlreichen Wunden.

Focke-Schwarz riss den Rucksack an sich und krabbelte sofort wieder weg von dem weiterhin zuckenden Körper des Feuerwehrmannes. Dennis lag ein paar Meter neben Volker und bewegte sich nicht mehr. Verzweifelt öffnete Focke-Schwarz den Rucksack und zuckte mit einem wütenden Aufheulen zurück, als sie in Scherben griff. Alkohol tropfte aus dem durchtränkten Stoff und das Klirren im Innern des Tornisters ließ ihre Hoffnung auf eine unbeschädigte Flasche sinken. Mit unbeholfenen Bewegungen erhob sich Volker in der Zwischenzeit und stakste auf Focke-Schwarz zu, die endlich eine unversehrte Wodkaflasche gefunden hatte und hektisch versuchte, sie aufzudrehen. Der Schrei, den Volker ausstieß, verursachte bei Focke-Schwarz eine Gänsehaut. Sie zuckte verängstigt zusammen und noch bevor sie einen Tropfen Alkohol trinken konnte, wurde ihr die Flasche aus der Hand geschlagen. Sie zerbarst mit lautem Getöse an der Wand. Glassplitter gingen über Focke-Schwarz nieder und fügten ihr unzählige, kleinere Verletzungen zu. Aus dem weit aufgerissenen Mund des infizierten Feuerwehrmannes quollen Nebelschwaden, um sich in Focke-Schwarz' Körper einzunisten.

***

Doch wenn du uns betrügen solltest ... dann werden wir deine Seele in Stücke reißen! Die Stimmen in ihrem Kopf kamen Manuela Focke-Schwarz irgendwie bekannt vor. Allerdings konnte sie in ihrem momentanen Zustand absolut nicht zuordnen, woher sie die prägnante Stimmlage kannte.

»Wer seid ihr?«, flüsterte sie.

Forschungsreisende in die weit entfernten Sphären menschlicher Vorstellungskraft – Dämonen für manche, Engel für andere!

»*Hellraiser*?«, flüsterte Focke-Schwarz. »Was zum Teufel ...?«

Sie sah sich um und starrte verwirrt auf den mit Leichen übersäten und blutverschmierten Hausflur, in dem sie sich noch immer befand. Aber ihre Angst war plötzlich verschwunden. Auch die Panik.

Dennis blickte sie aus leblosen Augen an, während Volker vor ihr stand und sie neugierig beobachtete.

Auch sie stand aufrecht und lag nicht, wie sie die ganze Zeit vermutet hatte, auf dem Boden.

»Was ist los mit mir?«, murmelte Focke-Schwarz.

Wir sind in dir. Wir sind du!, vernahm sie die nicht unbekannte Stimme. *Aber du bist krank.*

»Krank?«

Krank, bestätigten die Stimmen, ohne näher darauf einzugehen.

»Aber ich bin nicht krank«, beteuerte Focke-Schwarz. Sie spürte, wie Tränen in ihre Augen stiegen.

Oh, keine Tränen, bitte. Das wäre eine Verschwendung guten Leidens.

»Wer seid ihr? Und wieso zitiert ihr die ganze Zeit aus *Hellraiser*?«

Wir sind in deinen Gedanken. Du liebst diese Bilder, die ihr Menschen Film nennt. Und wir erfüllen dir deinen größten

Wunsch. Denn deine Gedanken werden Wirklichkeit. Wir müssen dich leider töten, denn du bist unbrauchbar. Du bist krank.

»Ich bin nicht krank«, schrie Focke-Schwarz.

Die Stimmen reagierten nicht auf ihren Einwand, sondern beschwichtigten sie weiterhin in einer sanften, einlullenden Tonlage.

Wir werden deine Seele zerfetzen. Lausche der Musik deiner Angst. Klingt sie nicht, als würden Rasierklingen dein Fleisch öffnen? Ist das nicht die schönste Musik für dich? Ja, deine Angst wird dich töten …

Focke-Schwarz registrierte zwar ihre Umgebung, kam sich aber vor wie in einem Traum. Einem Albtraum …

Während sie den anheimelnden Stimmen lauschte, spürte sie den ersten Stich in ihre Brust. Zuerst ein sanftes, fast schon liebevolles Ziehen. Dann ein immer stärker werdendes Jucken, das sich zu schmerzhafter Qual steigerte. Sie blickte an ihrem Körper herab, nachdem sie den noch immer reglosen Volker eine Weile betrachtet hatte, und registrierte die tiefen Einschnitte direkt unter ihrem linken Brustbein. Überrascht stellte sie fest, dass sie plötzlich vollkommen nackt war.

Wie von einer unsichtbaren Rasierklinge verursacht, öffnete sich das Fleisch nun auch unter dem anderen Brustbein und klaffte auf wie ein kleiner Mund. Ein weiterer Schnitt, dieses Mal quer über ihre Brüste. Dunkles Blut quoll aus den Schnittwunden.

Focke-Schwarz hörte sich selbst schreien, war sich dennoch nicht hundertprozentig sicher, ob sie es tatsächlich war. Die Stimme klang fremd in ihren Ohren.

Keine Angst, wir erlösen dich. Dich und deinen kranken Körper, murmelten die Stimmen. *Jetzt bist du nur noch Schmerz. Diesen Schmerz hast du dir doch immer gewünscht, oder? Schmerz ist Erfüllung. Schmerz ist Erlösung. Schmerz ist dein Wunschtod …*

Focke-Schwarz krümmte sich, als ihr wie von Geisterhand weitere Schnitte zugefügt wurden. Sie verteilten sich auf ihrer Haut, als würde ein unsichtbarer Künstler ihren Körper bearbeiten. *Und hier noch eine kleine Änderung. Auch dort muss noch ein wenig verbessert werden. Du willst schließlich einen perfekten Tod sterben, wenn wir deine Gedanken richtig verstanden haben.*

Die GSEAT-Geschäftsführerin brach zusammen, sank vor Volker auf die Knie, als würde sie ihn wie eine Gottheit anbeten. Kurz bevor die außerirdische Intelligenz ihren malträtierten Körper verließ, erblickte Focke-Schwarz in ihren letzten Gedankenbildern eine hochgewachsene Gestalt, deren Haupt mittels Rasierklingen (waren das etwa dieselben, die sie eben verletzt hatten?) quer und längs eingeschnitten war. An den Schnittpunkten jener Wunden waren Nägel in den Schädel geschlagen.

Gott?

Gott!

Alkohol

00:30 Uhr – Die Maniacs

»Das ist doch totaler Schwachsinn«, wehrte Paul ab. »Sie kommen hier reingeplatzt und erzählen uns was von Aliens, die wir mit Alkohol bekämpfen sollen. Dass ich nicht lache … das ist doch kompletter Müll.«

»Aber ihr müsst mir glauben«, beteuerte Vogt. »Meine Assistentin kommt gleich zurück und dann müsst ihr alle etwas trinken. Da draußen befinden sich Raumschiffe von außerirdischen Lebensformen. Kommt mit, dann zeige ich sie euch. Wir haben es hier mit einer Alieninvasion zu tun. *Independence Day* …«

»Warum stellt ihr euch eigentlich so an?«, meldete sich Stitch zu Wort. »Ihr wolltet die ganze Zeit Spaß. Wieso also keinen Alkohol? Alkohol ist Spaß, oder?«

»Wir können uns doch nicht betrinken. Wenn das wirklich stimmt, was Sie sagen, sollten wir eher versuchen, so nüchtern wie möglich zu bleiben, um uns wehren zu können, oder?«

»Ich habe nicht gesagt, dass ihr euch betrinken sollt. Ihr braucht einfach nur etwas Alkohol im Blut, das ist alles. Der Staub verträgt diesen nicht und wird euch dann hoffentlich nicht befallen.«

»Und dann? Wie geht es dann weiter? Müssen wir unseren Alkoholpegel immer aufrecht halten, damit wir überleben?« Michelle sah die Umstehenden mit hochgezogenen Augenbrauen an.

»Wir arbeiten an einem Impfstoff«, erklärte Vogt. »Aber um die heutige Nacht zu überleben, müssen wir erst einmal trinken.«

»Krass«, murmelte Luka.

»Fick dich«, entgegnete Alina. »Das ist nicht krass, sondern einfach nur schrecklich.«

»Ich mein ja nur.«

»Okay, kommt mit. Wir gehen nach draußen und warten auf meine Assistentin. Im Transporter ist noch jede Menge Alkohol.«

»Und wo ist dieser Nebel jetzt?« Felix sah von einem zum anderen, bevor er auf Vogt zuging. »Wie bemerken wir, dass wir infiziert sind? Ich meine, Jenny und Evelyn haben sich in Zombies oder sowas verwandelt. Waren das die Aliens? Geschieht das mit uns auch? Werden wir zu Monstern, die versuchen, alles umzubringen, was sich uns in den Weg stellt?«

Vogt hob die Schultern. »Die meisten werden aggressiv, so viel steht schon mal fest. Aber ich vermute, dass das nur mit kranken Menschen passiert.«

»Wieso das denn?«

»Weil kranke Wirtskörper für den Staub unnütz sind«, erklärte Vogt. »Sie können darin nicht überleben. Und sie stellen irgendwas mit diesen kranken Menschen an. Aber, wie gesagt, wir sind uns da noch nicht hundertprozentig sicher. Vieles spricht jedoch dafür.«

»War Evelyn denn krank?«, wollte Laura von ihren Freunden wissen.

»Nicht, dass ich wüsste«, antwortete Emil.

»Na ja, sie war auf jeden Fall keine Jungfrau mehr«, stellte Stitch fest. »Und sie hatte mit Sicherheit schon ihre Monatsblutung …«

»Was hat denn das eine mit dem anderen zu tun?«, entgegnete Paul aufbrausend.

»Na ja, ich meine … das könnte doch auf die Aliens wie eine Krankheit wirken, wenn eine Frau ihre Regel hat, oder? Denkt doch nur an das viele Blut und so …«

»Demnach müssten alle erwachsenen Frauen zu einem bestimmten Zeitpunkt für die Außerirdischen krank erscheinen. Das würde bedeuten, dass sie alle getötet werden, wenn das stimmt.« Luka verstummte und dachte über seine eigenen Worte nach.

»Gar keine so abwegige Idee«, murmelte Vogt. »Soweit ich weiß, war der Anteil der weiblichen infizierten Toten tatsächlich weitaus höher als der männliche.«

»Und Jennifer?« Stitch stellte sich zwischen Felix und Robert. »Sie hat sich auch in ein Monster verwandelt. Die Aliens haben sie getötet, also müsste sie auch krank gewesen sein. Oder denkt ihr, das lag tatsächlich an ihrer Menstruation?«

»Jenny hatte wohl Schwierigkeiten mit ihrer Niere«, gab Emil zur Antwort. »Sie hat nie darüber geredet, aber …«

»Sie hat sich in ein Ding verwandelt, das aussah wie aus einem John Carpenter-Film.« Michelle kniff die Lippen fest aufeinander, als sie an die Szene zurückdachte.

»Diese fremde Intelligenz dockt sich an unser Gehirn an«, erklärte Vogt weiter. »Sie beeinflussen unsere DNS und lesen wahrscheinlich unsere Gedanken. Es könnte auch durchaus sein, dass die infizierten Menschen die Kontrolle über sich verlieren, weil die Alien-DNS an den Gensträngen andockt«, spekulierte sie. »Wir haben beobachtet, dass Besessene auch Nichtinfizierte grundlos angreifen und töten wollen, obwohl wir anfangs davon ausgingen, dass sie lediglich Wirtskörper suchen. Vielleicht läuft der Plan der Außerirdischen vollkommen aus dem

Ruder, weil sie dachten, dass die Menschen anders funktionieren.«

»Ist doch auch egal, warum das alles passiert«, unterbrach Robert die Ausführungen. »Vielleicht sollten wir auf Sie hören und einen Schluck Alkohol trinken, um uns zu schützen. Schaden kann es nicht, oder?«

»Mein Reden«, bestätigte Vogt. »Also kommt schon, Leute. Lasst uns draußen auf Bibbi warten.«

»Bibbi?«

»Meine Assistentin. Sie wird gleich zurück sein. Sie kümmert sich noch um das letzte Raumschiff.«

Diejenigen, die bis zu diesem Zeitpunkt noch auf dem Boden gesessen hatten, erhoben sich mit einem leisen Rascheln ihrer Kleidung. Keiner von ihnen achtete noch auf das entfernte Rattern der Waggons und die Schreie vom Band, die noch immer durch das *Scary Monsters* hallten. Jeder versuchte, sich mit der Situation abzufinden. Auch wenn alles nach einem abgefahrenen Science-Fiction-Horror-Film klang, waren die Geschehnisse dieses Abends schlichtweg nicht von der Hand zu weisen. Was auch immer gerade in Buchstedt und dem *Moviedrome* passierte … eines war sicher: Ihrer aller Leben war in Gefahr.

00:36 Uhr - Bieber

Die Sprinkleranlage setzte sich mit einem leisen Surren in Bewegung. Andrea Bieber nahm auf dem Fahrersitz Platz und betrachtete für einen kurzen Moment die Silhouette des abgestürzten Raumschiffs und den feinen Alkoholnebel, der auf die Oberfläche niederging. Wäre die Situation nicht so furchterregend, hätte die Szene durchaus ihren Reiz. Das Bild erinnerte sie an Arbeiten des viel zu früh verstorbenen schweizerischen Künstlers HR Giger, der unter anderem die Vorlage des berühmten Aliens geschaffen hatte.

Bieber holte noch einmal tief Luft, bevor sie ausstieg und nach hinten zur Laderampe des Transporters ging. Die Arbeit war getan, jetzt konnte sie endlich selbst einen Schluck trinken. Auf dem Rückweg zur Geisterbahn würde sie mit Sicherheit nicht in eine Polizeikontrolle geraten. Sie grinste über ihren Gedanken und öffnete eine Whiskeyflasche. Die im Mondlicht golden schimmernde Flüssigkeit verursachte bei ihr plötzlich eine Art Verlustgefühl. Nichts würde jemals wieder so sein wie zuvor. Die Welt hatte sich mit dem heutigen Tag vollkommen verändert. Eine neue Epoche war für die Menschheit angebrochen. Bieber schloss die Augen und dachte: *Aber wir werden überleben.* Langsam hob sie die Flasche an ihre Lippen. Bevor sie jedoch einen Schluck daraus trinken konnte, wurde sie von hinten an den Haaren gepackt und brutal zur Seite geschleudert. Die Whiskeyflasche entglitt ihrer Hand und fiel zu Boden, wo sie, erstaunlicherweise unbeschädigt, unter den Transporter kullerte.

Bieber schlug sich den Kopf an der Ladeklappe und kippte vornüber auf den Betonboden. Für einen Moment verlor sie die Orientierung und wusste nicht mehr, wo oben und unten war. Wenige Augenblicke später spürte sie, wie jemand versuchte, ihre Beine zu umklammern. Bieber trat panisch um sich und traf das Gesicht eines Mannes, der sie mit einem irren Grinsen auf den Lippen anstarrte. In ihrer halb liegenden Stellung ertastete Bieber die noch immer intakte Whiskeyflasche unter dem Fahrzeug und schlug sie dem Angreifer auf den Kopf. Dieser kippte mit einem erstaunten Aufschrei zur Seite, sodass

Bieber auf allen vieren auf die Fahrerseite des Transporters kriechen konnte. Der Infizierte folgte ihr hartnäckig und streckte wie ein Filmzombie gierig seine Hände in ihre Richtung. Dabei erkannte Bieber, wie sich ein feiner Nebel aus seinen Mundwinkeln löste und, als fände die Szene unter Wasser statt, hin und her waberte wie eine Ansammlung von Algen. Hinter dem Mann, der seine Attacke auf sie fortsetzte, sah Bieber noch weitere Personen, die sich aus der Dunkelheit schälten. Das Bild erinnerte sie unweigerlich an *Die Nacht der lebenden Toten.*

Bieber erreichte die Fahrertür und hangelte sich umständlich auf die Beine. Während sie sich nach oben zog, überlegte sie verzweifelt, ob sich irgendetwas im Fahrzeug befand, das sie als Waffe gegen den Mann benutzen konnte.

Sie kletterte ins Innere des Transporters und schlug mit letzter Kraft die Tür hinter sich zu. Ihr eigenes lautes Keuchen ging ihr auf die Nerven, aber sie versuchte, es, soweit möglich, zu ignorieren, sie musste sich schließlich darauf konzentrieren, zu überleben und diesen Ort zu verlassen. Die Kreaturen waren auf der Suche nach neuen Wirtskörpern. Und sie hatten eindeutig vor, sie in Besitz zu nehmen und in eine willenlose Marionette zu verwandeln.

Der Mann starrte sie durch das Fenster an und stieß ein bedrohliches Knurren aus. Spontan stieß Bieber die Tür mit voller Kraft auf. Begleitet von einem dumpfen Poltern kippte die Bestie um und riss dabei zwei weitere Angreifer mit zu Boden. Bieber zog die Tür wieder ins Schloss und strich sich mit einer fahrigen Bewegung die Haare aus der Stirn. Mit zitternden Fingern startete sie dann den Motor und legte den Gang ein.

Das Motorengeräusch des Transporters kam ihr plötzlich unnatürlich laut vor. Sie ließ die Kupplung zu schnell kommen und würgte so augenblicklich den Motor ab.

»Scheiße! Scheiße, Scheiße, Scheiße!«

Hektisch fummelte sie an dem Schlüssel herum. Mit einem Brüllen startete der Motor erneut und das Fahrzeug machte einen Hüpfer nach vorn, weil Bieber die Kupplung nicht weit genug durchgetreten hatte. Sie holte tief Luft und konzentrierte sich darauf, behutsam loszufahren, damit der Motor nicht wieder absoff. Durch die Windschutzscheibe sah sie eine Gruppe von mindestens zwanzig Menschen auf sie zurennen. *Was machen die hier alle?* Bieber gab Gas und fuhr direkt auf die Meute zu, die keinerlei Anstalten machte, dem heranbrausenden Transporter auszuweichen.

Zwei der Kreaturen wurden frontal erwischt. Eine von ihnen wurde wild durch die Luft geschleudert, während die andere unter die Räder gezogen wurde. Bei dem Rumpeln, als das Fahrzeug über den Körper fuhr, wurde Bieber übel. Sie gab weiter Vollgas und überfuhr noch weitere Infizierte, bevor sie durch den Pulk aus Körpern aufgehalten wurde und zum Stillstand kam. Biebers Kopf wurde nach vorn geschleudert, wobei ihre Stirn glücklicherweise nur das Lenkrad streifte, sonst hätte sie sofort das Bewusstsein verloren. So aber konnte sie nach ein paar Sekunden den Kopf heben und auf die gallertartige Masse aus Blut und Gehirnmasse starren, die in klebrigen Schlieren an der Frontscheibe herunterlief.

Bieber versuchte erfolglos, den aufsteigenden Würgereiz zu unterdrücken und übergab sich mit einem Schwall aus unverdauten Speiseresten und Gallenflüssigkeit auf den Beifahrersitz.

Sie vernahm ein lautes Poltern auf der linken Seite des Fahrzeugs. Als sie durch das Fenster blickte, erkannte sie sofort die Ursache: Die Kreaturen griffen aggressiv an und schlugen mit ihren zu Fäusten geballten Händen auf die Seitenscheibe ein. Es dauerte nicht lange, bis sich die ersten Risse im Glas abzeichneten. Hektisch öffnete Bieber das Handschuhfach und warf Fahrzeugpapiere, einen schmutzigen Lappen, einen Zollstock und diverse Schrauben auf den Boden vor dem Beifahrersitz. Nichts! Absolut nichts, das sie als Waffe gegen die Monster benutzen konnte.

Wie eine Explosion zerbarst das Fenster direkt neben ihrem Kopf. Splitter prasselten mit einem Geräusch auf sie nieder, das sich wie ein Platzregen anhörte. Hände packten Bieber am Kragen ihrer Bluse, schlugen ihr ziellos auf Mund, Nase und Wangen und zerrten sie an den Haaren in Richtung Autotür. Bieber strampelte und versuchte, sich am Lenkrad festzuklammern. Aber die Angreifer waren in der Übermacht und zogen sie an den Armen durch das Loch, an dessen Stelle sich kurz zuvor noch die Fensterscheibe befunden hatte. Metall schrammte über ihren Oberkörper und vereinzelte Glassplitter bohrten sich in ihre Haut. Erbarmungslos zerrten die Infizierten Andrea Bieber durch die schmale Öffnung, brachen ihr dabei Knochen und rissen ihr Hautfetzen vom Körper. Mit einem irren Aufschrei plumpste Bieber schließlich außerhalb des Fahrzeugs auf den Betonboden und trat wild um sich. Sie traf tatsächlich mehrere der Kreaturen, die durch die Wucht ihrer Tritte zurückgeschleudert wurden. Aber für jeden beseitigten Gegner kamen weitere nach, die sie attackierten und mit ihren Fingernägeln oder Zähnen verletzten. Biebers Haare peitschten ihr ins Gesicht, als sie sich krümmte, um ihren Körper und in erster Linie ihr Gesicht zu schützen. Sie fühlte unzählige Hände auf ihrem Körper, spürte brutale Schläge und empfand Verzweiflung, Angst, Wut und Schmerz gleichermaßen.

Jetzt ist es aus!

Eine der Kreaturen biss in ihren Oberarm. Kreischend entriss Bieber dem Monster ihren Arm und trat nach dem Angreifer. Wie bei einem Dominospiel kippten die dahinter stehenden Infizierten um, machten dadurch aber lediglich Platz für weitere Alien-Besessene. Bieber spürte, wie sie ins Bein gebissen wurde. Als sie sich in die Richtung wandte, sah sie noch, wie ihr eine Frau einen Fleischfetzen aus dem Bein riss, an dem Stoff von ihrer Hose hing. Ihre Kleidung war mittlerweile blutdurchtränkt, während die Horde weiterhin wie von Sinnen auf sie einschlug.

Das Letzte, das Bieber in diesem Leben noch sah, waren die Gesichter wilder Bestien, in deren Augen zwar ein kleiner Rest Menschlichkeit schimmerte, der jedoch den Kampf gegen die Außerirdischen verloren hatte.

00:37 Uhr - Die Slashers

Sie warteten, bis die Waggonschlange an ihnen vorbeigefahren war, und wollten dann in Richtung des Ausgangs rennen. Susi war die Erste, die im dämmrigen Licht die torkelnden Gestalten erspähte. »Da vorn sind Menschen.«

»Verdammt! Was haben die hier zu suchen?«

»Vielleicht suchen sie die Orte auf, an denen sie früher glücklich waren«, vermutete Emil.

»Du meinst, wie in Romeros *Dawn of the Dead*«, bemerkte Alina. »Da könntest du recht haben. Hier hatten diese Menschen wahrscheinlich Spaß und Freude. Und wenn sich diese Aliens tatsächlich ans Gehirn dieser Menschen andocken, lösen sie dabei vielleicht Erinnerungen aus, die sie hierher treiben.«

»Durchaus möglich«, stimmte Vogt zu. »Aber im Moment nicht wirklich relevant für uns. Diese Menschen sind gefährlich. Und sie wollen entweder unseren Tod oder unsere Körper besetzen.«

»Und jetzt?« Lukas Augen waren weit aufgerissen, als er sich neben Susi stellte und dabei die Wissenschaftlerin erwartungsvoll anstarrte.

»Wir müssen an denen vorbei und irgendwie nach draußen gelangen, um an den Alkohol zu kommen.«

»Können wir nicht einfach an ihnen vorbeirennen?«, schlug Emma vor. »Sie wirken sehr langsam.«

Vogt presste die Lippen zusammen und schüttelte den Kopf.

»Das sieht nur so aus«, bemerkte Alina. »Erinnert euch an Jenny.«

»Außerdem fehlt uns hier der Überblick«, gab Vogt ihr recht. »Wir wissen nicht, wie viele sich noch draußen auf dem Gelände aufhalten. Das ist zu gefährlich.«

»Und was schlagen Sie stattdessen vor?«, mischte sich Susi in die Diskussion ein.

»Wir müssen auf jeden Fall raus aus dieser Geisterbahn. Das ist Schritt Nummer eins. Danach müssen wir Bibbi finden und Alkohol trinken. Dann sind wir fürs Erste in Sicherheit«, flüsterte Vogt. »Am besten, wir gehen erst mal zurück und suchen uns einen anderen Weg, wo uns niemand draußen erwartet.«

Sie zogen sich langsam zurück.

»Scheiße, Leute. Diese Kreaturen folgen uns …«, stellte Robert fest. »Sie wissen, dass wir hier sind.«

»Sie wittern uns«, antwortete Vogt. »Wie Tiere …«

»Was wollen die?«, jammerte Michelle.

»Hat sie doch gerade gesagt«, antwortete Paul schroff. »Unser Leben oder unseren Körper, um sich darin einzunisten.«

»Ich will nach Hause.«

»Dazu ist es zu spät.«

»In der ganzen Umgebung sind Raumschiffe niedergegangen«, erklärte Vogt. »Es ist momentan überall gefährlich. Also lasst uns darauf konzentrieren, hier zu überleben.«

»*Zombieland*«, sagte Stitch und lachte leise auf. »Wir befinden uns in einem abgefahrenen *Zombieland*.«

»Hör auf mit diesem Scheiß«, brüllte Robert.

»Ruhe«, zischte Vogt. »Sie hören uns doch.«

»Tut mir leid. Aber ich kann diese Filmzitate-Scheiße nicht mehr hören.«

»Das ist keine Zitate-Scheiße, sondern eine Feststellung, kapiert?« Stitch ballte ihre Hände zu Fäusten und hielt sie in Roberts Richtung. »Kapiert?«, schnaubte sie.

»Los, gehen wir weiter«, forderte Susi auf und nickte Vogt zu. »Vielleicht haben sie uns doch noch nicht gesehen«, stimmte die zu. »Halten wir uns Richtung *Dragon Attack*. Mit Glück schaffen wir es, dort durch irgendeinen Hinter- oder Notausgang rauszukommen. Ich hoffe nur, dass wir Bibbi finden.«

Schweigend gingen sie eine Weile durch die Dunkelheit des Fahrgeschäftes und konzentrierten sich darauf, so wenig Geräusche wie möglich zu machen. Ihre Verfolger waren ihnen weiter auf den Fersen, das konnte sie anhand des Stöhnens und der knackenden Geräusche hinter ihnen erahnen.

Und dann erklang eine Stimme, die die meisten von ihnen als die von Emma identifizierten, obwohl sie sich seltsam verändert anhörte. »Wir holen euch, wir kriegen euch, ihr könnt uns nicht entkommen«, zitierte das Mädchen knurrend und ein wenig abgeändert eine Stelle aus Sam Raimis Kultfilm *Tanz der Teufel*.

00:34 Uhr – Die Squalors

Das Vorhaben der *Squalors* geriet von Minute zu Minute mehr außer Kontrolle. In den Bauplan des menschlichen Lebens schlichen sich in zunehmendem Maße gravierende Mängel ein. Der humane Körper funktionierte zwar weitestgehend zufriedenstellend, solange die Proteine keine Fehler aufweisen. Durch die außerirdische Intelligenz, die sich mit der menschlichen DNS vermischt hatte, entstanden allerdings Mutationen und irreparable Schreibfehler, die unweigerlich Konsequenzen nach sich zogen, mit denen die Aliens nicht gerechnet hatten. Sie dachten, die Menschen wären einfach nur stupide Wesen, deren Körper sie ohne größere Probleme in Besitz nehmen konnten. Doch die fehlerhaften Zellen, die durch die Vermischung der verschiedenen DNS-Strukturen entstanden waren, ließen heimtückische Tumore im Gehirn der Infizierten entstehen. Falsche Säuren wurden in Proteine eingebaut, die durch die Symbiose entstanden waren. Das Lebenssystem des Menschen und sein Gehirn verwandelten sich in eine einzige Fehlfunktion, die letztendlich auch auf den außerirdischen Staub übergriff und dessen genetischen Code ebenfalls vollkommen durcheinanderbrachte. Die Infizierten veränderten sich durch das Eindringen der fremden Intelligenz und mutierten sozusagen zu einem neuen Wesen, das keinerlei

Kontrolle mehr über sich hatte. Menschliche Gedankengänge und außerirdische Bestandteile vereinigten sich zu einer noch nie dagewesenen Lebensform, die beide Komponenten auf imperfekte Weise miteinander verschmolz.

Der Drang zu überleben, der den *Squalors* zu eigen war, verband sich mit den Erinnerungen der Menschen an deren vergangenes Leben und dem Wunsch nach einer glücklichen Zukunft. Egoistischer, humaner Überlebenswille verknüpfte sich mit außerirdischer Mentalität. Kurz, die Infizierten wurden zu unkontrollierbaren Monstern, die nicht mehr wussten, was sie taten und die keinen nachvollziehbaren Grund in ihrem Handeln suchten. Das defekte Gehirn befahl ihnen im einen Augenblick, zu überleben und daher weitere Wirtskörper für die außerirdischen ›Gäste‹ zu suchen, und im nächsten Moment überkam sie ein unbändiger Drang, jedes Lebewesen, dem sie begegneten, grundlos zu töten.

Es geriet letztendlich alles außer Kontrolle. Die *Squalors* verloren zunehmend die Herrschaft über die von ihnen besetzten Körper und waren deren unvorhersehbaren Reaktionen hilflos ausgeliefert. Doch dem Alienstaub blieb nichts anderes übrig, als in den besetzten Körpern zu verweilen, denn in der Erdatmosphäre würden sie nicht lange ohne Schutzkörper überleben können. Sie brauchten den Menschen, der als Barriere vor den ganzen fremden Umwelteinflüssen diente. Schon längst hatte sich ihr anscheinend perfekter Plan einer Invasion in Luft aufgelöst. Aber anscheinend war noch etwas anderes schiefgelaufen. Denn die Menschen hatten anscheinend eine Waffe gegen die *Squalors* gefunden. Die Schreckensnachricht verbreitete sich wie ein Lauffeuer über die telepathische Schwarmintelligenz der Aliens. Bei der Waffe handelte es sich um eine Flüssigkeit, die sich als äußerst bedrohlich und schlussendlich tödlich für die *Squalors* herausgestellt hatte. Immer mehr Menschen nahmen zwischenzeitlich diese Flüssigkeit zu sich, um die *Squalors*, die sich in ihnen aufhielten, wieder aus ihren Körpern zu vertreiben und sogar zu vernichten.

Wenn die Aliens das überleben wollten, musste schleunigst ein neuer Plan her.

01:00 Uhr

Emmas Augen schienen aus den Höhlen zu quellen, so angestrengt starrte sie auf ihre Freunde. »Wir kriegen euch …«, wiederholte sie noch ein weiteres Mal, bevor sie mit einem lauten Kreischen Luka attackierte, der unmittelbar neben ihr stand.

»Was ist mit ihren Augen?«, schrie Alina und überlegte kurz, Luka zu Hilfe zu eilen. Verunsichert blickte sie zwischen Robert, der am Kopf der Truppe stand, und Emma hin und her. »Was ist denn jetzt schon wieder los?«

Laura stieß einen schrillen Schrei aus, als Emma Lukas rechte Wange mit ihren Fingernägeln zerfetzte. Ihr Opfer kreischte hysterisch und versuchte, die Angreiferin wegzudrücken. Als Laura davonrennen wollte, kollidierte sie mit Lennart, der dicht hinter ihr stand und ein irres Grinsen auf den Lippen zeigte. Laura stolperte und wäre fast hingefallen, wenn Lennart sie nicht am linken Oberarm zu fassen gekriegt und an sich gerissen hätte.

»Ja, habt Angst! Ihr schmeckt alle so viel besser mit eurer Angst«, kreischte er und packte Laura an den Haaren. Er hatte seine Augen wie Emma weit aufgerissen und sein Mund verwandelte sich in ein unnatürlich breites Maul. Ein irres Lachen drang zwischen seinen Lippen hervor, als er sich über sein Opfer beugte und über ihr Gesicht leckte. »Lecker, lecker. So eine schöne, köstliche Angst«, flüsterte er und verwandelte sich immer mehr in ein Monster mit furchterregender Fratze.

Laura strampelte wild und versuchte, sich aus der Umklammerung zu befreien. Aber Lennart war stärker. Seine Zunge wurde immer länger, krümmte und wand sich wie eine Schlange, bevor sie sich um Lauras Hals wickelte. Sein Opfer röchelte, schnappte verzweifelt nach Luft und schlug unkontrolliert um sich.

»Es reicht«, brüllte Susi und lief auf die beiden zu. Lennart drehte sich nicht einmal nach der Prostituierten um, sondern wehrte ihren Angriff mit einem gezielten Schlag ab. Susi verlor das Gleichgewicht, versuchte sich an Felix und Alexander festzuhalten, was lediglich dazu führte, dass sie alle drei zu Boden fielen.

Emma hielt Luka, ebenso wie Lennart Laura, weiterhin fest umklammert. Gelblicher Nebel waberte um die beiden Infizierten und ihre Opfer.

»Lasst uns von hier abhauen«, erklang Emils Stimme.

»Aber wir müssen ihnen doch helfen.« Susi hatte sich aufgerappelt und blickte auffordernd zu Robert und Stitch, die unschlüssig neben Emma und Lennart standen und nicht wussten, ob und wie sie gegen die Angreifer vorgehen sollten.

»Los, kommt schon. Machen wir sie fertig!«, schrie Susi und stürmte zum zweiten Mal auf Lennart los.

Laura hing mittlerweile schlaff in seinen Armen. Die gigantisch lange Zunge glitzerte im Dämmerlicht der Geisterbahn, während sie sich konsequent um den Hals des Mädchens zusammenzog.

Lauras Gesicht verfärbte sich zunehmend dunkel. Ihre Augen quollen aus den Höhlen und ihre Zunge hing schlaff aus ihrem Mund, als wäre sie bereits tot.

Susi schlug nach Lennart. Aus dem Augenwinkel sah sie, wie Stitch und Robert zusammen mit Paul und Emil den Kampf gegen Emma aufnahmen. Lukas Gesicht war zwischenzeitlich durch Emmas Attacken vollkommen zerfetzt worden und an einigen Stellen schimmerten Wangenknochen aus dem blutigen Brei hervor.

»Fuck!«, kreischte Alina und eilte Susi zu Hilfe, die wie ein Berserker auf Lennart einschlug.

Vogt und Alexander rannten ebenfalls auf Lennart zu, während sich Felix dazu entschloss, den anderen mit Emma zu helfen. Die Kampfgeräusche klangen unnatürlich laut, dazwischen kreischten die Horrorfiguren und die Wagenschlangen ratterten über die Gleise.

Lennart hatte zwischenzeitlich Lauras Kopf gepackt und drückte brutal zu. Ohne Vorzeichen und mit einem ekligen Geräusch platzte Lauras Schädel und eine klebrige Masse ergoss sich über den anderen. Aus dem zerfetzten Halsstumpf des Mädchens sprudelte eine Blutfontäne bis zur Decke des Fahrgeschäfts hoch. Alina würgte und übergab sich, während Lennart von seinem Opfer abließ und sich mit einem triumphierenden Brüllen seinem nächsten Gegner zuwandte. Lauras Körper zuckte unkontrolliert, als er auf den Boden aufschlug. Ein Gemisch aus Blut und Fleischbrocken quoll aus dem Halsstumpf und verteilte sich als Lache auf dem Boden. Susi traf die clowneske Fratze Lennarts mit einem harten Fausthieb, der ihn von den Beinen fegte. Mit einem dumpfen Geräusch knallte Lennart gegen einen Stromkasten und überschlug sich wie ein Zirkusartist, als er darüberfiel. Susi sprang hinterher und ließ erneut ihre Faust mitten in sein Gesicht krachen. Das Splittern des Nasenbeins jagte Alexander einen Schauer über den Rücken, hielt ihn aber nicht davon ab, ebenfalls wie von Sinnen auf seinen infizierten Freund einzudreschen.

Keiner von ihnen sah, wie nur wenige Meter neben ihnen Emmas Augen mit einem unappetitlichen Geräusch platzten und ein blutiger Schleim aus den Höhlen tropfte, während die Besessene weiterhin Lukas Gesicht malträtierte. »Tod bei Morgengrauen!«, brüllte Emma. »Verdammter Scheißtod bei Morgengrauen!« Sie trat nach Robert und erwischte ihn an der Hüfte. Während der nach hinten kippte, umklammerte Stitch wagemutig Emmas Hals und schlug ihre eigene Stirn gegen die ihrer Gegnerin. Die beiden Mädchen gingen zu Boden und rissen Luka mit. Der Schrei, den Emma daraufhin ausstieß, klang wie der eines wütenden Tiers. Sie fegte Stitch mit einem einzigen Schlag zur Seite und wandte sich wieder ihrem Opfer zu, ohne Emil und Paul zu beachten, die sich von der Seite her näherten. Robert lag noch immer am Boden und hielt sich die Hüfte.

»Verabschiede dich schon mal. Deine Zeit ist abgelaufen«, zitierte Emma eine weitere Stelle aus ihrem Lieblingsfilm und packte mit den Händen Lukas Ober- und Unterkiefer. »Zeit zu sterben, Junge …«, keuchte sie und begann, die beiden Kiefer mit gewaltiger Anstrengung auseinanderzuziehen.

Emil trat nach ihr und traf, bekam aber lediglich ein bösartiges Knurren als Reaktion. Emma ließ sich nicht von ihrer Absicht abbringen, Luka auf grausamste Weise zu töten. Paul packte sie von hinten an der Gurgel und drückte zu. Emma warf sich auf den Rücken, ohne Lukas Kiefer loszulassen und begrub Paul unter sich. Während Emil seinem Freund zu Hilfe eilte und Robert sich wieder aufrappelte, erklang das erste Knacken, als sich die Kiefer aus ihrer Verankerung lösten. Luka verdrehte die Augen nach oben und seine Wangen zuckten unkontrolliert. Emma stieß einen schrillen Schrei aus und machte einen erneuten Ruck, um Kinnlade und Oberkiefer weiter auseinanderzureißen. Der fragilere Unterkiefer knackte und schob sich ein wenig nach links, während der Oberkiefer mit einem lauten Krachen brutal vom Nasenbein gerissen wurde. Lukas unnatürlich weit aufgerissene Mundöffnung glich dem irren Grinsen von Emma, die uninteressiert von ihrem Opfer abließ und sich Emil und Paul widmete, die zitternd vor ihr standen und auf die entstellte Fratze ihres Freundes starrten.

»Wir kriegen euch, wir kriegen euch …«, murmelte Emma und zwischen ihren Lippen quoll Nebel hervor. Sie stieß Lukas Leichnam wie einen Müllsack von sich.

»Wir müssen abhauen«, schrie Susi.

»Mund zu und Luft anhalten«, rief Vogt und packte Susi am Oberarm, um sie von Emma und Lennart wegzuzerren. »Atmet den Nebel unter keinen Umständen ein.«

Lennarts Körper bäumte sich mit einem quälenden Seufzen auf. Seine Arme ruderten wild, als er verzweifelt versuchte, das Gleichgewicht nicht zu verlieren. Aus seinem Mund entrang sich ein Stöhnen und Jammern, während der gelbe Nebel zwischen seinen Lippen herausströmte, sich vor seiner Stirn sammelte und dort für einige Augenblicke in der Luft schwebte. Dann schwebten die Schwaden auf Michelle, Stitch und Robert zu.

»Lass sehen, wie du von innen aussiehst«, kreischte Alina und schlug mit einer Metallstange auf Lennart ein. »Du kannst mich mal, du verdammter Bastard!«

Blut, Gehirnmasse, Knochensplitter und Haare flogen in alle Richtungen. Alina würgte und kotzte auf ihre Schuhe, bevor sie erneut auf den Schädel des Jungen eindrosch. Lennart wurde durch die Wucht der Schläge wie eine Puppe herumgeschleudert und knallte gegen denselben Stromkasten, über den er zuvor gefallen war. Alina würgte erneut, prügelte aber unvermindert auf Lennarts Schädel ein, der sich von einer Sekunde auf die andere buchstäblich in Luft auflöste. Ein roter Sprühregen vermischte sich mit den restlichen Nebelschwaden, die noch immer um Lennarts Körper waberten, dann lag die kopflose Leiche des Jungen vor Alina.

»Fick dich«, flüsterte diese und warf die blutige Metallstange von sich.

»Tapferes Mädchen«, beruhigte Susi Alina. »Hast du was von dem Nebel verschluckt?«

Alina schüttelte den Kopf und kniff die Augen fest zusammen. »Ich habe nur was von seinem Blut geschluckt«, murmelte sie und übergab sich ein zweites Mal.

Emma hatte das Geschehen fassungslos beobachtet. Anscheinend hatte sie nicht damit gerechnet, dass jemand derart gegen sie ankommen würde.

»Okay, dann bist du dran«, knurrte Robert und hob die Eisenstange auf, die Alina vor wenigen Augenblicken in seine Richtung geworfen hatte. »Tut mir leid, Emma«, flüsterte er und holte weit aus, um sie mit einem einzigen Schlag außer Gefecht zu setzen.

Die Infizierten, die sie vorhin im Park erspäht hatten, kamen währenddessen immer näher. Ihr Gemurmel schwoll mit jedem ihrer Schritte an. Einige trugen nur noch zerfetzte Shirts oder Blusen, unter denen ihre aufgequollenen Brustkörbe im Dämmerlicht der Geisterbahn schimmerten. Die Besessenen schienen immer mehr die Kontrolle über sich zu verlieren. Sie rannten sich gegenseitig um, stolperten über die am Boden liegenden Körper und verbreiteten dabei einen äußerst unangenehmen Gestank nach Kot, Urin und Schweiß. Anscheinend beherrschten sie auch ihre Körperfunktionen nicht mehr.

Robert schlug zu und Emmas Gesicht explodierte. Geronnenes Blut quoll in Form von schwarzem Schleim aus ihrem Mund. Emma kippte hintenüber und strampelte unkontrolliert mit den Beinen. Robert rammte die Stange in die Fleischmasse, die einmal Emmas Gesicht gewesen war, und taumelte ein paar Schritte zurück, bis er von Michelle aufgehalten wurde. »Es reicht.«

Emma hörte auf zu zucken und lag still vor ihnen.

»Jetzt aber nichts wie weg«, wiederholte Vogt.

Es war schwierig, die anstürmenden Infizierten im Blick zu behalten. Mittlerweile waren sie nicht nur im Eingangsbereich, sondern auch durch Nebeneingänge in das Fahrgeschäft eingedrungen. Vogt hatte die Führung übernommen und rannte nach Norden, wo ihrer Meinung nach die geringste Gefahr bestand, in einen Pulk von Infizierten zu geraten.

Die Flucht war ein Albtraum, der nicht enden wollte. Je näher sie dem rettenden Ausgang kamen, desto mehr Leichen lagen auf dem Boden. Zerfetzte Körper, abgetrennte Extremitäten, Gedärme …

Paul stolperte zusammen mit Alexander und Felix am Ende der Gruppe durch die Geisterbahn. Dumpfe Schläge aus dem hinteren Teil des *Scary Monsters* begleiteten sie, weiter vorn drangen unmenschliche, verzweifelte Schreie an ihre Ohren, die wie das Wehklagen von in der Hölle Verdammten klangen.

Die psychedelische Beleuchtung wirkte wie einem Dario Argento-Film entsprungen.

Vogt hatte endlich einen der Notausgänge erreicht, der noch nicht von Besessenen belagert war. Während sie sich gegen die Tür warf, um sie zu öffnen, tätschelte Susi unbeholfen Alinas Arm. »Alles wird gut«, flüsterte sie immer wieder, um das Mädchen zu beruhigen, das sich zitternd gegen die Prostituierte lehnte. »Alles wird gut.«

»Ich halte das nicht mehr aus«, murmelte Alina.

Ein milchiger Lichtstrahl drang ins Innere der Geisterbahn, als Vogt es endlich geschafft hatte, den Notausgang zu öffnen.

»Los!«

Sie verließen das *Scary Monsters* und traten in die frische Luft der Nacht. Die Sterne am Himmel glitzerten wie in einem romantischen Prospekt für Hochzeitsreisen. Überall lagen Leichen am Boden herum. Eine Gruppe von Infizierten näherte sich von rechts, während von vorn lediglich zwei Personen auf die Gruppe zu torkelten.

»Hier entlang«, rief Vogt und rannte auf die beiden Einzelgänger zu. Während sie an ihnen vorbeilief, gab sie ihnen einen Schubs, sodass sie zuerst schwankten und dann wie hilflose Babys einfach umkippten. Bevor Paul, Felix und Alexander das Fahrgeschäft verließen, drang der außerirdische Staub in ihre Nasen, ohne dass sie es bemerkten.

01:33 Uhr

»Da vorn steht der Transporter«, rief Vogt.

»Der sieht aber nicht mehr besonders gut aus«, bemerkte Robert, während sie auf das Fahrzeug zuliefen.

Dahinter ragte die Silhouette des Raumschiffs in den Nachthimmel und sah aus wie ein modernes Kunstwerk.

»Wow, was für ein Teil«, flüsterte Paul. »Das ist ja der Wahnsinn. Wie kann Staub so etwas nur bauen?«

Während sie auf den demolierten Wagen zuliefen, bestaunten die Jugendlichen das außerirdische Vehikel.

Der Transporter sah aus wie nach einem Frontalzusammenstoß. Um das Fahrzeug herum waren überall Glassplitter auf dem Boden verteilt, die zwischen verkrümmten Leichen und Fahrzeugteilen lagen. Die Fahrertür stand halb offen und Vogt ahnte bereits, welcher Anblick sie erwarten würde. Der Oberkörper von Andrea Bieber lag verkrümmt und unnatürlich verbogen vor dem Fahrzeug. Nur an den Haaren konnte Vogt noch erkennen, dass es sich bei der schrecklich verstümmelten Leiche um ihre Assistentin handelte. Ihr rechter Arm war vom Ellenbogen abwärts bis zum Handgelenk fast vollständig ohne Fleisch, als hätten die Infizierten ihn wie einen Hühnerflügel abgenagt. An manchen Stellen waren teilweise nur noch Knochen und vereinzelt Sehnen zu erkennen. Die rechte Seite von Biebers Gesicht war ebenfalls entstellt, als wäre sie angenagt worden. An der Stelle ihrer Augen befanden sich dunkle, mit blutigem Schleim gefüllte Höhlen. Biebers Oberteil war durch und durch mit Blut getränkt, so dass die ursprüngliche Farbe des Stoffes unmöglich zu erkennen war. Der Mund der Toten schien lippenlos zu sein, so blutverschmiert war der untere Teil des Gesichts.

»Oh, mein Gott«, stöhnte Vogt. »Was haben sie dir angetan, Bibbi?«

Sie näherte sich dem Leichnam und fuhr mit zitternden Fingern über die linke Wange, die noch weitestgehend unversehrt war. Das rechte Ohr und eine Hälfte der

Nase waren unter den zerrissenen Fleischfetzen nicht mehr zu erkennen. »Verdammte Scheiße. Wir hätten uns niemals trennen sollen.«

»Ist das alles ihr Blut?« Stitchs Stimme klang wie die eines Kindes. »Das ist so viel …«

Ein paar Zähne waren aus Biebers Mund in ihren Schoß gefallen und schimmerten im Mondlicht.

»Es tut mir wirklich leid, aber wir dürfen keine Zeit verlieren«, unterbrach Susi den Augenblick, in dem sich Vogt von ihrer Assistentin und Freundin verabschiedete. »Da hinten kommen die nächsten Zombies. Wo ist der Alkohol?«

Vogt nickte mit zusammengepressten Lippen und deutete auf den hinteren Teil des Transporters. »Hinten auf der Ladefläche. Hoffentlich ist noch was davon übrig.« Sie schenkte der Leiche ein warmes Lächeln. »Mach's gut, Bibbi.« Sie hatte sich schon abgewandt, blieb aber noch einmal stehen und wandte ihren Blick ein letztes Mal auf die Tote. »Ich trinke einen auf dich …«, murmelte sie wehmütig. »Das hätte dir bestimmt gefallen.«

Die Antwort heißt Alkohol

01:36 Uhr

Eine unheimliche Stille hatte sich über die Gruppe gelegt. Das gequälte Jammern der Infizierten war für einen kurzen Augenblick in den Hintergrund getreten, als die beiden erwachsenen Frauen und die Jugendlichen vor den Kartons voller alkoholischer Getränke standen, die sie von der Laderampe gepackt hatten.

»Jeder nimmt ein, zwei Schlucke, das dürfte fürs Erste reichen, da wir noch bei klarem Verstand bleiben wollen«, bemerkte Vogt. »Danach sehen wir zu, dass wir aus diesem Park verschwinden.«

»Aber wo sollen wir denn hin? Sind diese Dinger nicht überall?« Felix sah in die Richtung, aus der sie gekommen waren und aus der sich nun Infizierte näherten.

»Alkohol ist unsere einzige Hoffnung im Moment«, erklärte Vogt. »Ich werde mich darum kümmern, dass der Impfstoff so schnell wie möglich produziert wird. Dann bekommen wir alles wieder in den Griff.«

Stitch lachte gekünstelt. »Krass, echt. Wir sitzen mitten in einer Alieninvasion und besaufen uns. Das ist echt abgefahren.«

Vogt sah zu den Rasensprengern hinüber, die Bieber noch vor Kurzem aufgestellt hatte. *Zumindest ist ihr das noch gelungen, bevor sie sterben musste*, dachte Vogt.

Das Szenario wirkte vollkommen surreal.

Sie schraubte den Verschluss einer Wodkaflasche auf und setzte ohne zu zögern die Öffnung an ihre Lippen.

Vogt trank zwei große Schlucke des scharfen Alkohols und holte tief Luft, während sich die brennende Flüssigkeit ihren Weg durch die Speiseröhre in ihren Magen bahnte. Die Wissenschaftlerin reichte das Getränk an Susi weiter, die ebenfalls zwei große Schlucke nahm.

Robert hatte eine Flasche Wein geöffnet und nuckelte abwechselnd mit Alina und Alexander daran. Emil, Paul, Michelle und Stitch widmeten sich einem Kräuterschnaps, bei dem sie allesamt angewidert ihre Gesichter verzogen.

Paul rülpste leise und warf seinen Freunden einen entschuldigenden Blick zu. »Sorry, Leute. Aber das Zeug …«

»Findet ihr es nicht auch extrem unheimlich, dass sich dieser Nebel in unsere Gedanken einnistet?« Alina schüttelte den Kopf. »Die wissen, was wir mögen. Dass wir Filmfreaks sind. Die kennen all unsere Vorlieben und lassen uns Dinge sagen, die sie in unseren Hirnen verankert haben. Wir sind ihre Marionetten.«

Alle schwiegen betroffen und dachten über Alinas Worte nach. Paul rülpste erneut und zuckte mit den Schultern. »Tut mir echt leid, aber …« Er sprach den Satz nicht zu Ende und krümmte sich stattdessen zusammen. Hielt sich den Magen und verzog das Gesicht zu einer gequälten Grimasse. »Verdammte Scheiße, tut das weh«, presste er zwischen seinen Lippen hervor.

Vogt hatte sich von der Gruppe abgewandt und einem der Rasensprenger genähert, der noch immer Alkohol durch die Luft sprühte. Michelle und Stitch folgten ihr, während die anderen besorgt um Paul herumstanden, der sich weiterhin den Bauch hielt und in unregelmäßigen Abständen rülpste.

»Hast du was von dem Nebel verschluckt?«, fragte jemand aus der Gruppe.

Vogt kümmerte sich nicht um die Vorgänge hinter ihrem Rücken, sondern starrte auf den gelben Schleim, der in der Reichweite des Rasensprengers auf dem Betonweg lag. »Es funktioniert tatsächlich«, murmelte sie vor sich hin und wandte sich an Michelle und Stitch. »Seht nur! Die Aliens sterben durch den Alkohol. Es funktioniert …«

Ein Sprühnebel aus Schnaps senkte sich über die Wissenschaftlerin, während sie sich hinkniete und den Matsch genauer betrachtete. Der außerirdische Staub hatte sich zu unförmigen schleimigen Klumpen verbunden und dampfte leicht. Es sah in der Tat ganz danach aus, als machte Alkohol der fremden Intelligenz den Garaus.

»Wir haben eine Chance«, murmelte Vogt und erhob sich. »Die Menschheit hat den Kampf noch nicht verloren.«

»Aber ist das alles nicht trotzdem aussichtslos?«, warf Stitch ein. »Kinder zum Beispiel können keinen Alkohol trinken.«

»Es ist doch nur eine Übergangsphase«, erklärte Vogt. »Die Menschen haben keine Wahl, sonst sterben sie. Ich habe mit der Entwicklung des Impfstoffes begonnen, bevor diese letzte Invasion losging. Es ist also noch nicht zu spät.«

Ein lautes Brüllen ließ sie zusammenzucken.

»Es brennt …«, schrie Paul und schlug wie ein Verrückter um sich. »Ich verbrenne …«

»Oh, mein Gott. Er ist infiziert«, schrie Vogt und rannte zurück zum Transporter. »Der Alkohol setzt den Aliens zu. Sie wollen seinen Körper verlassen …«

»Ihn aber vorher noch zerstören«, fügte Stitch hinzu, während sie zusammen mit Michelle der Wissenschaftlerin hinterherrannte.

»Wenn Paul doch Alkohol getrunken hat«, bemerkte Susi, »wie konnte dann der Alienstaub in ihn eindringen?«

»Er war bereits infiziert.« Vogt hatte die Gruppe erreicht. »Hätte er vor der Infizierung bereits Alkohol intus gehabt, hätten die Aliens ihn erst gar nicht besetzt. Aber sie waren wohl schon in ihm drin. Und dann kam der Alkohol … Jetzt fürchten sie um ihr Überleben. Sie wollen den Wirtskörper zerstören, bevor sie ihn verlassen.«

»Fuck! Hoffentlich steckt in keinem sonst dieser Scheißnebel.«

»Verschwinde von hier, du Bastard! Ich werde dich verbrennen! Ich werde dich braten!«, kreischte Alexander und lief plötzlich wie paralysiert auf Paul zu.

»Verdammt noch mal«, brüllte Emil. »Jetzt fängt der auch noch an. Er schmeißt mit Zitaten aus seinem Lieblingsfilm *Feuerkind* um sich.«

»Die Aliens sind in ihren Gehirnen. Sie werden verbrennen wie Drew Barrymore …«, murmelte Alina.

Paul und Alexander taumelten aufeinander zu und umarmten sich wie zwei Brüder, die sich seit ewigen Zeiten nicht mehr gesehen hatten.

»Wenn ich etwas Schlechtes tue, wirst du mich immer noch lieben?«, kreischte Paul. »Sieh her, ich brenne!« Eine Flamme schoss mit einem Fauchen aus seinem Mund und hüllte Alexanders Schädel ein. Dieser umarmte seinen heranstürmenden Freund und drückte ihn so fest gegen sich, dass beide umkippten und zwischen die Leichname der Infizierten fielen. Erste Flammen züngelten an den Körpern der beiden Jungen empor. Langsam wichen die Jugendlichen von ihren infizierten Freunden zurück.

Pauls Kleidung fing zuerst Feuer und das Prasseln der Flammen klang unnatürlich laut in der Stille der Nacht, durch die nur hin und wieder das verzweifelte Schreien der anderen, sich stetig nähernden Besessenen drang.

»Oh, mein Gott. Das ist ja wie in *Das Ding aus einer anderen Welt*«, schrie Robert. »Kaum haben die Aliens gemerkt, dass die beiden Alkohol getrunken haben, setzen sie sich zur Wehr.«

»Paul und Alexander sind verloren«, stellte Vogt fest, als sie den Transporter erreichte. »Zeit, abzuhauen.«

»Aber …«

»Kein Aber«, unterbrach die Wissenschaftlerin. »Raus aus diesem Park.«

Ein gigantischer Feuerball tauchte die Umgebung plötzlich in taghelles Licht. Die Körper von Alexander und Paul schmolzen förmlich in der Hitze des Feuers, das die Aliens in ihrer DNS entfacht hatten. Gleißende Funken sprühten in den Nachthimmel und wurden von markerschütternden Schreien der Brennenden begleitet.

Wie aus dem Nichts erschienen unzählige Infizierte aus der Dunkelheit und verwandelten die trügerische Sicherheit der Gruppe von einem Moment auf den anderen in eine bedrohliche Hölle.

»Scheiße«, fluchte Robert, als er Felix entdeckte, der sich ihm mitten in den Weg gestellt hatte. »Hau ab, Felix.« Er wollte seinen Freund zur Seite stoßen. Der wich seinem Schlag geschickt aus und stellte Robert ein Bein, sodass dieser stolperte und fiel. »Verdammt …«

Während Robert sich noch auf dem harten Asphalt des breiten Besucherwegs abrollte, stürzte sich Felix bereits auf ihn. Seine Augen waren weit aufgerissen. An seiner rechten Wange baumelte ein dicker Speichelfaden.

»Dein Ende ist gekommen, Freund«, kreischte Felix. »Wenn man so lange verletzt und eingeschüchtert wurde, dann wandeln sich die Angst und der Schmerz zu Hass. Und der Hass beginnt die Welt zu verändern. Das ist das Ende von *Silent Hill … Siiiileeent Hiiiilll* …«

Robert versuchte dem Schlag auszuweichen, aber es gelang ihm nicht. Felix' Fausthieb traf ihn an der Schläfe und für einen kurzen Moment dachte Robert, er würde das Bewusstsein verlieren.

Benommen robbte er aus der Gefahrenzone und versuchte taumelnd wieder auf die Beine zu kommen. Felix schimpfte vor sich hin und folgte Robert, hatte aber sichtlich mit seinem Gleichgewicht zu kämpfen. Auch er war mittlerweile von den Außerirdischen befallen, die verzweifelt versuchten, gegen den außer Kontrolle geratenen Wirtskörper anzukämpfen. Während im Hintergrund Paul und Alexander in ihrem persönlichen Höllenfeuer verbrannten, glaubte Felix dank der Aliens, er wäre zu seiner Lieblingsfigur Pyramid Head aus *Silent Hill* mutiert. Unter enormem Druck verformte sich Felix' Schädel durch die fremde DNS in seinem Körper zu einer dreieckigen Masse auf seinen Schultern. Der deformierte Kopf wackelte durch die ungleichmäßige Gewichtsverteilung unkontrolliert von einer Seite zur anderen, als würde er jeden Moment abfallen.

Robert sah, wie seine Freunde und die beiden Frauen panisch davonliefen und ihn zurückließen. »Helft mir«, schrie er verzweifelt, als sich das missgebildete Monster, das noch vor wenigen Augenblicken sein Freund gewesen war, zu ihm hinabbeugte. »Ihr könnt mich doch nicht einfach hier zurücklassen …«

Der spitze Knochen, der sich aus der verformten Stirn von Felix' Dreieckskopf herausgebildet hatte, bohrte sich mit einem matschigen Geräusch in Roberts linkes Auge.

Dann dringt der Bohrer in seine Schläfe ein …, hörte Robert Alexanders Stimme in seinen Gedanken. *Ein Zombie hing am Glockenseil. Dem Mann treten sofort Tränen in die Augen, als die Haut aufreißt und sich der Stahlstift weiter in seinen Schädel arbeitet.*

Robert traten Tränen ins rechte Auge, während Felix' Knochenauswuchs durch seine linke Augenhöhle in seinen Schädel eindrang.

Eine erste Blutfontäne spritzt mit einem leisen Zischen aus der Wunde.

Blut spritzte aus der Wunde hervor und vermischte sich mit gelblichem Nebel, der aus Felix' Stirn quoll.

Mit einem Ruck verschwindet der über dreißig Zentimeter lange Bohraufsatz noch tiefer im Kopf des Mannes, dessen linkes Auge plötzlich leicht schielend und nach oben gerichtet erstarrt.

Mit einem Ruck versank der Knochensplitter komplett in Roberts Schädel. Mit seinem rechten Auge sah er sich so nahe wie noch nie seinem ehemaligen Freund gegenüber, der ihm nun den Tod brachte.

Im Tode vereint, blitzte es in Roberts Gehirn auf, bevor ihn die Dunkelheit erfasste, um ihm den Weg in eine andere Existenz außerhalb des irdischen Lebens zu erleichtern.

01:43 Uhr

Susis Oberteil war voller Blut. Sie fragte sich während ihrer Flucht unentwegt, von wem es wohl stammte. Laura? Luka? Oder einem der anderen Jungs?

Sie hielt kurz inne und ließ ihren Blick über die Meute schweifen, die hinter ihnen her war. Die ansteigende Zahl ihrer Verfolger machte ihr Angst. Susi spürte die ersten Auswirkungen des Alkohols, obwohl sie nur zwei Schlucke getrunken hatte. Aber sie war nichts Hochprozentiges gewöhnt, deswegen wunderte sie das aufkommende Schwindelgefühl nicht. Sie warf einen letzten Blick auf die Horde willenloser Marionetten, die unter dem Einfluss der Außerirdischen standen.

All you zombies hide your faces, all you people in the street, all you sittin' in high places, the pieces gonna fall on you …, hörte sie die Melodie eines Hits aus ihrer Jugendzeit in ihren Gedanken.

»Felix ist einer von ihnen«, stellte Michelle fest, die sich an Susi vorbeidrängte. »Habt ihr seinen Schädel gesehen?«

»Er hat Robert getötet«, jammerte Stitch. »Robert ist tot.«

Jetzt sind wir nur noch zu sechst, wurde Susi schmerzlich bewusst. *Alina, Emil, Michelle, Stitch, Vogt und ich. Alle anderen sind tot.*

Die Umrisse eines der Raumschiffe tauchte vor ihnen auf. Wie eine Filmkulisse erhob es sich vor den Ruinen der Achterbahn in den dunklen Himmel. Vereinzelte Brandherde knisterten und ließen die Umgebung in Verbindung mit den zerstörten Fahrgeschäften wie ein Kriegsgebiet aussehen.

»Wir haben es gleich geschafft.« Vogt war verschwitzt, als sie sich umdrehte und auf den Hauptausgang des *Moviedrome* zeigte.

»Dann sind wir noch längst nicht gerettet«, bemerkte Susi. »Es tauchen immer mehr von diesen Dingern auf.«

Michelle deutete aufgeregt nach Süden, wo eine weitere Gruppe von Infizierten auf sie zusteuerte. »Wo kommen die bloß alle her?«, murmelte sie verängstigt.

»*Zombieland*«, antwortete Stitch. Ihre Stimme klang abwesend. Sie war mit ihren Gedanken fernab der furchterregenden Realität, in der sie sich befanden. »Das sieht alles aus wie in *Zombieland*.«

»Unfassbar, wie schnell sich Dinge von scheiße zu megascheiße entwickeln können«, zitierte Emil sarkastisch. »Ich glaube mittlerweile, wir sind voll am Arsch.«

»Fick dich«, erwiderte Alina.

»Wir haben alle Alkohol in unseren Körpern. Momentan sind wir vor dem außerirdischen Staub in Sicherheit«, entgegnete Vogt.

»Super. Das hat man gerade an Robert und den anderen gesehen. Vollkommen in Sicherheit. Für'n Arsch. Emil hat recht.« Die letzten drei Sätze sprach Stitch in höhnischem Tonfall aus.

»Lasst uns zum Ausgang laufen, dann können wir immer noch sehen, wie es weitergeht.«

»Aber da sind doch auch schon welche.«

Mittlerweile hatten sich tatsächlich auch im Eingangsbereich Dutzende von Besessenen versammelt, die allesamt in ihre Richtung starrten.

»Sie spüren, dass wir hier sind«, flüsterte Susi.

»Wir müssen trotzdem raus aus diesem Park«, beharrte Vogt auf ihrer Entscheidung. »Hier drin ist es viel zu gefährlich für uns. Draußen sind andere Menschen, die uns helfen können. Wir sind dann nicht mehr auf uns allein gestellt.«

»Ich dachte, wir wären in Sicherheit, weil wir gesoffen haben«, warf Stitch ein und stieß ein höhnisches Lachen aus.

Vogt trat auf das Mädchen zu, packte sie an den Schultern und sah ihr tief in die Augen. »Hör zu, du Punk«, zischte die Wissenschaftlerin. »Wir können niemanden gebrauchen, der mit seinem Pessimismus die Gruppe runterzieht. Wenn ich sage, dass wir durch den Alkohol erst einmal nicht gefährdet sind, dann ist das wie ein Gesetz, hast du verstanden? Trotzdem müssen wir aufpassen, denn diese Dinger werden uns angreifen, auch wenn sie schon im Vorfeld feststellen, dass sie unsere Körper nicht besetzen können. Wir laufen zwar nicht in Gefahr, von ihnen als Wirtskörper benutzt zu werden, aber das heißt noch lange nicht, dass sie uns nicht angreifen werden. Kapiert?«

Stitch biss die Zähne zusammen und hielt dem Blick ihres Gegenübers eine Weile stand, bevor sie die Augen auf ihre Schuhspitzen richtete und »Alles klar« murmelte.

»Seid ihr dann fertig mit eurem Gespräch?«, unterbrach Susi. »Es wird nämlich langsam eng.«

Vogt und Stitch wandten sich der Prostituierten zu, die mit einer weit ausholenden Geste ihre gesamte Umgebung erfasste. »Sie kommen aus allen Ecken gekrochen. Es sieht aus, als würden sie uns einkreisen …«

»Dann lasst uns endlich abhauen. Worauf warten wir dann noch?« Emil sah fragend von Vogt zu Susi.

»Also los«, stimmte Vogt ihm zu. »Zum Haupteingang. Wir laufen mitten durch die Menge. Stoßt sie um, rennt, so schnell ihr könnt. Das ist unsere einzige Chance, zu überleben. Wir müssen aus diesem Park raus.«

***

Martin Sander war seit mehr als zwei Jahrzehnten Feuerwehrmann in Buchstedt. Er hatte viel erlebt, aber so etwas noch nie.

Da waren Ehepaare, die sich fast gegenseitig umgebracht hatten, so einen erbitterten Krieg hatten sie gegeneinander geführt. Einmal war es sogar zu einem Mord gekommen. Kindesmisshandlung, Drogenmissbrauch, aggressive Alkoholiker, die auf wehrlose Mitmenschen losgingen und sie bedrohten … Die Palette der Straftaten, die er im Laufe seiner Dienstjahre zu sehen bekommen hatte, ließe sich endlos fortsetzen. Aber eine Alieninvasion hatte Martin Sander noch nie erlebt. Das alles wirkte wie aus einem Trashfilm der Siebziger- oder Achtzigerjahre.

Vor etwa einer Stunde hatte der Einsatz begonnen, der alles veränderte. Es hieß, dass Raumschiffe aus dem All auf der Erde gelandet waren. *Ausgerechnet in Buchstedt?*, war Sanders erster Gedanke gewesen. Doch schon Minuten später verlor er seinen Humor, als er die Amateuraufnahmen im Fernsehen sah, die eindeutig bewiesen, dass es sich um die Wahrheit handelte, die ihnen ihr Einsatzleiter mitgeteilt hatte. Die ersten Minuten auf den Straßen der Stadt erinnerten Martin Sander an die chaotischen Aufnahmen moderner Zombiefilme, in denen unschuldige Menschen von wilden Kreaturen angegriffen und abgeschlachtet wurden. Sander hatte die Gerüchte der letzten Monate und Wochen selbstverständlich verfolgt, die innerhalb der Feuerwehr kursierten. Doch er hatte die Spekulationen immer mit einer lapidaren Handbewegung abgetan, weil er nicht wirklich viel davon hielt. Angebliche Aliens, die auf der Erde gelandet waren und Menschen als Wirtskörper benutzten. »Das hört sich nach einer Folge von *Akte X* an«, hatte er gesagt und gelacht.

Und jetzt war es erst eine knappe halbe Stunde her, dass Sander zwei seiner Kollegen auf schreckliche Art und Weise verloren hatte. Vorher war er zusammen mit Dennis Kaschuba, Volker Schwarz und einer Frau aus dem Ministerium unterwegs gewesen. Zumindest glaubte er, dass sie aus dem Ministerium war. Sie sollten den Bewohnern von Buchstedt Alkohol verabreichen. Lächerlich, diese Vorgehensweise.

Dann hatte Kaschuba ihn fortgeschickt. Er hatte sich um Werneke und Goldberger kümmern sollen, zwei Pfeifen, die Sander absolut nicht leiden konnte. Aber Befehl war nun mal Befehl und Kaschuba war sein Vorgesetzter. Gewesen.

Denn mit dieser Order hatte das Grauen begonnen. Manuel Werneke, der Typ, der besessen von Peter Jacksons *Braindead* war, geriet in die Fänge dieser ›Wesen‹, wie Sander sie mittlerweile bezeichnete. Denn Menschen waren diese Monster eindeutig nicht mehr. Werneke hatte buchstäblich bis zum letzten Atemzug um sein Leben und auch das seiner Kollegen gekämpft. Aber er hatte letztendlich verloren und den Kürzeren gezogen, als er von einer Horde der Wesen im wahrsten Sinne des Wortes in der Luft zerrissen wurde. Kurz nach seinem Tod, als Sanders Blick über den verstümmelten Leichnam seines Kollegen geschweift war, hatte er noch gedacht, dass Werneke wie eine der unzähligen Leichen aus seinem Lieblingsfilm aussah.

Und dann war da noch Ingemar Goldberger gewesen, den wenige Augenblicke später ein ähnliches Schicksal ereilt hatte. Sander hatte nicht viel Kontakt zu Goldberger gehabt, was aber nicht ausschloss, dass er mit dem Mann litt, als dieser von den Infizierten attackiert und bei lebendigem Leib gehäutet wurde. Es war ein grausames

Bild gewesen und Sander hatte kurzzeitig überlegt, einfach zu kapitulieren und sich seinem anscheinend unvermeidbaren Schicksal zu ergeben. Aber der Überlebenswille war stärker gewesen und so hatte sich Sander entschieden, zu einer Art Terminator zu werden, dessen einzige Mission es war, sein eigenes Leben und das anderer zu retten.

Sander befand sich in der Nähe des *Moviedrome*, jenes Freizeitparks, der das Kaff Buchstedt in der ganzen Welt berühmt gemacht hatte. Er war mit seiner Einheit am Rande der Stadt unterwegs gewesen, um Überlebende in die Kneipen zu bringen. Es hieß, Alkohol würde den Aliens schaden. Sander hatte nur am Anfang über diese Maßnahme gelacht, die ihm nicht gerade plausibel erschienen war. Jetzt klammerte er sich als einzige Hoffnung daran.

Die Wissenschaftler werden schon wissen, was sie da sagen.

Und wenn Alkohol half, dann würde es bestimmt nicht schaden, sich einen Schluck zu genehmigen. Sander überlegte nicht lange und trank den kleinen Flachmann, den er immer bei sich trug, in einem Zug leer. Er wollte sich auf den Weg zurück in die Stadt machen, als er laute Schreie hörte, die eindeutig von Menschen und nicht von diesen Wesen stammten. Ohne eine Sekunde zu zögern, rannte er in Richtung Haupteingang des Vergnügungsparks. Dorthin, wo die Schreie herkamen.

Sekunden später hörte er eine gewaltige Explosion und sah, wie eine gigantische Flammensäule in den Nachthimmel stieg.

01:57 Uhr

Einer der Infizierten stolperte direkt auf Emil zu. Die anderen, die sich dicht hinter dem Angreifer befanden, wurden durch dessen Vorgehensweise angespornt und folgten ihm.

»Scheiße … sie greifen an …«

Die Bewegungen der Besessenen wurden schneller, je näher sie der Gruppe kamen. Die Luft war plötzlich von einem unheimlichen Brüllen erfüllt, das aus ihren Kehlen drang wie Schreie eines gequälten Menschen, der sich bei Vollmond in einen Werwolf verwandelte.

»Verteilt euch«, schrie Susi. »Rennt in verschiedene Richtungen, dann wissen sie nicht, wem sie folgen sollen.«

»Wir sollen uns trennen? Bist du noch ganz dicht?«, brüllte Stitch.

»Tut, was sie sagt«, mischte sich Vogt ein. »Wir behalten unser Ziel im Auge und rennen zum Ausgang. Aber wir dürfen nicht zusammenbleiben. Je besser wir uns verteilen, desto verwirrter werden unsere Gegner sein.«

Sie hob die Eisenstange, die sie aus dem Inneren des *Scary Monsters* mitgenommen hatte, und schwang sie mit voller Wucht nach oben, wo sie einer der Kreaturen durch das Kinn mitten ins Gehirn fuhr. Die infizierte Frau wurde zurückgeschleudert. Mit unkontrollierten Bewegungen riss sie die hinter ihr befindlichen Besessenen mit zu Boden. Aus der Wunde in ihrem Schädel spritzte eine undefinierbare Masse.

»Hau noch mal drauf«, kreischte Alina und sprang zur Seite, um einem anderen Angreifer auszuweichen.

Emil folgte ihr, während Michelle und Stitch in eine andere Richtung liefen und die Horde der angreifenden

Infizierten die Flüchtenden tatsächlich in zwei Gruppen spaltete.

Vogt drosch mit der Metallstange so lange auf den Schädel der Frau ein, bis dieser mit einem Knacken platzte. »Weg hier«, rief sie Susi zu und rannte weiter auf den Ausgang zu.

Mittlerweile wog eine schier undurchdringliche Menge von Infizierten um die Flüchtenden. Susi fragte sich, warum sich plötzlich so viele Menschen mitten in der Nacht auf dem Gelände des *Moviedrome* befanden. War hier etwa das Zentrum der Invasion? Versammelten sich die Außerirdischen hier aus irgendeinem Grund?

Ein hysterischer Schrei ertönte irgendwo links von ihr. Susi wollte sich gerade in die entsprechende Richtung wenden, als eine Explosion in unmittelbarer Nähe Jäger und Gejagte gleichermaßen von den Füßen fegte. Das Wummern dröhnte in Susis Ohren, während sie über den harten Boden schlitterte und sich dabei jede Menge Schürfwunden zuzog. Sie spürte, wie Hände nach ihr griffen und versuchten, sie festzuhalten.

Ein Rauschen erklang kurzzeitig, als befänden sie sich in der Nähe von Wasser, wurde aber sofort wieder von dem Jammern der Kreaturen übertönt, die überall um sie herum auf dem Boden lagen.

Susi rappelte sich hoch und schirmte ihre Augen ab. Weiter vorn in der Nähe der Achterbahn schien ein Gastank oder etwas Ähnliches explodiert zu sein. Eine fauchende Flammensäule, die Susi an Fernsehaufnahmen aus dem Irakkrieg erinnerte, loderte in den Himmel empor und tauchte die Umgebung in ein rötliches Licht.

»Was ist passiert?«, erkannte sie Stitchs Stimme.

Einige der Kreaturen erhoben sich, als wäre nichts geschehen, obwohl sie in Flammen standen. Mit einer hochmütigen Ignoranz gegenüber dem Feuer bewegten sie sich auf ihre Opfer zu.

Eine weitere gleißende Explosion direkt neben dem ersten Brandherd erschütterte die Umgebung und warf erneut die meisten Besessenen zu Boden. Verstümmelte und brennende Leichname bedeckten den Weg und unterstrichen den Eindruck eines Kriegsgebietes. Erleichtert stellte Susi fest, dass alle aus ihrer Gruppe noch am Leben waren und sich bereits auf den Ausgang zubewegten.

Die Hitze der Flammen war bis zu der Stelle spürbar, an der Susi stand und das Szenario fasziniert beobachtete, als wäre sie lediglich eine unbeteiligte Zuschauerin, die einen Blick in die Hölle werfen durfte.

»Los, komm schon«, vernahm sie Vogts Stimme wie durch Watte. Die Wissenschaftlerin stand nur wenige Meter von Susi entfernt und streckte ihr hilfsbereit die Hand entgegen. »Weg hier, los …«

Die Horde der Kreaturen hatte sich größtenteils erholt und wankte auf sie zu. Susi schloss die Augen und wünschte sich mit Inbrunst, der Albtraum möge verschwunden sein, wenn sie sie wieder öffnete. Aber das erhoffte Wunder geschah nicht.

Sie ergriff Vogts Hand und ließ sich mitzerren. Ihr Überlebenswille war plötzlich wie weggewischt. Susi wünschte sich nur noch eines: Schlafen. Die Augen schließen und schlafen.

Einer der Besessenen griff nach ihrer Hüfte, zerriss dabei ihre Bluse und warf sich schließlich auf sie. Susi stolperte. Ihre Hand entglitt der von Vogt und sie knallte so hart auf den Boden, dass grelle Blitze vor ihren Augen explodierten. Sie spürte das Gewicht des Infizierten, fühlte, wie sich ihre Blase entleerte. Und sie registrierte

Erleichterung. Jetzt war es geschafft. Das Ende war nah. Ein wenig Schmerz, ein paar Gedanken an das Leben, das sie nun hinter sich lassen würde und das war es dann. Mehr hatte sie sich doch gar nicht gewünscht.

This is the end, beautiful friend, vernahm sie plötzlich Jim Morrisons Stimme in ihrem Kopf. Seine warme leidende Stimme, die von einem Abschied erzählte. *This is the end, my only friend, the end … Wovon handelte das Lied von The Doors eigentlich? Von einem Abschied vom Leben? Ihrem Leben etwa? Der Tod ist nicht böse. Ist es nicht seltsam, dass die Menschen den Tod so sehr fürchten, obwohl das Leben manchmal mehr schmerzt als er selbst? Wenn ich jetzt sterbe, ist der Schmerz des Lebens vorbei. Der Tod ist also mein Freund …*

Susi öffnete die Augen und blickte in die verzerrte Fratze eines infizierten Mannes, der sie mit irrem Blick anstarrte. Sein Mund war weit aufgerissen und sie sah seine blutverschmierten Zähne. *Ich bin nicht die Erste, die er gleich zu Tode beißen wird. Mein Tod bedeutet sein Leben …*

Das groteske Gesicht zerplatzte direkt vor ihren Augen und löste sich in Millionen Bestandteile auf. Ein Regen aus Blut und Knochensplittern ergoss sich wie in Zeitlupe über Susi, die instinktiv die Augen schloss. Der Knall des Schusses erreichte ihre Ohren erst, als die kopflose Kreatur bereits über ihr zusammengesunken war und sie auf den Boden drückte.

Susi spürte, wie sie hochgezogen wurde und der Körper der Kreatur dabei zur Seite rutschte. Sie holte tief Luft, blickte direkt in Vogts besorgtes Gesicht und sah im nächsten Moment, wie dicht hinter der Wissenschaftlerin der Kopf eines weiteren Besessenen platzte.

»Was …?« Mehr brachte sie nicht heraus. Sie bekam nicht einmal die Gelegenheit, vor Panik zu schluchzen, denn Vogt schob sie mitten in die Horde aus Wirtskörpern hinein, von denen in unregelmäßigen Abständen immer wieder einer niedergeschossen wurde und leblos zu Boden fiel.

Wie in Trance registrierte Susi, dass sich Alina, Emil, Michelle und Stitch bereits am Ausgang befanden und durch die Drehtür liefen. Vereinzelte Infizierte versperrten ihnen draußen den Weg, aber die meisten der Gegner befanden sich auf dem Gelände des Vergnügungsparks.

»Wir haben es gleich geschafft«, hörte Susi die Stimme der Wissenschaftlerin. *This is the end, beautiful friend, this is the end, my only friend, the end …*

Susi verlor das Bewusstsein.

Das Ende?

02:02 Uhr

»Hier sind wir erst mal in Sicherheit.« Die Stimme des Mannes klang beruhigend. Und vor allem glaubwürdig. Die Gruppe vertraute seinen Worten. »Mein Name ist Martin Sander«, stellte er sich vor.

»Ich bin Silvia Vogt, Gen-Forscherin.«

»Susi Swazyena.«

Sander sah sie einen kurzen Moment an und lächelte dann schüchtern. »Wir, ähm, kennen uns«, antwortete er dann schließlich und hob die Augenbrauen.

Dann stellten sich nacheinander die Jugendlichen vor.

Sie saßen hinter einem Stapel gefällter Bäume in einem Rodungsgebiet des Waldstücks, das nahe dem *Moviedrome* lag.

»Wie sieht es in der Stadt aus?«, wollte Vogt wissen.

»Ähnlich wie hier.« Sander senkte den Blick und starrte auf seine Schuhspitzen. »Immer mehr dieser Monster scheinen aber zum Park zu kommen.« Er deutete in Richtung *Moviedrome*. »Was habt ihr hier eigentlich mitten in der Nacht zu suchen?«

Emil ergriff nach einem länger anhaltenden Schweigen das Wort. »Wir wollten einfach nur Spaß haben. Ich meine … also Robert, der Sohn des Inhabers, hat uns in den Park geschleust und wir …«

»Das ist doch im Moment vollkommen irrelevant«, unterbrach Vogt. »Wir müssen zusehen, dass wir in die Stadt kommen. Ich muss ins Institut und mit der Produktion des Impfstoffs beginnen.«

»Impfstoff?« Sander hob erneut die Augenbrauen, dieses Mal aber aus einem anderen Grund.

»Die Aliens sind durch Alkohol verwundbar«, erklärte Vogt.

»Dann hatten sie also recht«, murmelte Sander. »Wir haben es hier tatsächlich mit einer Alieninvasion zu tun?« Er rieb sich die Augen, unterdrückte ein leises Schluchzen und wandte sich dann wieder an Vogt. »Unser Einsatz klang so absurd. Wir sollten versuchen, die Bewohner zum Trinken zu überreden.« Er stieß ein höhnisches Lachen aus. »Verrückt, oder? Ich dachte echt, die Politiker haben vollkommen den Verstand verloren, wenn sie so etwas anordnen. Es klang so lächerlich. Und so grotesk.«

»Haben Sie eine Frau namens Focke-Schwarz getroffen?«, erkundigte sich Vogt.

»Etwas größer als Sie? Lange dunkelbraune Haare?«

»Das ist sie. Wie geht es ihr?«

»Sie war in Ordnung, als ich sie verließ. Sie hat mit zwei meiner Kollegen die Leute aus dem Bett geklingelt.« Erneut lachte er. »Das ist echt verrückt, wissen Sie.«

»Aber es ist die Realität«, betonte Vogt.

»Es sind schon so viele Leute gestorben«, beteiligte sich Michelle am Gespräch. »Das ist so schrecklich.«

»Aber jetzt sind wir in Sicherheit«, beruhigte Susi sie. »Wenn wir es in die Stadt schaffen, dann …«

»… muss ich mich erst einmal um den Impfstoff kümmern. Wenn wir die Welt retten wollen, muss er in großen Mengen produziert werden.«

»Das geht aber doch alles gar nicht so schnell, wie es müsste, oder?«, stellte Emil fest. »Das wird niemals funktionieren.«

»Wenn einige der Menschen auf unseren Rat hören und Alkohol trinken, bis das Serum angewendet werden kann, ist die Menschheit nicht verloren …«

»Aber Millionen werden trotzdem sterben.«

»Angesichts dieser weltweiten Bedrohung kann das durchaus als Kollateralschaden gesehen werden«, bemerkte Sander.

Susi ließ ihren Blick über die Anwesenden schweifen und spürte, wie ihr Tränen in die Augen stiegen.

Seven people took a ride, six bachelors and their bride, seven people took a ride, seven people died. Sieben Leute traten eine Fahrt an …

Alina, Emil, Michelle, Stitch, Silvia, Susi und Martin. Sieben Leute …

Sechs Junggesellen und ihre Braut …

War sie, Susi, die Braut?

Sieben Leute traten eine Fahrt an, sieben Menschen starben …

Susi weinte.

02:07 Uhr – Die Squalors

Der Plan geriet immer mehr außer Kontrolle. Ebenso wie die von den *Squalors* besetzten Wirtskörper, die sich zunehmend veränderten und ein Eigenleben entwickelten, das sich der Kontrolle der Aliens entzog.

Die Wirtskörper wurden zu triebhaften und unkontrollierbaren Monstern, die sogar auf ihre Artgenossen losgingen und sie töteten, egal ob sie krank oder gesund, brauchbar oder unnütz für die *Squalors* waren. Hinzu kam die Flüssigkeit, die viele der Menschen zu sich nahmen und die für den außerirdischen Staub lebensbedrohlich war.

Sollten sie sich zurückziehen?

Die Schwarmintelligenz der Aliens erwog diese Möglichkeit und arbeitete mit Hochdruck an einem Plan, die abgestürzten Raumschiffe soweit zu reparieren, damit sie sich erneut auf die Suche nach einem geeigneteren Planeten machen konnten. Doch es war nicht nur die tödliche Flüssigkeit in den Wirtskörpern, gegen die sich die Aliens behaupten mussten. Als sie in die menschliche DNS und respektive in die menschlichen Gedanken eindrangen, begegneten sie einem absolut fremden Bewusstsein, zu dem sie logischerweise keinerlei Bezug hatten. Die *Squalors* wurden mit Gedankenbildern der Menschen konfrontiert, die sie für die Realität hielten, obwohl es Reflexionen aus Erlebnissen waren, die nichts von Aktualität hatten. Viele Menschen wurden durch Medien wie Musik, Filme oder Bücher derart beeinflusst, dass sich diese Eindrücke häufig in die vorderen Regionen ihrer Gedankenwelt drängten. Für die Aliens sah es so aus, als wären diese Erinnerungen das Nonplusultra der menschlichen Existenz. Sie konnten die Fülle von Eindrücken und die verzerrten Gedankenbilder bei Weitem nicht in ein für sie sinnvolles Ordnungsschema einsortieren, weshalb es ihnen auch nicht gelang, die Gedanken ihrer Wirte zu begreifen. Und genau diese mangelnde Ordnung kreierte für sie ein extrem ungenaues Bild vom Bewusstseinszustand des Menschen. Die *Squalors* konnten das für sie fremdartige Bewusstsein schlichtweg nicht konsequent genug wahrnehmen, um zu erkennen, was ihre Beeinflussung des menschlichen Gehirns anrichtete. Ihnen war nicht klar, dass sie nicht nur die Menschen, sondern auch sich selbst unweigerlich zerstörten, wenn sie so weitermachten.

02:13 Uhr

»Wir wissen noch nicht viel über den Staub«, fasste Vogt zusammen und konzentrierte sich dabei in erster Linie auf Martin Sander, der interessiert zuhörte. »Sie docken an unsere Gehirne an, beeinflussen unsere Gedanken. Wie es sich bisher darstellt, machen sie uns zu willenlosen Marionetten. Anfangs bestand ihr Plan sicherlich einfach nur darin, hier zu überleben. Aber irgendetwas muss gründlich schiefgelaufen sein, als sie sich mit unserer DNS verbunden haben. Zuerst haben sie nur die kranken Wirtskörper zerstört, aber mittlerweile scheint alles komplett aus dem Ruder zu laufen. Sie haben die Kontrolle über die infizierten Menschen verloren. Einzig der Alkohol kann uns noch retten. Oder eben ein Impfstoff.«

»Ich bringe Sie zurück nach Buchstedt«, bot Sander an.

»Ich hoffe nur, dass viele Einwohner Alkohol zu sich genommen haben. Wir müssen die Medien informieren. Diese Nachricht muss sich weltweit verbreiten, sonst …«

»Beruhigen Sie sich«, unterbrach Sander und legte einen Arm um Vogt. »Alles wird gut. Die Menschheit ist noch nicht bereit, auszusterben.«

Alina hatte sich einen Joint angezündet und reichte ihn bereitwillig weiter, doch nur Emil und Stitch nahmen das Angebot in Anspruch. »Wir haben niemals eine Chance gegen diese Invasion«, murmelte Alina nach einer Weile. »Das ist wie bei den Körperfressern …«

»Um es mit deinen eigenen Worten zu sagen, Alina: Fick dich. Wer jetzt aufgibt, hat es nicht verdient, zu leben. Geh doch zurück ins *Modro*«, sagte Emil verächtlich. »Lass dich von diesen Monstern zerfetzen und fressen, wenn es dir dann besser geht. Aber verbreite hier nicht länger deinen Scheißpessimismus, okay?«

»Scheiß auf die Welt«, entgegnete Alina und schnippte den Joint in die Dunkelheit der Nacht.

»Bist du verrückt? Es könnte anfangen zu brennen«, schrie Michelle und lief zu der Stelle, an der die noch glimmende Zigarette gelandet war.

»Scheiß auf die Welt«, wiederholte Alina. Sie erhob sich und sah Emil herablassend an. »Ihr seid naiv, wisst ihr das? Wie könnt ihr nur daran glauben, dass ihr es mit einer solchen außerirdischen Macht aufnehmen könnt? Sie werden gewinnen. Das Ende ist unausweichlich.« Sie drehte sich in die Richtung, aus der sie gekommen waren und in der der Vergnügungspark lag. »Und weißt du was, Freak? Vielleicht werde ich tatsächlich zurückgehen. Ich nehme eine Flasche Schnaps mit, verziehe mich auf eine der Achterbahnen und schaue auf die neuen Herrscher der Welt herab. Ich werde sie beobachten, damit ich sie kennenlerne.« Alina sah zu Vogt und schenkte ihr ein halbherziges Lächeln. »Vielleicht können Sie uns ja tatsächlich mit ihrem Impfstoff retten, Superwoman. Dann stehen wir alle in Ihrer Schuld. Aber bis dahin bereite ich mich auf meinen Tod vor. Kapiert, ihr Arschlöcher?« Sie entfernte sich von der Gruppe und lehnte sich an einen Baum.

Michelle hatte inzwischen den Stummel ausgetreten und setzte sich wieder neben Emil.

»Was denkt ihr?«, meldete sich Stitch zu Wort. »Sind wir alle noch sauber?«

»Was meinst du mit sauber?«

»Na, ich meine, ob wir diesen Nebel in uns tragen und nur darauf warten, dass er ausbricht, oder ob wir noch wir selbst sind.«

»Wir haben Alkohol getrunken«, bemerkte Vogt.

»Das haben die anderen auch«, entgegnete Stitch. »Und was mit denen geschehen ist, muss ich nicht noch mal erzählen, oder? Der Staub könnte also ohne Weiteres auch in uns stecken.«

»Dann wäre aber schon längst etwas passiert.«

»Warum sind Sie sich da so sicher?«

»Weil dieser außerirdische Staub keinen Alkohol verträgt und sofort reagiert hätte. Wie er es bei euren Freunden getan hat …«

»Ihr Wort in Gottes Ohr.«

»Gott«, spie Susi verächtlich aus. »Wo ist denn dieser angebliche Gott, wenn es um das Wohlergehen seiner Schäfchen geht? Wo ist er denn, verdammt?«, schrie sie. »Wo denn?«

Vogt stürzte sich im gleichen Moment auf die Prostituierte wie Sander. Susi schrie und fluchte, bis sich ein tiefes unmenschliches Brüllen ihrer Kehle entrang. Dann erklang ein quälender Schrei, der nicht von dieser Welt stammte.

»Was habe ich gesagt?«, kreischte Stitch. »Sie ist infiziert.«

»Oh, nein. Nicht Susi … bitte nicht Susi«, jammerte Michelle.

Sander hatte Susi fest umklammert, konnte sich aber gegen die jähe Kraft der Frau nicht behaupten und wurde mit Wucht zur Seite geschleudert, als sich Susi wie ein wild gewordenes Tier aufbäumte.

Vogt hieb mit den Fäusten auf Susis Schädel ein.

Michelle klammerte sich an Emil, während Michelle zu Alina rannte, die das Geschehen mit weit aufgerissenen Augen verfolgte. Stitch half Sander wieder auf die Beine, während Vogt weiterhin auf Susi einschlug.

Plötzlich war ein Knacken zu hören, das dem Zersplittern von Plastik glich. Susis Schädel platzte auf wie eine überreife Melone. Der Riss zog sich von der Stirn bis zum Kinn und teilte den Kopf in zwei Hälften, die mit einem Schmatzen auseinanderklappten und jeweils auf Susis Schultern landeten. Aus der dunklen Öffnung, die der Hals der Prostituierten gewesen war, erklang ein markerschütternder Schrei, der den Anwesenden eine Gänsehaut über den Rücken jagte. Die entstellte Frau schlug Vogt zur Seite, die wie eine leblose Puppe gegen einen Stapel aus Baumstämmen krachte. Eine längliche Röhre, die wie ein Tentakel eines Oktopusses aussah, schlängelte sich aus dem blutigen Halsstumpf und schlug nach Emil. Der konnte zwar noch rechtzeitig ausweichen, aber nicht verhindern, dass der Auswuchs Michelle traf. Das Mädchen wurde durch die Luft geschleudert und krachte wenige Meter neben Vogt auf den Waldboden.

Susis Brustkorb platzte mit einem lauten Knacken auf und wie durch eine Explosion wurde ein Schwall aus Gedärmen und Innereien verspritzt. Fleischfetzen prasselten auf den Boden. Knochensplitter und fremdartig aussehende Gebilde flogen in sämtliche Richtungen, als sich das Wesen, das gerade noch Susi Swazyena gewesen war, einmal um sich selbst drehte.

Sanders Hand zitterte leicht, als er mit seiner Waffe auf die rechte der beiden Schädelhälften zielte und ohne zu zögern abdrückte. Kaum war das unförmige Fleischstück buchstäblich detoniert, richtete Sander die Waffe auf die zweite Gesichtshälfte.

Der Geruch von verbranntem Fleisch erfüllte die Luft. Alina übergab sich lautstark, während Emil und Michelle lediglich würgten.

Susis Körper hatte sich in einen dampfenden Fleischbrocken verwandelt, dem man nicht mehr ansatzweise ansah, dass es sich einst um ein menschliches Wesen gehandelt hatte. Sanders Gesichtsausdruck hatte etwas Dämonisches, als sich Vogt neben ihn stellte und behutsam ihre Hand auf seine Schulter legte. »Das war's«, flüsterte sie.

»Ja, das war's, Mann«, bestätigte Emil. »Es ist vorbei …«

Die unförmige Masse vor ihnen dampfte. Vereinzelt schimmerten blutige Innereien im Mondlicht.

»Okay, Leute«, schnaufte Sander. »Dann versuchen wir am besten, die Stadt zu erreichen. Okay?«

Geschockt wie Soldaten nach einer heftigen Auseinandersetzung in einem Krieg, den sie niemals gewollt hatten, verließen sie die Waldlichtung und machten sich auf den Weg nach Buchstedt.

***

Die Martinshörner wurden lauter, je näher sie der Stadt kamen. Martin hatte die Führung übernommen und leitete die Gruppe aus dem Waldstück heraus auf Buchstedt zu. Zur Rechten der Gruppe lag das in der ganzen Stadt berühmte Segelschiff der Familie Heimes. Frau Heimes war alleinerziehend und lebte mit ihrer Tochter tatsächlich in einem Boot, dass sie mitten auf ihr Grundstück hatte stellen lassen. Jeder in Buchstedt kannte diese außergewöhnliche Wohnstätte.

»Ob sie noch am Leben sind?«, murmelte Emil, während er auf das imposante Schiff starrte.

Niemand gab eine Antwort. Alle folgten schweigend dem Polizisten.

Als sie die Stadtgrenze übertraten, erwartete sie ein Chaos, wie man es nur aus Katastrophenfilmen kannte. Überall rannten Menschen herum, auf den Straßen und Gehwegen lagen Verletzte und Tote. Polizei- und Feuerwehrwagen kamen scheinbar ohne Koordination aus allen Richtungen angefahren. Vereinzelt attackierten Infizierte wehrlose Menschen und versuchten, sie zu töten.

»Was für ein Albtraum«, flüsterte Vogt und starrte auf das apokalyptische Geschehen, das sich vor ihren Augen abspielte.

Lastwagen und kleine Transporter standen herum. Von dort aus wurden Schnaps- und Weinflaschen an die Bewohner verteilt, die den Angriffen der Aliens bislang entkommen waren. Vereinzelt lagen Kinder apathisch in Hauseingängen, betäubt vom Alkohol, den man ihnen verabreicht hatte.

»Es ist schlimmer, als ich befürchtet habe«, stellte Sander fest. »Wohin soll ich Sie bringen?«

Vogt sah den Mann eine Weile an, bevor sie die Schultern hob. »Am besten wäre es, wenn ich so schnell wie möglich meine Arbeit im Institut aufnehmen könnte.«

»Und die Jugendlichen?«

»Wir kommen schon klar.« Stitch bemühte sich um einen gefassten Tonfall. »Ich werde mal nachsehen, ob meine Eltern …« Sie konnte die aufsteigenden Tränen nicht länger zurückhalten und lehnte sich mit einem lauten Schluchzen an Alina. »Was für eine verdammte Scheiße diese Nacht ist …«

»Bleibt erst einmal zusammen«, schlug Sander vor. »Was haltet ihr davon, wenn ich mich darum kümmere, dass Frau Vogt zum Institut kommt und dann suchen wir gemeinsam eure Eltern? Einverstanden?«

»Sie sind bestimmt tot«, heulte Stitch.

»Das überprüfen wir gleich in Ruhe«, beschwichtigte Sander. Er ließ seinen Blick über die chaotische Hauptstraße schweifen und hielt nach einem Streifenwagen Ausschau. »Kommen Sie«, forderte er Vogt auf, als er das Fahrzeug eines Kollegen entdeckte. »Man wird Sie ins Institut bringen.«

»Sie sind sehr freundlich.« Vogts Versuch zu lächeln misslang. »Beten Sie zu Gott, dass das Serum verteilt werden kann, bevor es zu spät ist.«

»Gott ist nicht bei uns«, murmelte Sander. »Wir sind vollkommen auf uns allein gestellt.«

»Dann beten Sie zu wem auch immer.«

»Das werde ich tun. Versprochen.« Sander legte tröstend eine Hand auf die Schulter der Wissenschaftlerin. »Ich weiß, dass Sie das hinkriegen.«

»Wie kommen Sie darauf?«

»Weil Sie eine gute Frau sind. Deswegen …«

Ein Grund zu leben

Fünf Tage später

05:33 Uhr / Gegenwart

Emil legt seinen linken Arm um Michelle und drückt sie fest an sich. In der rechten Hand hält er eine Flasche Gin. »Ich hasse Gin«, flüstert er und nimmt einen Schluck.

Michelle streichelt seinen leicht behaarten Unterarm und lehnt sich mit einem leisen Seufzer an seine Brust. »Gin verlängert unser Leben.« Sie greift nach der Flasche und trinkt ebenfalls. »Und weißt du was? Ich möchte weiterleben …«

Emil gibt Michelle einen Kuss auf die Stirn. »Das möchte ich auch. Zusammen mit dir … Aber was ist das für eine Welt, in der wir leben?«

Sie nickt. »Wir haben doch Glück. Unsere Eltern leben noch. Auch die von Stitch«, denkt sie laut nach. »Andere hatten da mehr Pech.«

»Aber wir haben viele unserer Freunde verloren.« Emil presst die Lippen fest aufeinander. »Ich werde sie vermissen.«

»Es sollte die aufregendste Nacht unseres Lebens werden und wurde zum schlimmsten Albtraum«, bestätigt Michelle.

Sie schweigen eine Weile und betrachten die Umgebung.

Emil hebt schließlich seinen Blick und sieht in den heller werden Himmel. »*Dawn of the Dead*«, murmelt er mit einem Lächeln auf den Lippen.

»Falsch«, verbessert ihn Michelle. »Dawn of the Living …« Sie schmunzelt ebenfalls und denkt eine Weile nach, bevor sie weiterspricht. »Die Menschheit wird überleben, da bin ich sicher. Wir bekommen die Infizierten in den Griff, das spürt man von Tag zu Tag mehr. Ich fühle mich fast schon wieder einigermaßen sicher, wenn ich nach draußen gehe. Und mal ehrlich, so ein bisschen Alkohol am Tag ist nicht das Schlimmste, was einem im Leben passieren kann, oder?«

Emil lacht leise. »Es gibt tatsächlich Schlimmeres.«

»Ja, zum Beispiel keine Musik«, beginnt Michelle aufzuzählen, »oder keine Filme, keine Bücher …«

»Und natürlich keinen Sex«, vervollständigt Emil.

»Und keinen Sex«, gibt ihm Michelle recht und greift zwischen seine Beine. »Das wäre schlimm, in der Tat«, flüstert sie.

Emil senkt seinen Blick und betrachtet die zahlreichen Schnitzereien im Holz der Bank, auf der sie sitzen.

Redrum liebt dich!

Fire walk with me!

I'll be back!

Emils Blick wandert weiter bis zu dem Herz, das er vor zwei Tagen selbst eingeritzt hat. ›M und E‹ steht mittendrin. Und daneben hat er ›Wir sind eins‹ geschrieben. Er streicht mit seinem Finger darüber und lächelt verträumt, bevor er sich wieder Michelle zuwendet. »Ich liebe dich«, flüstert er.

»Dito«, antwortet sie.

»Okay, das ist einfach. *Ghost – Nachricht von Sam*«, entgegnet er daraufhin und sie lachen laut.

Danksagung

Ein Roman ist wie ein Film, ein Schriftsteller ist wie ein Regisseur. Im Hintergrund arbeiten jede Menge Leute, um aus einem Buch das zu machen, was die Leser letztendlich in den Händen halten. Nachfolgende Menschen waren meine Crew bei *Scary Monsters*. Jeder von ihnen hat etwas zu dieser Geschichte beigetragen, und sei es auch nur ein Name, den einer meiner Protagonisten verpasst bekommen hat.

Als da wären:

Marion Brunner (Ich liebe dich)

Michael Merhi (Danke für das Vertrauen)

Lisa Schwerber (Danke für das tolle Lektorat, es hat ziemlichen Spaß gemacht, mit dir zusammenzuarbeiten)

Jasmin Kraft (Danke fürs genaue Korrekturlesen)

Silvia Vogt (Danke, dass du die Welt gerettet hast und einen Blick für die Fehler in diesem Buch hattest)

Andrea Bieber (Sorry für den schrecklichen Tod)

Manuela Focke-Schwarz (Freu dich ›z'verreckä‹)

Susi Swazyena (Danke für die T-Shirts)

Dietmar Herberth (Deine Buchtrailer sind einfach nur geil)

Martin Sander (Ich mag deine Geschichte)

Volker Schwarz (Jetzt bist du auch dabei)

Manuel Werneke (Auch du bist mit dabei, wenn auch nur kurz)

Dennis Kaschuba (Danke für deinen Support)

Ingemar Goldberger (Größter Fan aus Österreich)

Dana Dohmeyer (Danke für den Support bei ›Ohne Bücher, ohne uns‹)

Antje Grimmer und Disérée Fedeli (für die Ausarbeitung des Schweizer Dialekts)

Und allen anderen, die ich dieses Mal vergessen habe, danke ich ebenfalls. Genauso wie meinen treuen Fans, die mich bei meiner Arbeit unterstützen.

I'll be back …

Wolfgang Brunner

Hamminkeln, Januar 2019

Verlagsprogramm

01 Candygirl: *Michael Merhi*
02 Lilith Töchter, Adams Söhne: *Georg Adamah*
03 Höllengeschichten: *Wolfgang Brunner*
04 Roadkill: *Alex Miller, Joe De Beer*
05 Bad Toys: *Anthologie*
06 Gone Mad: *A.C. Hurts*
07 Mindfucker: *Joe De Beer*
08 All Beauty Must Die: *A.C. Hurts*
09 Runaways: *Alexander Kühl*
10 Love Of My Life: *A.C. Hurts*
11 Klipp Klapp … und du bist tot!: *Mari März*
12 Carnivore: *A.C. Hurts*
13 Lyrica: *Jane Breslin*
14 Der Feigling: *Andreas März*
15 Kinderspiele: *Wolfgang Brunner*
16 Victima: *Sam Bennet*
17 Blutbrüder: *Simone Trojahn*
18 Fuck You All: *Inhonorus*
19 Cannibal Holidays: *Ralph D. Chains*
20 Kellerspiele: *Simone Trojahn*
21 Der Leichenficker: *Ethan Kink*
22 Lyrica – Exodus: *Jane Breslin*
23 Gone Mad 2: *A.C. Hurts*
24 Der Leichenkünstler: *Moe Teratos*
25 Wutrauschen: *Simone Trojahn*
26 Dort unten stirbst du: *Moe Teratos*
27 Fida: *Stefanie Maucher*
28 Die Sodom Lotterie: *Ralph D. Chains*
29 Streets Of Love: *Ralph D. Chains*
30 Er ist Böse!: *Moe Teratos*

31 Franka: *Moe Teratos*
32 Melvins Blutcamp: *Dagny S. Dombois*
33 Frosttod: *Moe Teratos*
34 Franklin: *Stefanie Maucher*
35 Ratz 1 – Mordhaus: *Moe Teratos*
36 Hexentribunal: *Gerwalt Richardson*
37 Ratz 2 – Mordsucht: *Moe Teratos*
38 Voyeur: *Kati Winter*
39 Ratz 3 – Das Mordgesindel: *Moe Teratos*
40 Die Sünde in mir: *A.C. Hurts*
41 Ficktion: *Ralph D. Chains*
42 Das Kinderspiel: *Simone Trojahn*
43 Todesangst im Labyrinth: *A.C. Hurts*
44 Crossend: *Marvin Buchecker*
45 Mörderherz: *Simone Trojahn*
46 Die Prinzessin: *Simone Trojahn*
47 Doppelpack: *Moe Teratos*
48 Billy – Die Blutlinie: *Gerwalt Richardson*
49 Ratz – 4 Mordversprechen: *Moe Teratos*
50 Selina´s Way: *Simone Trojahn*
51 Infam: *André Wegmann*
52 Ratz – 5 Blutige Ketten: *Moe Teratos*
53 Sinnfinsternis: *Reyk Jorden*
54 Carnivore – Sweet Summer: *A.C. Hurts*
55 Der Schlächter: *Jacqueline Pawlowski*
56 Grandma: *Inhonorus*
57 Billy 2 – Les chants from hell: *Gerwalt Richardson*
58 Endstation Hölle: *Jean Rises*
59 Runaways 2: *Alexander Kühl*
60 Totentanz: *Moe Teratos*
61 Leichenexperimente: *Moe Teratos*
62 Folterpalast: *Gerwalt Richardson*
63 Scary Monsters: *Wolfgang Brunner*

REDRUM CUTS

01 Bizarr: *Baukowski*
02 50 Pieces for Grey: *A.M. Arimont*
03 Koma*: Kati Winter*
04 Rum und Ähre: *Baukowski*
05 Hexensaft: *Simone Trojahn*
06 Still Morbid*: Inhonorus*
07 Fuck You All - Novelle: *Inhonorus*
08 Das Flüstern des Teufels: *A.M. Arimont*
09 Kutná Hora: *André Wegmann*
10 Die Rotte: *U.L. Brich*
11 Blutwahn: *André Wegmann*
12 Helter Skelter Redux: *A.M. Arimont*
13 Badass Fiction*: Anthologie*
14 Bloody Pain: *Elli Wintersun*

BIZARR
BAUKOWSKI
REDRUM
HARDCORE
CUTS

BIZARR

Pervers, perverser, Baukowski - im Doppelpack und in absoluter Höchstform!

Blowhead und Shredhead:

Wo Blow und Shred sind, wächst kein Gras mehr. Das bizarre Geschwisterpaar ist auf dem ultimativen Trip ihres Lebens. Leichen und Meth zeichnen ihren Weg. Eine explosive Mischung aus Gedärmen, Sperma und Scheiße, welche in einem wahnwitzigen Blutrausch endet.
All you need is … Speed.

Mutter:

Nach einem schweren Schlaganfall wird eine ältere Dame von ihrem Sohn pflegerisch versorgt. Dieser kümmert sich mit viel Liebe zum Detail darum, dass seiner Mutter eine gebührende Behandlung zuteilwird.

A.M. Arimont
50 PIECES FOR GREY
REDRUM CUTS

50 PIECES FOR GREY

Die junge Prostituierte Ann schlägt sich auf der Straße durch, als sich ihr die Chance eröffnet, für eine Callgirl-Agentur zu arbeiten.

Unerwartet wird sie nach kurzer Zeit von deren wichtigstem Kunden angefordert – Alex Cotrell, ein reicher und mächtiger Geschäftsmann. Ann kann nicht glauben, dass er ausgerechnet sie ausgewählt hat und fühlt sich geschmeichelt, ahnt jedoch nicht, dass Alex spezielle Vorlieben und ein düsteres, blutiges Geheimnis hat.

Für Ann hat Alex sich einen ganz besonderen Verwendungszweck überlegt, doch alles kommt anders.

Moe Teratos
ER IST BÖSE!
THRILLER
REDRUM

ER IST BÖSE!

Anton ist schüchtern und hatte noch nie eine Freundin. Aber wie alle Menschen, hat auch er Bedürfnisse und eines Tages lernt er, auf welch brutale Art er diese befriedigen kann. Für ihn ist es die ultimative Erkenntnis. Für die Frauen, die ihm begegnen, ist es der größte Albtraum. Vor allem für Annabella und ihre Freundin Frida, die schon bald in Antons Haus gefangen gehalten und gequält werden.

MICHAEL MERHI
CANDYGIRL
REDRUM
»Das dreckigste Buch aller Zeiten!«
»Schockierend...«
»Nichts für schwache Nerven!«
»Das härteste Buch des Jahres 2016!«
RAPE & REVENGE
HORROR ROMAN
HARDCORE

CANDYGIRL

Bobby war nicht böse. Das Leben war böse. Die Umstände waren böse. Sein Vater, ja der war abgrundtief böse, aber er?
Bobby?
Niemals!
Das zwölfjährige Mädchen Candygirl gerät in die Fänge des Zuhälters ›Schweineschwarte Bob‹, der ihr das Leben zur Hölle macht. Der sadistische Mann setzt alles daran, das zwölfjährige Mädchen sowohl seelisch als auch körperlich zu brechen. Wie ein Stück Vieh wird das junge Mädchen gebrandmarkt und von einem perversen Kunden an den anderen weitergereicht. Und was war mit Bobby? Bobby interessierte es einfach nicht, ob es kleine Mädchen oder Jungs waren, er nahm sie beide gern, schließlich waren es doch Gottes Kinder und der Mann hasste Gott. Abgrundtief!

»Das liest sich wie Stephen King auf Speed, hart, erbarmungslos und sehr brutal. Absolut nur für erwachsene Leser mit starken Nerven geeignet!«

»Hast du starke Nerven? Nein? Sorry, dann darfst du dieses Buch nicht lesen!«

»Michael Merhi schreibt spannend, wie Stephen King, hart wie Jack Ketchum und gnadenlos wie Richard Laymon.«

REDRUM
RALPH D. CHAINS
DIE SODOM LOTTERIE
Extrem-Horror

DIE SODOM LOTTERIE

Irgendwo mitten in der Wüste dreht sich das Rad. Es entscheidet, ob du lebst oder stirbst. Ob deine nächste sexuelle Erfahrung mit einer Frau oder einer Kettensäge stattfinden wird. Bei der Sodom-Lotterie spritzen Blut, Sperma und Schweinescheiße bis an die Decke und es gibt nur zwei Wege, diesem Albtraum zu entrinnen: Sexuelle Höchstleistungen bis zum bitteren Ende oder der qualvolle Tod.REDRUM BOOKS weist darauf hin, dass dieser Titel für Leser unter 18 Jahren nicht geeignet ist.

REDRUM loves you!

REDRUM liebt dich!

36592868R00171

Printed in Poland
by Amazon Fulfillment
Poland Sp. z o.o., Wrocław